Treffpunkt Key West

Rolf Lobbeck

Treffpunkt Key West

fischer krimis

Für meine Enkel

Andreas
Christina
Michael
Alexander
Mathias
Julia
Marlene
Vincent
Frederik
Maximilian
Sophie
Tobias
Dominik

Das Universum und die menschliche Dummheit
haben eins gemeinsam. Sie sind unendlich.
Nur beim Universum bin ich mir nicht ganz sicher.

Albert Einstein

1

Gunnar Franzen war ein Geschäftsmann durch und durch. Mit achtundzwanzig Jahren hatte er in einem Pfälzer Kurort sein erstes Mehrfamilienhaus gebaut – in Nachbarschaftshilfe. Mit Hilfe eines günstigen Architekten fand er eine Truppe williger Schwarzarbeiter, die unter Gunnars Bauleitung und tätiger Mitarbeit in knapp sechs Monaten ein respektables Fünffamilienhaus erstellt hatten. Vier Wochen darauf waren alle Wohnungen vermietet.

Ein Jahr später bot Gunnar das Renditeobjekt zum Verkauf an. Mit einigem Glück erzielte er nach eigener Käufersuche und Verkaufsabwicklung den doppelten Herstellungsspreis als Verkaufssumme. Nun hatte Gunnar Blut geleckt. Er glaubte, ein Geschäftsmodell entdeckt zu haben, das sein bisheriges Beamtendasein trotz der damit verbundenen wirtschaftlichen Sicherheit weit in den Schatten stellen würde. Er erinnerte sich lächelnd an das Zitat eines geschäftlich erfolgreichen Onkels, der vor dreißig Jahren gegenüber seiner Mutter bemerkte: »Der Junge ist der geborene Kaufmann!«

Gunnar erschien damals als Fünfzehnjährigem diese Bemerkung wie blanke Ironie, hatte er doch in den zurückliegenden Sommerferien für die vorgesehene Rasenfläche den Garten des Onkels – immerhin etwa zweitausend Quadratmeter – für lächerliche fünf Deutsche Mark umgegraben und gejätet. Weitere drei Wochen hatte er in Onkels Möbelfabrik für fünfzig Pfennig Stundenlohn gearbeitet. Damals hatte Gunnar seinen als unterbezahlt empfundenen Arbeitseinsatz eher als nachhaltige Erfahrung im Arbeitsleben und seiner Verdienstmöglichkeiten gewertet.

In seiner Heimatstadt Wuppertal wurde Gunnar über einen Makler ein älteres Gebäude mit viel Land angeboten, dem er nach zähen Verhandlungen mit dem örtlichen Bauamt drei Bauplätze abringen konnte, die er umgehend bebaute – nach dem erfolgreichen Modell in der Pfalz! Erst nach profitablem Verkauf dieser Immobilien gab er seine Beamtentätigkeit auf, die ihm bei der Finanzierung der Objekte wertvolle Beleihungsprivilegien gegenüber den Banken ermöglicht hatte.

Fünf Jahre nach dem erfolgreichen Start als »Häuslebauer« hatte Gunnar seine erste Million geschafft, war mit einer bildhübschen Wuppertalerin verheiratet und Vater zweier Kinder geworden. Vera und Peter waren sein ganzer Stolz. Den Beamtenhabitus hatte er abgelegt und fühlte sich als erfolgreicher Unternehmer, der noch am Anfang seiner Karriere stand.

Zum Leidwesen seiner Frau Dorothea, die er liebevoll Dori nannte, hatte Gunnar kaum gesellschaftliche Beziehungen gesucht, außer natürlich den fürs Geschäft erforderlichen, die sich dann mehr oder weniger auch aufs rein Geschäftliche beschränkten.

Als Ausgleich hatte er sein früheres Karatetraining wieder aufgenommen. Mit seinen 1,90 Meter, breiten Schultern und ausgeprägten Muskelpartien war Gunnar ein respektabler Trainingspartner, der als Träger des zweiten Dan mehrfach an deutschen Meisterschaften teilgenommen hatte. Zweimal konnte er deutscher Vizemeister werden.

Mit Vollendung seines vierzigsten Lebensjahres hatte Gunnar es endgültig geschafft. Sein Geschäftsmodell hatte sich im Lauf der Jahre als äußerst lukrativ erwiesen und ihn zum mehrfachen Millionär gemacht. Längst war aus dem wagemutigen »Häuslebauer« ein gestandener Unternehmer geworden, der sich durch Investitionen in Wohn- und Gewerbeimmobilien eine gesicherte Basis geschaffen hatte. Selbst die vor Jahren angebrochene Eurozeit mit über fünfzigprozentiger Währungsreform hatte den Geschäften nicht geschadet. Größere persönliche Wünsche hatte Gunnar bis dahin weitgehend zurückgestellt. Die Unternehmensstrategie des gesunden Wachstums genoss Priorität.

Im vorigen Jahr hatte Gunnar mit Dori und den Kindern einen Familienurlaub in Florida verbracht, verbunden mit ausgiebigen Reisen in verschiedene Nationalparks der USA. Es entwickelte sich der Wunsch nach einer größeren Ferienimmobilie am Golf von Mexiko, die als Ausgangspunkt für künftige Reisen auf dem amerikanischen Kontinent dienen sollte.

Für gut zwei Millionen Dollar hatte ihm ein ortsansässiger Makler einen wunderschönen Besitz am weißen Sandstrand von Bonita Springs angeboten. Eine ausgesprochen günstige *occasion* die nicht lange auf dem Markt bleiben würde, wie Mister Cooper nachdrücklich versicherte. Dori und die Kinder waren nach der ausgiebigen Besichtigung begeistert und drängten Gunnar zu einem schnellen Kauf. Noch vor ihrem Rückflug nach Deutschland hatte Gunnar den Kaufvertrag unterschrieben und einen Sicherheitsbetrag von zehntausend Dollar hinterlegt, der beim Rücktritt vom Vertrag verloren gewesen wäre. Bis zum endgültigen Kaufvertrag, dem sogenannten *closing,* wurde eine Frist von vier Wochen vereinbart.

Drei Tage nach ihrer Rückkehr nach Deutschland nahm Gunnar seine Dori in die Arme. »Liebes, wir haben ein kleines Problem.«

Lächelnd erwiderte Dori die liebevolle Umarmung. »Welches Problem kann es geben, das du nicht lösen könntest?!«

»Das Problem ist, liebe Dori, dass wir kein Geld haben. Jedenfalls nicht genug Geld, um die Villa in Florida zu bezahlen.«

»Meinst du nicht, Gunnar, dass du das bereits in Florida, und zwar vor dem Vertragsabschluss und der Anzahlung hättest wissen können?« Der leichte Vorwurf in Doris' Stimme war nicht zu überhören. »Aber wenn es nicht geht, treten wir eben vom Vertrag zurück und verlieren zehntausend Dollar. Damit ist doch das Problem gelöst oder nicht?!«

»Das stimmt, aber ihr, das heißt wir alle haben uns doch so sehr auf Florida gefreut. Ich mag euch nicht so einfach enttäuschen. Ich habe, offengestanden, nicht damit gerechnet, dass meine Hausbank sich strikt weigert, mir einen Kredit für ein Objekt im Ausland zu bewilligen, auch wenn es auf inländischem Besitz abgesichert ist. Für ein Finanzierungsobjekt in Deutschland hätte ich keinerlei Probleme gehabt.«

»Und warum finanzierst du das Haus nicht mit einer amerikanischen Bank? Oder geht das als Ausländer nicht?«

»Doch, doch, das geht sogar relativ problemlos, wie mir

der Makler versicherte. Aber genau das will ich ja nicht. Der Besitz in Florida soll unbelastet bleiben.«

Jetzt schaute ihn Dori etwas ratlos an.

»Es ist so, mein Liebes, ich habe mit dir noch nicht darüber gesprochen. Es war halt immer etwas anderes wichtiger. Aber nachdem ich das Buch UMVOLKUNG von Akif Pirinçci gelesen habe, betrachte ich den Besitz in Bonita Springs nicht nur als Ferienparadies. Er kann darüberhinaus für unsere ganze Familie auch zum Fluchtpunkt in einem sicheren Staat werden. Was ich zwar nicht hoffe, aber nach Kenntnis der in Pirinçcis Buch aufgeführten Fakten auch nicht mehr ausschließen kann.«

»Mein Gott, Gunnar, das ist ja das Erste, was ich erfahre. Du hast unser Ferienhaus gleichzeitig als Auswanderungsprojekt geplant? Und das noch aufgrund eines Buches von einem Akif Pirinçci, dessen Name sich eher nach einem Türken anhört?!«

»Es stimmt, dieser Akif Pirinçci ist tatsächlich ein Deutschtürke, der sich im Gegensatz zu vielen seiner ehemaligen Landsleute voll in Deutschland integriert hat und Deutschland als seine neue Heimat liebt. Seine früheren Bücher, die sogenannten Katzenkrimis, wurden in 17 Sprachen übersetzt und millionenfach verkauft, teilweise sogar verfilmt. Diese Reputation hat er mit seinen gesellschaftskritischen Büchern aufs Spiel gesetzt und bei den regierungskonformen Medien verloren.«

»Und was bedeutet das, Gunnar?«

»Mit seiner scharfen und kompromisslosen Kritik an Multikulti, an der machtversessenen und gierigen Politikerkaste und der sogenannten Lügenpresse hat er die überaus toleranten Gutmenschen so in Rage gebracht, dass man versucht hat, ihn mundtot zu machen. Im Dritten Reich wären seine Bücher verbrannt worden, im Mittelalter sogar er selber. Der sogenannte Mainstream hat seine Bücher auf den Index gesetzt und ihn zur Unperson erklärt, was für schwächere Charaktere den sozialen Tod bedeutet. Um es auf den Punkt zu bringen, liebe Dori, dieser Pirinçci hat sich nicht an die Regeln gehalten, zu denen Albert Einstein treffsicher anmerkte »Um ein tadelloses Mitglied einer Schafherde sein zu können, muss man vor allem ein Schaf sein.«

Dori musste lachen. »Und ein Schaf möchtest du ebensowenig sein wie Akif Pirinçci. Habe ich dich da richtig verstanden?«

»Du hast es genau getroffen, Dori, denn diese Schafherde ist dem Untergang geweiht. Der ständige Zustrom von testosterongesteuerten schwarzen männlichen Wirtschaftsasylanten aus Afrika und die Terroranschläge fanatischer Islamisten, die Deutschland den Dschihad erklärt haben, sind keine Fantasiegebilde mehr.

Ich habe kürzlich in einer Gallup-Umfrage von 2009 gelesen, dass etwa 500 Millionen Schwarzafrikaner nach Europa wollen. Mir reicht schon die Zahl der 2015 illegal nach Deutschland Eingereisten, alles kräftige junge Männer mit Smartphone und Designer-Sneaker. Als Dealer beherrschen bereits jetzt viele schwarze Illegale die Drogenumschlagplätze in deutschen Großstädten, und über die sexuellen Übergriffe auf der Kölner Domplatte Sylvester letzten Jahres will ich gar nicht erst nachdenken.

Nur zum Schluss noch ein Beispiel dafür, wie begründet meine Sorgen sind. Die schwarze Protagonistin Napuli Langa aus dem Südsudan kündigte im Juli 2015 auf einer Pressekonferenz die ›Besetzung Europas‹ an. Die Vorsitzende der Linkspartei, Katja Kipping, saß freundlich lächelnd neben ihr und schwieg.«

Dori unterbrach ihren Ehemann. »Du weißt doch, dass alles, was du mir soeben gesagt hast, dich als Nazi, Pack und Rassisten outet, auch wenn du nur wahre Fakten genannt hast. Übrigens fällt mir in diesem Zusammenhang eine vielsagende Bemerkung von Mark Twain ein: ›Wir mögen Menschen, die frisch heraussagen, was sie denken; vorausgesetzt sie denken dasselbe wie wir!‹«

»Was für eine kluge Frau ich doch habe!«, gab sich Gunnar überrascht. »Aber ich weiß ja, auf was du hinauswillst. Das Kernproblem liegt in der Feigheit unserer Politiker. Sie haben Angst um den Verlust ihrer Pfründe. Wir haben Angst um die Zukunft unserer deutschen Heimat, das Verschwinden unserer Kultur und den Niedergang unserer Kinder, die in kulturfremden Parallelgesellschaften untergehen. Pirinçci hat es auf den Punkt gebracht, wenn er vom Verlust des deutschen Vaterlandes spricht und konstatiert, dass die Zukunft den anderen, den Fremden, gehören wird. Und dass die Mehrheit der Deutschen es sich gefallen lässt, weil sie den Realitäten keinen Glauben schenken mag. Am Ende werden sie ihre eigene Abschaffung lieben lernen!«

Dori war nachdenklich geworden. »Selbst wenn du übertreiben würdest, hast du in einem recht: Ich brauche keine Fremden, um mich wohlzufühlen, schon gar keine Terroristen, afrikanische Vergewaltiger oder schwarze Wirtschaftsasylanten und Drogendealer. In meiner Jugend habe ich mich in meiner Heimatstadt Wuppertal pudelwohl gefühlt. Heute fahren wir aus Angst unsere Kinder zur Schule und holen sie wieder ab. Und den gemeinsamen

Abendspaziergang haben wir ebenfalls aus Angst vor den Fremden schon vor Jahren aufgegeben. Wenn ich darüber nachdenke, hat man sich an diese noch vor dreißig Jahren unvorstellbaren Veränderungen regelrecht gewöhnt. Der innere Widerstand und das berühmte *cui bono?* machen einer Anpassung aus Angst Platz. Vermutlich auch deshalb, weil keine Problemlösung in Sicht ist.«

»Genau da widerspreche ich dir, denn der von mir vorgesehene Fluchtpunkt Florida könnte eine Lösung für uns sein, bevor in Deutschland die Lichter ausgehen. Sollte es in Deutschland eine politische Wende, also eine Politik für Deutsche, geben, kann es durchaus eine Änderung zum Positiven bedeuten, und wir brauchen keine Alternative im Ausland. Ein schönes Feriendomizil am Golf von Mexiko, das uns und den Kindern viel Lebensfreude bringen wird, bliebe es trotzdem, . Und damit komme ich wieder zum Anfang unseres Gesprächs.«

»Ich weiß, Gunnar, du brauchst Geld und hast auch schon eine Lösung im Visier.«

»Du hast es wieder getroffen, denn ich habe tatsächlich eine Lösung des Problems gefunden. Vor einigen Monaten sprach mich ein Makler der bekannten Wuppertaler Maklerfirma Veritas an und fragte mich, ob ich ein oder mehrere Immobilienobjekte aus unserem Unternehmen verkaufen wolle. Er habe einen äußerst potenten Barzahler aus dem Ausland. Das habe ich damals dankend abgelehnt. Vor einigen Tagen hat er mich erneut angerufen. Aufgrund der neuen Lage habe ich mich für morgen mit ihm verabredet. Übrigens kommt Werner Ebert als unser Wirtschaftsberater mit zu dem Termin, falls Fragen wegen eines ausländischen Käufers entstehen sollten.«

»Und was willst du zum Kauf anbieten, oder steht das noch gar nicht fest?«

»Doch, aber das wollte ich mit dir heute besprechen und deine Meinung beziehungsweise Zustimmung abfragen. Ich habe an unser Hotel Garni, das kleine First-Class-Hotel am Neuen Markt gedacht. Der Betrieb läuft zwar gut, aber im kommenden Jahr sind hohe Investitionskosten unumgänglich, wenn wir konkurrenzfähig bleiben wollen. Außerdem haben wir bereits drei Hotels in Wuppertal, so dass es sogar Sinn macht, wenn wir uns auf zwei reduzieren. Wenn man der Presse glauben darf, soll am neuen Hauptbahnhof in Wuppertal-Elberfeld sogar ein neues Mega-Hotel mit 200 Zimmern in Planung sein. Ein Grund mehr für uns, das Garni-Hotel abzustoßen.«

»Ist denn sicher, dass dieser Ausländer unser Hotel haben will?«

»Das ist es immer erst, wenn die Unterschriften auf dem Papier getrocknet sind.«

»Weißt du schon, wer der ausländische Interessent ist?«

»Das ist ja das Verlockende. Unter dem Siegel der Verschwiegenheit hat mir der Inhaber von Veritas , Herr Ollmer, mitgeteilt, dass der Kaufinteressent der Schweizer DuPont-Konzern sei. Der investiere zur Zeit mehrere hundert Millionen Schweizer Franken in deutsche Gewerbeimmobilien.«

»Sag mal, Gunnar, ist das der gleiche DuPont, dessen Name auf dem goldenen Feuerzeug steht, das ich dir vor zwei Jahren zum Geburtstag geschenkt habe?«

»Genau der ist es. Um dessen Bonität brauchen wir uns keine Sorgen zu machen. Außerdem will er bar bezahlen, um überflüssige Fränkli aus der Schweiz zu schaffen, was immer das auch heißen mag.«

»Willst du damit sagen, dass dieser DuPont mit Schwarzgeld bezahlen will?«

»Das weiß ich nicht, und, ehrlich gesagt, ich will es auch gar nicht wissen. Der Makler hat mir jedenfalls versichert, alles ginge völlig legal zu. Er habe mit DuPont schon mehrere solcher Barkaufgeschäfte problemlos abgewickelt.«

»Du solltest trotzdem vorher unseren Freund Werner fragen. Als Steuerberater wird er wissen, ob das Ganze eine saubere Sache ist.«

»Habe ich bereits in die Wege geleitet, mein Schatz. Morgen bin ich mit Werner gegen elf Uhr in seiner Kanzlei verabredet.« Damit hatte er Dori beruhigt.

Tatsächlich war sich Gunnar durchaus nicht sicher, ob das von Ollmer vorgesehene Geschäftsmodell so legal war, wie er das darstellte. Immerhin ging es um einen Kaufpreis von 2,5 Millionen Euro. Auch hatte er Dori verschwiegen, dass der Käufer von ihm als Verkäufer 250 Tausend Euro in bar forderte. Dies war als Äquivalent für den im Verhältnis zum Euro höher bewerteten Schweizer Franken gedacht. Rechnerisch war das richtig. Entscheidend für Gunnars Zustimmung war jedoch die Tatsache, dass er das Hotel auch für 2,2 Millionen Euro verkauft hätte. Insofern war die Zahlung eines Wechselkursausgleichs für ihn kein echter Wertverlust. Noch weitere offene Fragen würde er morgen mit Werner und dem Makler besprechen.

2

Werner Ebert war ein mittelgroßer Mann in den Vierzigern. Sein bereits schütteres Haar bedeckte einen Schädel in perfekter Eiform. Als Karikatur eines Eierkopfes war sie wie ein Sinnbild für seinen Beruf, für den Zahlenmenschen als Steuerberater.

Besonders wehrhaft sah Werner Ebert nicht aus, mit seinem ausgeprägten Rundrücken und dem tief auf der Nase sitzenden altmodischen Kneifer entsprach er eher einer Spitzwegkarikatur vom typischen Schreibtischtäter. Wenn ihn seine figürliche Ausstrahlung auch weniger auszeichnete, so empfahl er sich durch sein freundlich heiteres Wesen und seine außerordentlichen beruflichen Qualifikationen, die seiner Steuerberaterkanzlei im Bergischen Raum einen hervorragenden Ruf verschafft hatten. Mit drei Kollegen und sechs Steuerfachgehilfinnen beziehungsweise Bilanzbuchhaltern zählte seine Kanzlei in der Fußgängerzone Wuppertal-Elberfelds zu den bestlaufenden Kanzleien der Branche.

Seit vielen Jahren betreute er die Unternehmensgruppe seines Freundes Gunnar Franzen, und zwar zu dessen voller Zufriedenheit.

Aus dieser Zeit stammte ihre Freundschaft, der ein für beide Freunde einschneidendes Erlebnis vorausgegangen war. Werner hatte sich zur Überwindung des Trennungsschmerzes von seiner langjährigen Freundin in eine Wuppertaler Diskothek verirrt. Als er nach drei Stunden frustriert, vom dröhnenden Schallpegel der Bässe leicht verwirrt und zugegebenermaßen alkoholisch leicht angeheitert den Lärmtempel wieder verließ, wurde er noch keine hundert Meter weiter urplötzlich von vier kräftigen Gestalten in eine dunkle Nebengasse gezerrt und mit brutalen Schlägen und Tritten traktiert. Erst als seine Hilfeschreie verstummten und er regungslos am Boden lag, machten sich die vier Schläger an die gezielte Ausplünderung ihres Opfers. Zum Glück für Werner waren seine Hilferufe gehört worden.

Gunnar Franzen war mit seiner Frau Dorothea auf einem ihrer Abendspaziergänge, als sie die Schreie eines Menschen in höchster Not aus einer nahe gelegenen Gasse aufschreckten. Gunnar stürmte spontan los, ohne die Reaktion Dorotheas abzuwarten.

Die Täter waren noch beim Ausrauben ihres Opfers, als vor ihnen der Schatten eines großen Mannes auftauchte. Ohne ein Wort zu sagen, hatte einer der Täter plötzlich ein Messer in der Hand und stürzte auf Gunnar Franzen los. Für diesen kein Problem, als er mit einem kräftigen Tritt den Unterarm des Angreifers traf und das Messer klirrend auf den Boden fiel. Der blitzschnell folgende Armhebel ließ die Handwurzelknochen splittern wie trockenes Holz. Aufheulend sank der Gegner zu Boden.

Gunnar hatte im Halbschatten der Gasse erkannt, dass es sich um vier Ausländer, vermutlich Türken, handelte, alles kräftige mittelgroße Gestalten. Unter Wutgebrüll und wilden Schlägen drangen die drei verbliebenen Gegner auf ihn ein. Gunnar begriff, dass dies ein Kampf auf Leben und Tod werden konnte, und reagierte wie ein echter Dan-Träger. Mit einem Herztritt schaltete er einen weiteren Angreifer aus, der wie ein gefällter Baum umfiel. Den nächsten ereilte ein Schlag gegen die Karotis, so dass er röchelnd zu Boden ging.

Der vierte Gegner war Gunnar zu nahe gekommen. Er ging ebenfalls mit einem Messer auf ihn los. Das Messer zischte gefährlich nahe an Gunnars Hals vorbei, was diesen richtig wütend machte. Der Ellbogenstoß auf das Brustbein und ein harter Handkantenschlag unter das Nasenbein führten zum sofortigen Brechen des Brustbeins und des Nasenbeins. Der letzte Angreifer ging bewusstlos zu Boden.

Aufatmend hielt Gunnar inne, der Kampf hatte keine fünf Minuten gedauert. Die zwei stöhnenden, noch bei Bewusstsein verbliebenen Täter herrschte er an: »Haut ja nicht ab, sonst gibt's Nachschlag. Ihr bleibt da sitzen, bis die Polizei hier ist. Habt ihr das verstanden?« Beide nickten ängstlich.

Gunnar bückte sich nach dem Opfer, das sich zu regen begann. Dann war auch Dorothea neben ihm. »Ich habe über Handy die Polizei alarmiert. Sie muss gleich hier sein. Bist du verletzt, Gunnar?«

»Bin ich nicht. Aber der arme Deubel hier scheint ordentlich etwas abbekommen zu haben.«

Seine Frau drehte das stöhnende Opfer vorsorglich auf die Seite, um die Erstickungsgefahr bei einem möglichen Erbrechen zu verhindern. Dann redete sie besänftigend auf den jungen Mann ein, der allmählich aus seiner Bewusstlosigkeit erwachte.

Qualvoll krümmte er seinen Unterleib, bis plötzlich ein Strahl Erbrochenes aus seinem Mund schoss. Das schien ihn zu erleichtern. Seine Augen öffneten sich.

Gunnar zog den Liegenden von dem Erbrochenen weg, und Dorothea wischte mit einem Taschentuch den Mund und das blutüberströmte Gesicht des Verletzten ab. Sein Nasenbein war zertrümmert, eine zerschlagene Brille wurde hinter dem Kopf sichtbar.

Mit eingeschaltetem Martinshorn näherte sich ein Polizeifahrzeug in rasender Geschwindigkeit, gefolgt von einem Rettungswagen. Minuten später lag das schwer verletzte Opfer auf einer Krankentrage und wurde abtransportiert. Ein zweiter Streifen- und ein weiterer Rettungswagen fuhren heran. Die verletzten Täter wurden ebenfalls ins Krankenhaus gefahren, begleitet von dem zweiten Polizeifahrzeug.

Dann wandten sich die am Tatort zurückgebliebenen Streifenbeamten an Gunnar und seine Frau und nahmen ihre Personalien auf. »Wir haben in der Gasse ein Messer sichergestellt. Wissen Sie, wem das gehört?«

»Das Messer hat einer der Verbrecher versucht, mir in den Leib zu rammen, als ich dem Opfer zu Hilfe kommen wollte. Leider konnte ich ihm nicht mehr direkt helfen. Er lag schon bewusstlos am Boden. Im ersten Moment dachte ich sogar, er wäre tot, so regungslos, wie der da lag. Die Täter waren gerade dabei, ihn auszurauben. Sie sahen mich und griffen mich ohne Vorwarnung an.«

Der Streifenbeamte und seine junge Kollegin schauten etwas ungläubig auf Gunnar. »Aber Ihnen ist ja nichts passiert, wie kann das sein? Sie alleine gegen die vier jungen Männer, die einen durchaus kräftigen Eindruck machen! Und einer ist sogar mit dem Messer auf Sie losgegangen!« Wer legt sich denn alleine mit einer Türkengang an?« Die junge Polizistin schüttelte ungläubig den Kopf.

Ihr älterer Kollege leuchtete Gunnar mit seiner Taschenlampe ins Gesicht. »Ich glaube, ich habe Sie schon mal gesehen. Sind Sie nicht deutscher Karatemeister, Herr Franzen?«

»Nur deutscher Vizemeister, aber für die vier hat es gereicht, um sie unschädlich zu machen. Ich hoffe nur, dass das Opfer alles übersteht.«

»Das können Sie bestimmt morgen im St. Marien-Krankenhaus erfahren. Dort wird er nämlich eingeliefert. Sein Name ist übrigens Werner Ebert, wenn Sie ihn besuchen wollen. Bestimmt möchte er sich persönlich bedanken, nach dem, was Sie für ihn riskiert haben. Aber für heute soll es genug sein. Wir rufen Sie morgen an, um auf dem Revier Ihre Angaben für unseren Abschlussbericht zusammenzustellen.« Die Polizisten verabschiedeten die beiden und wünschten einen Guten Abend.

Am nächsten Morgen rief Gunnar im St. Marien-Krankenhaus an. »Ich möchte gern Herrn Werner Ebert sprechen.«

»Einen Moment bitte, ich verbinde Sie mit Station drei.«

Es dauerte eine Zeitlang, bis abgehoben wurde. »Sie sprechen mit Schwester Erika, wie kann ich Ihnen helfen?«

»Ich bin Gunnar Franzen und möchte Herrn Werner Ebert besuchen. Wann ist das möglich?«

Schwester Erika entfuhr ein überraschtes: »Oh, dann sind Sie der Karatemeister, der unseren Patienten gerettet hat.«

Jetzt war es an Gunnar, überrascht zu sein. »Woher wissen Sie von den Ereignissen, die doch erst gestern Abend stattgefunden haben?!«

»Das können Sie alles in der heutigen Morgenpost nachlesen. Es gibt auch ein Foto von Ihnen. Sie sind der ›Held des Tages‹, so schreibt die Zeitung.«

»Dann werde ich mir die Morgenpost noch besorgen, damit ich auch etwas über meine sogenannte Heldentat erfahre. Wann kann ich denn Herrn Ebert besuchen?«

»Am besten kommen sie nach eins, dann sind die Arztvisiten vorbei. Jedenfalls geht es dem Patienten den Umständen entsprechend viel besser als bei seiner Einlieferung. Wenn Sie kurz nach drei kommen, bin ich noch im Dienst, und ich kann Ihnen weitere Einzelheiten berichten.«

»Wir sehen uns um drei Uhr, Schwester Erika. Auf Wiedersehen und vielen Dank!«

Gunnar hatte den Hörer gerade aufgelegt, als ein Anruf vom Wuppertaler Polizeipräsidium einging. Er möge sich mit seiner Ehefrau um zehn Uhr dreißig bei Herrn Hauptkommissar Hollmann im Kommissariat I melden. Gunnar stimmte zu. Heute würde er wohl nicht mehr in den Betrieb kommen. Jetzt wollte er sich erst einmal die Zeitung besorgen.

Er hatte den Autoschlüssel bereits in der Hand, als Dori die Haustür öffnete, eine Brötchentüte und die Morgenpost schwenkte. »Du wolltest doch nicht ohne Frühstück in den Betrieb?! Und ich hab dir auch etwas mitgebracht. Während du liest, bereite ich das Frühstück. Leider hat alles etwas länger gedauert, bevor ich die Bäckerei verlassen konnte. Ich wusste gar nicht, wie bekannt du bei den Leuten bist, so viele Hände musste ich schütteln. Danach müsste ich heute sehr stolz auf dich sein, wenn ich es nicht schon immer gewesen wäre«, lächelte sie Gunnar schelmisch an.

Gunnar griff nach der Zeitung und las unter der Überschrift »Mutiger Mitbürger rettet Überfallopfer« den überaus positiven Bericht über seine gestrige Heldentat:

Gestern Abend gegen einundzwanzig Uhr wurde ein Wuppertaler Steuerberater auf dem Heimweg von vier südländisch aussehenden Schlägern in eine Gasse gezogen und bewusstlos geprügelt. Noch bevor das Opfer ausgeraubt war, kam ihm der bekannte Unternehmer Gunnar Franzen zu Hilfe.
Er hatte auf einem Abendspaziergang mit seiner Ehefrau Dorothea die Hilferufe des Opfers gehört und eilte ohne Zögern zu Hilfe. Nach Abwehr eines Messerangriffs konnte er die vier Verbrecher überwältigen, wobei sie nicht unerhebliche Verletzungen erlitten.
Das Besondere an diesem Heldendrama ist, dass der mutige Retter Kampfsportler ist. Es handelt sich um den deutschen Karate-Vizemeister, der Träger des 2. Dan (Meistergürtel) ist.

Darüber war ein Foto des Tageshelden in Kampfkleidung aus einem Meisterschaftskampf abgebildet.

»Trotzdem wollen wir jetzt frühstücken, damit unser Held wieder zu Kräften kommt!«, kalauerte Dori und legte seine Zeitung beiseite.

Das gemeinsame Frühstück wurde seit einigen Jahren, seitdem die Kinder zur Schule gingen, regelrecht zelebriert. Dori hatte sich mit ihrem Wunsch nach etwas gemeinsamer Kontemplation durchgesetzt, nachdem in den vergangenen Jahren des Unternehmensaufbaus das Leben wie im Dauerlauf ohne Rast und Ruh durchgepeitscht wurde – ein Dauerstress für die ganze Familie. Jetzt gab es einen morgendlichen Ruhepunkt, und Gunnar war nicht mehr um acht Uhr, sondern erst um elf Uhr im Betrieb. Zu seiner Überraschung erlitt das Unternehmen dadurch keinerlei Geschäftseinbrüche. Inzwischen hatte sich Gunnar an die veränderte Lebensführung gewöhnt und beglückwünschte sich insgeheim zu seiner klugen und fürsorglichen Frau.

»Bevor ich es vergesse, wir müssen um zehn Uhr dreißig auf dem Polizeipräsidium sein. Man hat uns beide wegen gestern Abend vorgeladen. Ich werde deshalb heute nicht im Betrieb sein, da ich anschließend noch im St. Marien-Hospital Herrn Weber besuchen will. Wann musst du die Kinder von der Schule abholen?«

»Beide haben kurz nach 13 Uhr Schulschluss. Bis dahin muss ich an der Schule sein. Glaubst du, dass wir bis dahin im Präsidium fertig sind?«

»Das will ich doch hoffen!«

Pünktlich um zehn Uhr dreißig meldeten sich die Eheleute Franzen bei Hauptkommissar Hollmann, der die beiden freundlich begrüßte und in ein Konferenzzimmer bat. Hollmann war etwa in Gunnars Alter und an den Schläfen stark ergraut. Etwa einen halben Kopf kleiner als Gunnar machte er einen durchtrainierten Eindruck. Seine Stimme zeugte von Durchsetzungsfähigkeit.

Sie hatten gerade Platz genommen, als ein jüngerer Kollege mit leichtem Silberblick den Raum betrat. Hollmann stellte ihn als Oberkommissar Grünberg vor. Er war etwa 1,75 Meter groß, hatte eine Stirnglatze und machte einen selbstbewussten Eindruck.

Hauptkommissar Hollmann stellte ein Aufnahmegerät auf den Tisch. »Sind Sie einverstanden, wenn wir das Gespräch aufnehmen? Es erspart dem Kollegen das Mitschreiben fürs Protokoll. »Haben Sie schon den Artikel in der MORGENPOST gelesen?«

Gunnar bejahte und meinte: »Ich wundere mich nur, woher die so schnell über den Vorfall Bescheid wussten. Denn gestern Abend war keine Presse vor Ort, und interviewt hat mich auch keiner. Also können sie die Informationen nur von der Polizei haben.«

»In Ihrem Fall, Herr Franzen, bedaure ich das besonders, da wir Ihren Namen nicht ohne ihre Zustimmung mitgeteilt hätten, denn so bewundernswert Ihre Hilfe auch war, Sie haben sich offensichtlich mit einer türkischen Jugendbande angelegt, die einschließlich ihres Umfeldes selbst für uns nur schwer zu kontrollieren ist.«

Dorothea Franzen war bei den letzten Worten Hollmanns blass geworden. »Wollen Sie damit sagen, Herr Hauptkommissar, dass mein Mann und unsere Familie, wir haben zwei schulpflichtige Kinder, ab jetzt gefährdet sind?!«

Oberkommissar Grünberg antwortete: »Leider können wir das nicht ausschließen. Wir haben inzwischen die Namen der Täter ermittelt. Es handelt sich um Mitglieder eines türkischen Familienclans, die alle noch nicht volljährig sind. Alle vier sind mehrmals vorbestraft und als gefährlich eingestuft. Bisher hat sie nur ihr Alter vor einer Gefängnisstrafe bewahrt. Offen gesprochen, Frau Franzen, ich bewundere den Mut Ihres Mannes. Aber vielleicht hätte er doch besser die Polizei angerufen und abgewartet. Im Sinne eines Eigenschutzes wäre das vermutlich vernünftiger gewesen.«

Gunnar musste sich beherrschen, um ruhig zu bleiben. »Das kann doch nicht Ihr Ernst sein, Herr Grünberg, dass ich sehenden Auges das Totschlagen und Berauben eines Menschen in höchster Not beobachte und als stiller Beobachter die Ankunft der Polizei abwarte. Da habe ich von notwendiger Hilfeleistung eine ganz andere Vorstellung.«

»Keiner will Ihren persönlichen Einsatz mindern, Herr Franzen«, unterbrach Hauptkommissar Hollmann mit beruhigender Stimme. Kollege Grünberg wollte lediglich eine mögliche Eigengefährdung zur Sprache bringen. Und die können wir bei diesem Täterpotential nicht ausschließen. Aber kommen wir auf den Tathergang von gestern Abend zurück.«

Gunnar und Dorothea beantworteten die Fragen der Kommissare detailgetreu, so dass nach einer knappen Stunde die Vernehmung fast beendet war.

»Eine Frage habe ich doch noch, Herr Franzen. Sie wurden nach ihren Angaben von dem ersten und dem vierten Täter jeweils mit einem Messer angegriffen. Die Beamten vor Ort haben allerdings nur ein Messer gefunden. Haben Sie eine Erklärung dafür?«

Etwas Lauerndes hatte sich in die Stimme Grünberg geschlichen. Beide Eheleute hatten plötzlich das Empfinden von Feindseligkeit.

»Es kann sein, dass der vierte Täter das Messer aufgehoben hat, das ich dem ersten aus der Hand getreten habe. Aber warum fragen Sie das, Herr Oberkommissar?«

Oberkommissar Grünberg schaute bedeutungsvoll zum älteren Vorgesetzten. Hauptkommissar Hollmann räusperte sich etwas umständlich. »Es ist so, dass der letzte Angreifer schwere Verletzungen wie einen Bruch des Brust-

und Nasenbeins erlitten hat. Bei einer Messerattacke erlaubt der Notwehrparagraf ganz andere Mittel der Selbstverteidigung. Eine Selbstverteidigung ohne Messerattacke des Gegners beschränkt den körperlichen Einsatz in seinen Verletzungsauswirkungen danach, ob diese angemessen sind. Was ich damit sagen will ist, dass ein Ermittlungsverfahren in dieser Richtung gegen Sie nicht auszuschließen ist. Ich empfehle Ihnen daher, sich mit einem Anwalt zu beraten, um einer solchen Entwicklung direkt gegensteuern zu können. Auch müssen Sie damit rechnen, dass die verletzten Täter Anzeige gegen Sie wegen Körperverletzung stellen. Ich will Sie mit diesen Hinweisen nicht beunruhigen, Herr Franzen, und mein erster Satz gilt voll und ganz, dass ich Sie für Ihren selbstlosen Einsatz bewundere. Aber wir leben in einer besonderen Zeit, und deshalb unterschätzen Sie diesen Türkenclan nicht. Bitte rufen Sie uns sofort an, wenn Ihnen etwas Ungewöhnliches in Ihrem Umfeld auffällt.«

Es war zwölf Uhr dreißig, als die Eheleute Franzen das Präsidium wieder verließen. Diesmal mit gemischten Gefühlen. Gunnar konnte sich kaum noch beherrschen, als sie wieder im Wagen saßen. »Das einzig Richtige hat der Hauptkommissar gesagt, als er von einer besonderen Zeit sprach, in der wir leben. Und dieser Grünberg ist ein falscher Hund, der anscheinend Täter, Opfer und Helfer nicht auseinanderhalten kann.«

»Gerade das macht mir Sorgen, Gunnar. Nicht auszudenken, wenn du zur Belohnung deiner ›Heldentat‹ angeklagt würdest. Ich glaube, Helden sind heute gar nicht mehr gefragt – höchstens Maulhelden!«

»Da liegst du genau richtig. Ich erinnere mich an einen Fall in Duisburg. Dort war ein 76-jähriger Rentner von zwei schwarzen Wirtschaftsasylanten angegriffen und ausgeraubt worden. Trotz eines Nasenbeinbruchs konnte er die jugendlichen Täter mit einem Pfefferspray besprühen, so dass sie von ihm abließen. Sie wurden von der Polizei gefasst und vor Gericht gestellt.

Die Täter kamen mit ein paar Sozialstunden davon, während das Opfer wegen Körperverletzung eine saftige Geldstrafe erhielt. Als ich das las, kam ich mir wie im Tollhaus vor. Darüber darf man sich nicht wundern, wenn diese jungen Männer aus Afrika und dem Nahen Osten – zum größten Teil noch Analphabeten – im deutschen Paradies von Funktionären der Sozialindustrie an die Hand genommen werden, um sie zu den Sozialtrögen zu führen, wo es tatsächlich in Hülle und Fülle das ›leckere keine Arbeit – trotzdem Geld‹ gibt, wie Pirinçci es so treffend ausdrückt.«

Gunnar hatte sich in Rage geredet. Es war gut, dass Dorothea fuhr. »Weißt du, Dori, ich muss dir zu Hause unbedingt noch eine Stelle aus Pirinçcis UMVOLKUNG vorlesen, die so unfassbar ist, dass man es nicht glauben möchte, wenn einen die Fakten nicht eines Besseren belehren würden.«

Fünf Minuten später bogen sie in die Einfahrt ihres Hauses ein. In dreißig Minuten musste Dorothea die Kinder abholen.

»Bevor du fährst, lese ich dir aber noch diese Passage aus dem Buch von Pirinçci vor, weil sie so exemplarisch für meine Situation und allgemein für die besondere heutige Zeit ist. Pirinçci zitiert in seinem Buch den Text einer

24-jährigen Sprecherin der Links-Jugend, der Jugendorganisation der Partei Die Linke. Die junge Frau war im Januar 2016 in einer kleinen Parkanlage ihrer Stadt von drei jungen Arabern und Kurden vergewaltigt worden. Die Vergewaltigung wurde bei der Polizei zur Anzeige gebracht. Danach verfasste die junge Links-Funktionärin für jedermann zugängig auf ihrer Facebook-Seite den folgenden Brief an ihre Vergewaltiger, den auch Pirinçci zitiert:

> *Lieber männlicher Geflüchteter,*
> *vermutlich in meinem Alter. Vermutlich ein paar Jahre jünger. Ein bisschen älter.*
> *Es tut mir so unfassbar Leid!*
> *[…]. Ich habe einen Hauch der Hölle gesehen, aus der du geflohen bist. Ich habe nicht gesehen, was davor geschehen ist und auch deine strapaziöse Flucht habe ich nicht miterleben müssen. Ich bin froh und glücklich, dass du es hierher geschafft hast. Dass du den IS und seinen Krieg hinter dir lassen konntest und nicht im Mittelmeer ertrunken bist.*
> *Aber ich fürchte, du bist hier nicht sicher.*
> *Brennende Flüchtlingsunterkünfte, tätliche Angriffe auf Refugees und ein brauner Mob, der durch die Straßen zieht.*
> *Ich habe immer dagegen angekämpft, dass es hier so ist. Ich wollte ein offenes Europa, ein freundliches. Eins, in dem ich gerne leben kann, und eins, in dem wir beide sicher sind.*
> *Es tut mir Leid.*
> *Für uns beide tut es mir so unglaublich Leid. Du, du bist nicht sicher, weil wir in einer rassistischen Gesellschaft leben. Ich, ich bin nicht sicher, weil wir in einer sexistischen Gesellschaft leben.*

Aber was mir wirklich Leid tut, ist der Umstand, dass die sexistischen und grenzüberschreitenden Handlungen, die mir angetan wurden, nur dazu beitragen, dass du zunehmendem und immer aggressiverem Rassismus ausgesetzt bist.
Ich verspreche dir, ich werde schreien. Ich werde nicht zulassen, dass es weiter geschieht. Ich werde nicht tatenlos zusehen und es geschehen lassen, dass Rassisten und besorgte Bürger dich als das Problem benennen. Du bist nicht das Problem. Du bist überhaupt kein Problem. Du bist meistens ein wunderbarer Mensch, der es genauso wie jeder andere verdient hat, sicher und frei zu sein.
Danke, dass es dich gibt – und schön, dass du da bist.«

Aufatmend beendete Gunnar das Vorlesen des Briefes und schaute auf Dori.

»Ich glaube, mir wird schlecht! Soviel Selbsterniedrigung ist nur ekelhaft. Selbst eine Mutter Theresa würde hier von einem krankhaften Auto-Masochismus sprechen. Aber das ist wohl auch ein Zeichen unserer besonderen Zeit.«

»Du triffst es auf den Punkt, Dori. Und deshalb ist der Hinweis auf eine Anklage gegen mich vermutlich im Bereich des Möglichen. Aber das müssen wir wohl abwarten.« Er blickte auf seine Uhr. »Es ist Zeit. Du musst jetzt die Kinder abholen.«

3

Gegen fünfzehn Uhr war Gunnar im Krankenhaus und meldete sich auf Station III. Kurz darauf begrüßte ihn Schwester Erika, eine erfrischende junge Frau, die mit ihren kurzen blonden Haaren auch im gestärkten Schwesternkittel einen attraktiven Eindruck machte. Lächelnd erwiderte sie Gunnars festen Händedruck. »Ich habe Sie sofort erkannt, Herr Franzen. Eine tolle Leistung, die Sie da vollbracht haben. Ich wollte, mein Mann wäre so tapfer wie Sie. Aber leider ist er kein Kampfsportler. Als Fernsehtechniker hätte er keine Chance gegen diese türkischen Schläger gehabt. Umso wichtiger, dass es noch Menschen wie Sie gibt, die im Notfall einem Opfer zu Hilfe kommen können.«

Schwester Erikas Augen strahlten voller Bewunderung. »Sie können jetzt zu Herrn Ebert. Ich habe ihm bereits von seinem Retter erzählt. Er brennt darauf, sie kennenzulernen und ihnen seinen Dank auszusprechen.«

»Kann er denn schon wieder aufstehen?«

»Das wird noch eine Weile dauern. Neben einer schweren Gehirnerschütterung hat er mehrere Rippenbrüche und Hämatome am ganzen Körper. Zum Glück hat sich ein zunächst vermuteter Milzriss nicht bestätigt. Dafür haben ihm diese Unmenschen den linken Arm gebrochen. Warum nur?! Erschrecken Sie also nicht, wenn Sie einen ziemlich bandagierten Patienten sehen. Ich darf Sie eine halbe Stunde mit ihm alleinlassen. Und vergessen Sie bitte nicht, dass dem Patienten jede Bewegung noch starke Schmerzen bereitet. Für den Notfall drücken Sie bitte die Klingel.«

Sie öffnete die Tür zu Zimmer 12, stellte den Besucher vor und ließ ihn mit dem Patienten allein.

Au Backe, dachte Gunnar Franzen etwas erschrocken, den hat's wirklich böse erwischt. Der sieht mit seinen Bandagen fast so schlimm aus wie der englische Patient im gleichnamigen Film.

Werner Ebert lächelte etwas schmerzverzerrt und nuschelte: »Herzlich willkommen auf dem Krankenrevier. Ich freue mich sehr über Ihren Besuch. Endlich kann ich mich persönlich bei Ihnen für meine Lebensrettung bedanken.« Mühsam streckte er Gunnar seinen unverletzten Arm entgegen, den Gunnar vorsichtig nahm und drückte.

»Aber das war doch selbstverständlich, dass ich zu Hilfe geeilt bin. Das hätten Sie bestimmt auch getan, Herr Ebert.«

»Da seien Sie sich mal nicht so sicher. Die Polizei hätte ich natürlich gerufen. Gegen vier brutale türkische Schläger wäre ich wohl ohne die geringste Chance nicht angetreten. Es sei denn, ich hätte ein Maschinengewehr dabei gehabt. Zum Glück haben Sie die erforderlichen sportlichen Qualitäten, um mit solchen Typen fertig zu werden. Nach meinem Supergau bedauere ich, dass ich in meiner Jugend nicht auch einen Kampfsport erlernt habe. In den unsicheren Zeiten heute ist persönliche Wehrhaftigkeit unerlässlich, wie mein Fall zeigt. Ein Glück, dass Sie, Herr Franzen, zu den wehrhaften Deutschen gehören. Entschuldigen Sie bitte, wenn ich beim Sprechen so nuschele. Aber diese Schweine haben mir auch noch mehrere Zähne ausgeschlagen. Jetzt wird wohl auch ein Gebiss nötig werden. Morgen kommt ein Zahnarzt vorbei.«

»Ich kann Sie trotzdem ganz gut verstehen. Wie sind Sie denn überhaupt in diese Situation geraten? Nicht dass man Ihnen noch vorwirft, Sie hätten das Ganze provoziert.«

Werner Ebert schaute seinen Besucher verständnislos an. »Das müssen Sie mir jetzt aber mal erklären, wie ein unbedarfter Steuerberater vier kräftige ausländische Brutalos in eine dunkle Gasse zerrt, um sie dort zu verprügeln und auszurauben.«

Gunnar ruderte schnell zurück, als er die aufgeregte Reaktion des Patienten sah. »Eigentlich meinte ich gar nicht Sie, sondern meine eigene Situation, nachdem, was ich heute auf dem Polizeipräsidium erlebt habe.«

Gunnar erzählte von der möglichen Anklage wegen Körperverletzung und ließ seinem Frust freien Lauf. Er war fast erleichtert, als er dem Opfer der Gewalttat von den völlig unerwarteten Problemen des hochgelobten Retters erzählen konnte.

Werner Ebert war fassungslos. »Das wäre ja ein himmelschreiendes Unrecht. Sollte es tatsächlich dazu kommen, werde ich Ihnen mit allen Mitteln zur Seite stehen. Das verspreche ich Ihnen hoch und heilig.«

Es klopfte, und Schwester Erika kam herein. »Die dreißig Minuten sind um, Herr Franzen. Aber morgen ist auch wieder Besuchstag, wenn Herr Ebert es wünscht.«

»Ich würde mich sehr freuen, Herr Franzen, wenn es Ihre Zeit zulässt.«

»Das werde ich so einrichten, versprochen! Bis dahin wünsche ich gute Besserung!«

Drei Wochen dauerte noch der Krankenhausaufenthalt Werner Eberts. Gunnar Franzen hatte sein Versprechen in diesen Wochen mehrmals erfüllt. Man war sich nähergekommen bis zum gemeinsamen Du. Beiden lag die besondere Zeit in Deutschland am Herzen, über die sie eifrig ihre Gedanken und Erfahrungen austauschten. Insbesondere stand natürlich das gemeinsame Schreckenserlebnis im Fokus ihres Austausches.

Gunnar hatte Werner Ebert überzeugen können, dass der Besuch eines Karatekurses nur von Vorteil sein könnte. Schließlich könnte sich solch eine Situation jederzeit wiederholen.

Zwischen Gunnar und Werner entwickelte sich im Laufe der Zeit eine Freundschaft, die zu gegenseitigen Einladungen und Kennenlernen der Ehefrauen führte. Werner war seit drei Jahren mit der extrovertierten Karin verheiratet, die in der Ehe offensichtlich das Sagen hatte. Sie war das passende Pendant zu ihrem eher zurückhaltenden Ehemann und verstand sich auf Anhieb mit der ebenfalls lebhaften Dorothea. Diese führte ihre Ehe nach dem Motto, der Mann ist der Kopf und die Frau der Hals. Allerdings ist es der Hals, der den Kopf dreht. Gunnar hatte dies in fünfzehn Jahren Ehe längst verstanden und akzeptiert. Tatsächlich konnte er seiner auch nach der Geburt zweier Kinder noch immer bildschönen Dori kaum einen Wunsch verweigern. Ein zärtlicher Blick aus ihren graugrünen Augen über hohen Wangenknochen unter dem langen schwarzen Haar ließen Gunnars Einwände meistens wie Eis in der Sonne dahinschmelzen. Da war Karin mit kurzem Blondhaar und ebenfalls schlanker Figur sehr direkter, was Werner jedoch verliebt akzeptierte.

Als Gunnar mit seinem bisherigen Steuerberater Differenzen hatte, lag nichts näher, als zur Kanzlei Werners zu wechseln und diesem seine Unternehmen in steuerlichen Entscheidungen anzuvertrauen. So hatte sich in vielen Jahren eine Art Symbiose in persönlicher und geschäftlicher Beziehung entwickelt, die von Freundschaft und hohem Vertrauen getragen wurde.

4

Als vor zehn Jahren Werner ohne zurückgebliebene Schäden – bis auf die Implantation neuer Zähne – nach drei Wochen aus dem Krankenhaus entlassen worden war, standen die zukünftigen Beziehungen noch im Anfangsstadium. Erst die Begleitumstände des gerichtlichen Prozesses gegen die Türkengang und Gunnars Heldentat brachten beide in engere Beziehung.

Sechs Wochen nach dem Überfall war der erste Prozesstag vor einem Wuppertaler Schöffengericht.

»Die Durchführung des Strafprozesses vor einem Schöffengericht ist als positiv zu bewerten, da Schöffengerichte in der Regel zu Haftstrafen oder natürlich Freispruch verurteilen können«, flüsterte Rechtsanwalt Herkenräder Werner zu. Als Opfer und Nebenkläger hatten die beiden neben der Staatsanwaltschaft Platz genommen.

»Hoffentlich eine saftige Haftstrafe«, flüsterte Werner zurück. Er schaute sich nach seinem Retter um und entdeckte Gunnar und Dorothea auf der Zeugenbank. Beide waren als Zeugen der Anklage geladen worden.

Der etwa vierzig Zuschauer fassende Gerichtssaal war bereits voll, als sich noch Dutzende sensationsgierige Zuschauer vor der Tür drängten. Sie würden die Presseberichte der vielköpfig vertretenen Reporterschar abwarten müssen.

»Die überwiegende Zahl der Zuschauer besteht ja aus

türkischen Moslems. Ich habe sogar einige Burka-Trägerinnen entdeckt«, wandte sich Werner an seinen Rechtsanwalt.

»Haben Sie was anderes erwartet? Hier geht es um einen Prozeß gegen die homogenen Mitglieder einer Parallelgesellschaft, die in Wuppertal fast die Hälfte der Bevölkerung ausmacht. Damit mussten wir rechnen. Gehen Sie davon aus, dass diese Zuschauer bedingungslos hinter den Angeklagten stehen werden. Die Staatsanwaltschaft wird es nicht leicht haben. Da kommt sie übrigens.«

Durch eine Nebentüre betrat die griesgrämig blickende Staatsanwältin in geschlechtslosem Habit – ausgenommen ihre schwarze Robe – den Saal, nickte eine kurze oberflächliche Begrüßung zu Rechtsanwalt Herkenräder und Werner Ebert, knallte ihre Akten auf den Tisch und vertiefte sich sofort in diese.

»Ich denke, die steht auf unserer Seite?«, fragte Werner.

»Tut sie auch. Nur bei dem Publikum will sie jeden Anschein von Fraternisierung vermeiden. Schauen Sie sich mal die Zuschauermeute an!«

Werner ließ seine Augen über die Bänke gleiten. So viele Kopftücher und schwarze Schnauzbärte, deren Träger mit wilden Gesten und lautstarkem Gemurmel ihre Meinung bereits vor Prozessbeginn kundtaten, kannte er nur aus TV-Sendungen. Ein leicht mulmiges Gefühl beschlich ihn. Jetzt war er nicht unfroh, dass alle Gerichtsbesucher durch einen Scanner gehen und feste Gegenstände und Taschen in Verwahrung geben mussten. Nur Rechtsanwälte waren davon ausgenommen. Es hatte ihn an alte Wildwestfilme erinnert, in denen Gäste ihre Colts abgeben mussten, bevor sie einen Saloon betreten durften. Werner hatte das immer auf nahezu gesetzesfreie Räume im Wilden Westen bezogen. Und er erinnerte sich noch zu gut an die Zeiten vor wenigen Jahren, als jeder Besucher unkontrolliert ein Gericht betreten durfte. Offensichtlich hatte die bunte Multi-Kulti-Gesellschaft die Deutschen dem Wilden Westen etwas näher gebracht.

Die Angeklagten wurden in den Saal gebracht. Sie kamen als freie Bürger mit entsprechendem Auftreten. Längst waren sie aus der kurzen Untersuchungshaft entlassen worden. Während sie von zwei uniformierten und bewaffneten Beamten zur Anklagebank geführt wurden, fanden reichlich Begrüßungen und Händeschütteln mit den Zuschauern statt. Werner kam es wie ein Familientreffen im Gerichtssaal vor. Jeder Beklagte wurde von seinem Verteidiger begleitet.

Werner hatte ausgiebig Gelegenheit, seine damaligen Peiniger zu beobachten. Alle vier waren mittelgroß und muskulös mit brutalem Gesichtsausdruck. Nach einem Ausdruck von Schuldgefühl suchte er in diesen Gesichtern vergebens. Ihn schauderte bei der Erinnerung an den damaligen Abend, der ohne das mutige Eingreifen Gunnar Franzens leicht sein letzter Abend hätte sein können.

Als das Hohe Gericht den Saal durch eine Nebentür betrat, war die Eingangstür für Zuschauer geschlossen. Die drei Berufsrichter mit ihrem Vorsitzenden in der Mitte und jeweils einem Schöffen in Zivil ließen sich hinter dem Richtertisch nieder. Der vorsitzende Richter war ein dicklicher, mittelgroßer Mann mit weißem Haarkranz und schlaffen Hängebacken.

Es bedurfte mehrerer nachhaltiger Mahnungen, bis im Zuschauerraum Ruhe eingekehrt war. Dann wurden die

Zeugen, das Ehepaar Gunnar und Dorothea Franzen, nach vorne in den Zeugenstand gerufen, zur Wahrheit ermahnt und über die strafrechtlichen Folgen einer Falschaussage belehrt. Anschließend wurden sie aus dem Gerichtssaal geschickt, um später zu ihrer Vernehmung wieder hereingerufen zu werden. Teilweise hasserfüllte Blicke folgten den beiden.

Die Angeklagten hatten neben ihren Anwälten auf der Anklagebank Platz genommen. Die üblichen Fragen des Richters nach dem Personalstand, Werdegang und sozialem Umfeld der Täter wurden ausführlich erörtert. Alle waren zwischen neunzehn und zwanzig Jahre alt, in Deutschland geboren und hatten die deutsche Hauptschule ohne Abschluss verlassen.

Das war Werner nichts Neues. Er kannte die statistischen Zahlen des Bundesamtes, wonach siebzig Prozent der türkischen Hauptschulabgänger keinen Abschluss erreichten. Ohne Schulabschluss war eine Berufsausbildung kaum möglich, so dass vielen Jugendlichen der Weg in die Kriminalität vorgegeben war. Das sah der Richter ebenso, wies aber darauf hin, dass durch fehlende Integrationsmittel den Staat eine hohe Mitschuld treffe.

So geht das also, dachte Werner und sah auf den Gesichtern der Täter und ihrer Anwälte eine gewisse Erleichterung aufkommen. Werner war aufgefallen, wie der Richter die Beklagten ausführlich nach der Anzahl ihrer Brüder fragte.

Schließlich kam der Vorsitzende zur Verlesung der Anklage wegen schweren Raubes und schwerer Körperverletzung und stellte die Frage an die Täter: »Bekennen Sie sich schuldig?«

Viermal kam die gleiche Antwort: »Unschuldig!«

Im Zuschauerraum wurde gepfiffen und geklatscht. Der Richter hatte alle Mühe, im Saal die Ordnung wiederherzustellen. Erst als er mit gerötetem Gesicht die Räumung des Gerichtssaals androhte, beruhigte sich das Publikum.

Dann erhielt die Staatsanwältin Gelegenheit, die Straftaten der Angeklagten zu erläutern, wobei sie immer wieder auf die niedrigen Beweggründe der Täter hinwies.

In den Zuschauerreihen kam wieder Unruhe auf. Es kam erneut zu heftigen Protesten und Gefühlsausbrüchen, als die Staatsanwältin das geforderte Strafmaß verkündete. »Zwei Jahre Gefängnis in einer Jugendstrafanstalt ohne Bewährung. Diese Strafe ist erforderlich angesichts der vielen Vorstrafen der Angeklagten.«

Erstmals sah Werner eine Regung auf den Gesichtern seiner Peiniger. Sie waren deutlich blass geworden.

Nach einer einstündigen Mittagspause kam es zur Vernehmung der Zeugen, wobei Gunnar der Hauptzeuge war. Ruhig und sachlich gab er Antworten auf die Fragen der Richter und Zwischenfragen der Staatsanwältin. Seine Schilderung der Tatumstände war so eindeutig, dass selbst im Publikum Schweigen eingetreten war.

Mit Gunnars Vernehmung endete der erste Gerichtstag. Morgen sollte er mit weiteren Zeugenaussagen und den Anträgen der Verteidiger fortgesetzt werden.

Der nächste Tag begann mit einem Paukenschlag, als die Verteidiger ihre jeweiligen Mandanten für unschuldig erklärten. Nicht diese seien die Täter, sondern vielmehr das Opfer. Sie seien von dem Kläger Ebert in eine dunkle Gasse gelockt und von diesem und dem Zeugen Gunnar Franzen schwer verletzt worden. Seine Verletzungen habe der Kläger seiner eigenen Angriffswut zu verdanken. Sie selber hätten nur in Notwehr gehandelt und wären dabei besonders von dem Zeugen schwer misshandelt worden.

Jetzt war ob der Ungeheuerlichkeit dieser Behauptungen im Gerichtssaal fast betretenes Schweigen eingetreten. Die Angeklagten hatten demonstrativ leidende Mienen aufgesetzt.

Werner dachte plötzlich, er wäre im Tollhaus nach dem Motto »Überall ist Disneyland!«. Gleichzeitig fielen ihm die alten Schüttelreime aus der Grundschule wieder ein: »Das Schwein schlachtet den Metzger« oder »Der Hase schießt den Jäger«.

Immerhin brachten die weiteren Vernehmungen von Dorothea und den Polizeibeamten vor Ort das aberwitzige Lügengebäude zum Einsturz. Dorothea konnte bezeugen, dass nicht türkische Hilferufe ihren Mann zu Hilfe eilen ließen, sondern die deutschen Hilfeschreie eines Menschen in höchster Not. Schließlich bekundeten die Polizisten, Brieftasche und Uhr des Klägers in den Taschen der Angeklagten sichergestellt zu haben. Auf die Frage des Richters, wie diese denn in die Taschen der Angeklagten geraten seien, setzte bei den Verteidigern verlegenes Schweigen ein. Sie beantragten eine Auszeit zur Beratung mit ihren Mandanten, der das Gericht stattgab.

Eine halbe Stunde später gaben die Verteidiger im Gerichtssaal eine Erklärung ab: »Nach eingehender Befragung und Beratung geben wir folgende Erklärung ab: Die Beschuldigten erklären sich für schuldig im Sinne der Anklage. Aufgrund dieser Geständnisse plädieren wir für ein mildes Urteil, das eine Strafe auf Bewährung ermöglicht.«

Das Gericht zog sich zur Beratung zurück und verkündete eine halbe Stunde später das Urteil. »Im Namen des Volkes werden die vier Beschuldigten zu jeweils vier Monaten Gefängnis auf Bewährung verurteilt. Dabei hat das Gericht ausdrücklich die türkisch-moslemische Kulturprovenienz der Täter zu ihren Gunsten berücksichtig!«

Durch das türkische Publikum ging ein sichtbares Aufatmen. Die Verteidiger atmeten erleichtert auf und beglückwünschten ihre Mandanten, deren normale Gesichtsfarbe zurückgekehrt war.

Werner zupfte Rechtsanwalt Herkenräder an seiner Robe. »Finden Sie das gerecht?«

»Sicher nicht, Herr Ebert. Aber Recht und Gerechtigkeit klaffen oft weit auseinander. In diesem Fall kann man sich fragen, warum der Vorsitzende so nachhaltig nach der Anzahl von eventuellen Brüdern der Täter fragte. Da taucht nach meinen Erfahrungen mit ausländischen Straftätern auch bei mir manchmal die Frage auf, ob hier ein Zusammenhang mit dem Strafmaß besteht! Aber bedenken Sie, dass auch Richter nur Menschen sind mit all ihren Ängsten.«

Nach kurzer Beratung mit Rechtsanwalt Herkenräder verzichtete Werner auf eine Schadenersatzklage. Unter den gegebenen Verhältnissen würde diese ohnehin nichts bringen. Und die Rachsucht des Türkenclans wollte er auch nicht austesten. Er musste in Zukunft eben besser aufpassen.

In den nächsten Tagen berichteten die heimische und überregionale Presse ausgiebig über den Fall. Das Urteil fand allgemeinen Beifall, da den Tätern auch vom Gericht ein »Kulturbonus« eingeräumt worden war. Der Staat müsse eben viel mehr tun in Sachen Bildung und Integration.

Keiner wollte wahrhaben, dass es auch ausländische nicht integrationswillige Täter geben könnte.

Immerhin wurde Gunnar ohne Einschränkung weiterhin als Held des Tages gelobt, gegen den keine Anklage wegen überzogenen Notwehrhandelns erhoben wurde. Schließlich hatten die Täter gestanden. Nach wenigen Wochen war der brutale Überfall kein Thema mehr, und alle Gutmenschen gingen wieder ihrer normalen Arbeit nach.

5

Ihr zehn Jahre zurückliegendes Erlebnis hatte – wie bereits erwähnt – zu einer dauerhaften Freundschafts- und Geschäftsbeziehung zwischen Gunnar und Werner geführt, in die auch ihre Ehefrauen mit eingebunden wurden.

Werner war dem Rat seines Freundes gefolgt und Mitglied im Wuppertaler Karateclub Samurai geworden. Mittlerweile hatte er den Braungürtel erworben und hoffte, in zwei Jahren den Schwarzgurt und damit den 1. Dan zu erlangen. Sein Körper hatte Muskeln angesetzt, und sein Selbstbewusstsein war enorm gestiegen. Einem Überfall wie vor zehn Jahren würde er heute anders begegnen können. Er wollte und würde nie wieder hilfloses Opfer und Verlierer sein. Aufgrund seiner neugewonnenen Stärke ging er viele Dinge nicht mehr passiv, sondern mit Aktivität und Selbstbewusstsein an. Er würde Gunnar für dessen Rat immer dankbar sein.

Als vor zwei Jahren seine geliebte Karin an Krebs erkrankt war und nach kurzer Leidenszeit starb, war der Sport eine Hilfe, die Trauerzeit zu überwinden und dank Gunnars und Dorotheas Unterstützung die Rückkehr ins normale Leben zu finden. Und da die Ehe kinderlos geblieben war, würde es irgendwann einen Neuanfang geben, wie Gunnar für seinen Freund hoffte.

Als Gunnar von der Empfangssekretärin in Werners Chefbüro geführt wurde, saß dieser bereits am Besprechungstisch und war in eine angeregte Unterhaltung mit Herrn Ollner, dem Chef der Immobilienfirma Veritas, vertieft.

Ollner war ein schwammiger Typ mit Vollglatze und gut einen Kopf kleiner als Gunnar. Dieser kannte ihn aus mehreren Immobiliengeschäften und hielt ihn für einen jovialen, jedoch mit allen Wassern gewaschenen Immobilienverkäufer, der auch Geschäften am Rande der Legalität nicht aus dem Wege ging. Auf ihn passte das Bonmot »Der ist dreimal mit Dash gewaschen«.

Eilfertig war Ollner aus seinem Sessel hochgekommen und hielt Gunnar eine leicht verfettete Hand zur Begrüßung hin. »Wie freue ich mich, dass wir uns einmal wiedersehen, und das mit einem hoffentlich erfolgreichen Geschäftsabschluss. Ich habe Herrn Ebert bereits kurz die Eckpunkte der geplanten Transaktion genannt.«

Werner begrüßte seinen Freund. »Wenn ich Herrn Ollner richtig verstanden habe, hat er einen Kaufinteressenten für euer Hotel am Neuen Markt. Der Käufer ist Inhaber der DuPont-Gruppe in der Schweiz. Den Namen kennt man in Geschäftskreisen und braucht sich um dessen Bonität keine Sorgen zu machen. Allerdings kommt mir das vorgesehene Kaufprozedere ungewöhnlich vor. Sie sollten uns das, Herr Ollner, ein wenig präziser schildern.«

»Aber selbstverständlich. Übrigens kenne ich den Konzernchef DuPont nicht. Ich habe die ersten Verhandlungen mit dem Generalbevollmächtigten des Konzerns in unserem Büro geführt. Es ist ein Herr Levy Goldstein, der in der Schweiz in Bern gemeldet ist.«

»Woher wissen Sie das so genau?«, warf Gunnar ein.

»Ich habe mir selbstverständlich seinen Pass zeigen lassen. So vorsichtig sind wir schon, bevor wir Geschäfte mit ausländischen Staatsbürgern anleiern. Er stammt übrigens aus Israel, wie sein Name verrät. Seine Großeltern sind Opfer des Holocaust geworden. Seine Mutter sei zu der Zeit in einem englischen Internat zur Schule gegangen. Noch während des Krieges hätten Verwandte sie nach New York geholt, wo sie später geheiratet und mit ihrem Mann in den neugegründeten Staat Israel ausgewandert sei. In Hebron sei er zur Welt gekommen. Leider lebten seine Eltern nicht mehr. Sie seien in den siebziger Jahren Opfer eines terroristischen Palästinenseranschlags geworden.«

»Das ist ja eine rührselige Geschichte. Man kann sie glauben oder nicht. Mich verwundert, dass dieser Goldstein Ihnen offenbar seine ganze Lebensgeschichte erzählt hat. Für einen beinharten Geschäftsmann eher ungewöhnlich. Was sagst du dazu, Gunnar?«

Dieser Einwand glitt an Herrn Ollners jovialem Lächeln ab. »Es war natürlich nicht so, dass Herr Goldstein ins Büro trat und bei mir eine Lebensbeichte abgelegt hat. Ich hatte ihm zur Geschäftsanbahnung einen Cognac angeboten, vielleicht auch zwei …« Ollner grinste verschlagen. »So kamen wir in ein persönliches Gespräch, das ich durchaus zur Verifizierung seiner Identität beziehungsweise seiner Vertrauenswürdigkeit nutzen wollte.«

»Sagten Sie mir nicht am Telefon, Ihre Firma habe bereits mehrere Immobiliengeschäfte mit DuPont erfolgreich abgeschlossen?«, unterbrach Gunnar.

»Völlig richtig, Herr Franzen. Aber dieser Herr Goldstein ist ein neuer Generalbevollmächtigter, den wir noch nicht kannten. Da war es ein Gebot der Vorsicht, ein wenig tiefer zu eruieren.«

»Und was haben Sie am Ende eruiert?«

Herr Ollner strahlte. »Absolut vertrauenswürdig! Für den Mann würde ich meine Hand ins Feuer legen.«

»Die man sich auch verbrennen kann«, warf Werner ein. »Kommen wir auf die vorgesehene Transaktion und das dafür sehr ungewöhnliche Prozedere zurück. Herr Ollner, Sie sagten mir vorhin, der Käufer wolle bar bezahlen. Hat er dafür einen Grund angegeben? Eine Überweisung des Kaufpreises wäre doch der normale Weg.«

»Es ist wohl so, dass die Firma DuPont weltweit – sie ist unter anderem auch im Diamantenhandel und nicht nur in Feuerzeugen tätig – gute Gewinne macht, die teilweise auch als Bargeld fließen. Einen Teil dieser Gelder will sie im Euro-Raum anlegen, bevorzugt in deutschen Immobilien.«

»Das klingt sehr nach Waschen von Schwarzgeld, Herr Ollner. Das ist in Deutschland eine Steuerstraftat, auch die Beihilfe dazu.« Werner hatte sichtlich Mühe, sich zu beherrschen.

»Das haben Sie gesagt, Herr Ebert. Ich glaube nicht, dass sich ein Weltkonzern kriminelle Eskapaden erlauben kann. Schon gar nicht wegen relativ geringer Beträge. Der Konzern setzt weltweit über zwanzig Milliarden um.«

»Den Unsinn müssen Sie selber glauben. Ich muss Sie wohl nicht an die plumpen Betrügereien des VW-Konzerns erinnern – übrigens ein paar Nummern größer als DuPont!«

»Mit Verlaub, Werner. Das mit dem Schwarzgeld kann sein oder auch nicht, letztendlich handelt es sich, was wir aber nicht wissen oder überprüfen können, möglicherweise um unversteuertes Geld aus der Schweiz. Und das ficht mich als Verkäufer einer Immobilie nicht an, solange ich – was ich selbstverständlich vorhabe – meinen Gewinn versteuere. Im Übrigen sollten wir das Hohe Lied der Steuerehrlichkeit nicht überbewerten. Ich erinnere mich zu gut an die Versprechen der Kohl-Regierung und ihrer Nachfolger zur Soliabgabe, die 1989 zur Förderung und Entwicklung der ehemaligen DDR-Gebiete eingeführt wurde. Schon seit Jahren wird dieser fünfprozentige Steueraufschlag nicht mehr für Mitteldeutschland eingesetzt, weil nicht mehr erforderlich. Trotzdem lassen die Regierung Merkel und ihr Finanzminister Schäuble diese Steuerquelle weitersprudeln, vorbei an allen Steuergesetzen.

Und nur zur Erinnerung: Als Kaiser Wilhelm im Ersten Weltkrieg zur Finanzierung der Kriegskosten die Sektsteuer einführte mit dem Versprechen, diese nach dem Krieg wieder aufzuheben, fühlten sich seitdem weder demokratische Regierungen noch das diktatorische System des Dritten Reiches zum Einlösen der kaiserlichen Zusage verpflichtet. Die Sektsteuer gibt es noch immer. Wie die Bauern noch heute sagen: Gleiches Futter macht gleiche Schweine. Und wer einmal am Fresstrog sitzt, den kriegt man nicht wieder weg.

Und um noch eins draufzulegen« – Gunnar hatte sich in Rage geredet –, »erinnere ich an Bourjahn, den amtierenden Finanzminister von Nordrhein-Westfalen. Der kauft seit Jahren gestohlene Kontoauszüge aus dem Ausland auf, um aufgeflogene Steuersünder zur Kasse zu bitten. Während das Letztere zweifelsohne richtig ist, sind die dafür eingesetzten Steuergelder unser eigenes Geld. Damit macht er uns Steuerzahler zu Hehlern, die gestohlene Güter einem Dieb abkaufen. Der bewusste Erwerb eines gestohlenen Fahrrads ist strafbar. Der gekaufte Steuerklau bisher nicht.

Über die zweimalige Besteuerung der Renten, den Betrug an Millionen Sparern, die Vernichtung unseres Steuergeldes in Griechenland und die Manipulationen der Europäischen Zentralbank will ich mich nicht weiter auslassen. Aber eins steht für mich fest. Der Staat, erst recht der Steuerstaat, handelt grundsätzlich nach dem Motto: Der Zweck heiligt die Mittel!«

Werner hatte als Steuerberater fasziniert zugehört. So hatte er selber das noch nie gesehen. Aber irgendwie saß er ja mit am Freßtrog.

»Das haben Sie schön gesagt, Herr Franzen. Ich kann Ihnen da nur aus vollem Herzen zustimmen. Und glauben Sie mir, so wie Sie denken viele Menschen.« Herr Ollner fühlte sich sichtlich wohl.

»Das mag ja alles stimmen«, sagte Werner, »aber wir sollten zum Geschäftsablauf zurückkommen. Vielleicht kann Herr Ollner den genauen Ablauf erklären.«

»Selbstverständlich gerne. Herr Goldstein hat folgendes Prozedere vorgeschlagen. Die Transaktion will er im Ausland – er hat Amsterdam vorgeschlagen – durchführen. Ein dortiger Notar wird den Kaufvertrag mit den Beteiligten abschließen. Er wird auch mittels Bestätigungsvorlage des Verkäufers und Käufers notariell die Bezahlung des Kaufpreises beurkunden. Ebenso stellt er die Umschreibungsanträge. Das findet alles wie in Deutschland auch nach geltendem EU-Recht statt. Für die Geldübergabe treffen wir uns zuvor in einem Amsterdamer Hotel, wo die Beträge von den Beteiligten gezählt und überprüft werden. Das gilt auch für die zweihundertfünfzigtausend Euro, die Herr Franzen an den Generalbevollmächtigten übergibt.«

»Moment mal, wieso sollst du und wofür Geld bezahlen?« Werner schaute seinen Freund verständnislos an.

»Nun ja«, begann Gunnar zögernd, »der Käufer will mit diesem Pauschalbetrag seine Transferkosten einschließlich der Maklergebühr bezahlen. Er hat diese mit zehn Prozent des Kaufpreises kalkuliert. Ich habe diese zweihundertfünfzigtausend Euro, dem Ratschlag Herrn Ollners folgend, zuvor auf den Kaufpreis aufgeschlagen. Den ursprünglich von mir geforderten Kaufpreis habe ich dann trotzdem erzielt. Für mich also ein Nullsummenspiel.«

»Hast du die Sache mit Dorothea bespochen?«, wollte Werner wissen.

»Habe ich, und sie ist einverstanden. Aber noch eine Frage an Sie, Herr Ollner. Sie sprachen davon, dass der Käufer das Objekt besichtigen und filmen wolle, um die endgültige Entscheidung in der Schweiz herbeizuführen. Ist das inzwischen geschehen?«

»Das hat vor zwei Tagen stattgefunden. Ich war vor Ort, ebenso wie Herr Goldstein und ein Kameramann. Wir haben mit Ihrer Vollmacht einige Hotelzimmer sowie Keller und Dachboden besichtigt. Der Kameramann hat alles aufgenommen und per Mail an die Immobilienabteilung der DuPont-Zentrale in der Schweiz geschickt. Herr Goldstein hat mir heute morgen vor unserem Gespräch telefonisch mitgeteilt, dass DuPont mit dem Objektankauf zu den verhandelten Bedingungen einverstanden sei. Er wartet jetzt auf meinen Rückruf, um den Notartermin in Amsterdam festzumachen. Das Geld, sagte er, sei schon in Deutschland. Ich rate Ihnen daher, die Sache nicht hinauszuzögern. Ich weiß, dass DuPont noch weitere Angebote hat. Insofern sprach Herr Goldstein von einer gewissen Eilbedürftigkeit.«

»Ich werde Ihnen nach einer Beratung mit Steuerberater Ebert am Nachmittag Bescheid geben, Herr Ollner. Erst einmal vielen Dank für Ihre Auskünfte, die mir die Entscheidung einfacher machen. Wenn Sie uns jetzt bitte entschuldigen würden.«

Ollner verabschiedete sich. Er hatte kaum das Büro verlassen, als Werner seine Stimme erhob. »Mensch, Gunnar, bist du jetzt von allen guten Geistern verlassen, dich auf solche Geschäfte einzulassen! Dieser Ollner will doch nur verdienen.«

»Genau das will ich doch auch. Ich wollte es vorhin nicht so deutlich sagen, aber eilbedürftig bin ich auch. Das *closing* für unser Traumobjekt in Bonita Springs direkt am Strand des Golfs von Mexiko läuft in drei Wochen aus. Dann heißt es zahlen, oder die Anzahlung ist weg.«

»Wie viel Geld verlierst du dann?«

»Nun ja, um den Betrag von zehntausend Dollar geht es eigentlich auch nicht, den verschmerzen wir. Aber das Traumhaus, von dem wir dir doch die tollen Bilder gemailt haben, ist dann auch weg. Und Dori und die Kinder – von mir einmal ganz abgesehen – freuen sich so sehr darauf. Es ist doch purer Zufall, dass mir der Makler diesen Käufer so schnell präsentieren konnte. Er hat jedenfalls das Geld, das die Bank mir für ein Auslandsobjekt verweigert hat.«

»Trotzdem mag ich dir nicht zuraten. Und unter dem Aspekt eines Steuerberaters empfehle ich dir erst recht, die Hände von diesem Geschäft zu lassen. Ich habe dabei ein mulmiges Gefühl.«

So ging es zwischen den beiden Freunden noch eine Zeitlang hin und her, bis sich Gunnars Emotionen gegenüber Werners rationalen Warnungen durchgesetzt hatten.

Werner gab nach. »Also gut, wenn du meinen Rat nicht annehmen willst, so wirst du meine Hilfe nicht ablehnen. Ich werde dich nach Amsterdam begleiten und alle Augen und Ohren aufhalten, damit du keinen Fehler machst. Außerdem soll Amsterdam heute ein gefährliches Pflaster sein, nicht mehr die liebliche Grachtenstadt mit ihrem Motto »Tulpen aus Amsterdam«. Und wenn du mit deinem Geldköfferchen durch die Straßen wanderst, sind wir zu zweit gegenüber einem Überfall bestens gewappnet.«

»Ich werde dir nicht vergessen, Werner, dass du mich gegen deine bessere Einsicht begleiten willst. Unter der Obhut zweier nicht unerfahrener Karate-Kampfsportler sollte unser Geldköfferchen in guten Händen sein.«

Gunnar teilte Herrn Ollner noch am gleichen Nachmittag seine positive Entscheidung mit. Eine Stunde später erhielt er eine Mail mit Namen und Adresse des Notars in Amsterdam, wo die Geldübergabe beziehungsweise der Notarvertrag abgewickelt werden sollte.

Der Termin im Best-Western-Hotel war für Montag um dreizehn Uhr vorgesehen. Zwei Stunden später waren sie beim Notar avisiert. Herr Ollner wollte ebenfalls erscheinen.

Logisch, dachte Gunnar, der will seine Provision ebenfalls bar kassieren. Ihm sollte es recht sein.

6

Der Montag war ein ausgesprochen heiterer Märztag, was das Wetter betraf. Gunnar hatte seinen Freund Werner in dem neuen Mercedes S 63 AMG abgeholt, den er erst vor einer Woche gekauft hatte. Offiziell brauchten die neuen Motoren nicht mehr eingefahren zu werden, aber Gunnar ging da lieber auf Nummer sicher.

Auf den niederländischen Autobahnen musste er sich zwangsläufig an die zulässige Höchstgeschwindigkeit halten. Das Passieren der niederländische Staatsgrenze ging problemlos, da in der EU alle Grenzkontrollen aufgehoben waren.

»Vor zehn Jahren wärst du mit deinem Geldköfferchen nicht so ohne weiteres über die Grenze gekommen. Das gilt für deine zweihundertfünfzigtausend Euro und erst recht für die 2,5 Millionen Euro, wenn du sie denn tatsächlich erhältst«, unkte Werner. Er war noch immer skeptisch.

Das Navigationssystem führte sie beim Erreichen Amsterdams in die von Ollner angegebene Hochgarage für PKW. Sie befand sich nur wenige Gehminuten vom Best-Western-Hotel entfernt in der Prachtenstraat. Nach dem Ziehen des Einfahrtstickets fanden sie auf dem dritten Parkdeck einen Parkplatz und fuhren mit dem Aufzug ins Erdgeschoss. Den Geldkoffer hielt Gunnar in der rechten Hand zwischen seinem Freund und sich.

Gunnar war vor etwa dreißig Jahren mit seinen Eltern

einmal in Amsterdam gewesen, einschließlich der obligatorischen Grachtenfahrt. Schon nach wenigen Schritten erkannte er, dass sie in einer Multi-Kulti-Großstadt gelandet waren. Die Mehrheit der Passanten bildete ein buntes Rassengemisch in allen Schattierungen, von Gelb über Braun bis Tiefschwarz. Dschellabah, Kopftuch und Burka prägten das Straßenbild. Schwarze und weiße Polizisten in Uniform standen auffällig oft neben offenen Streifenwagen und kontrollierten mit wachsamen Blicken den Menschenverkehr.

Beim Weitergehen entdeckten die beiden Freunde Ansammlungen von lethargischen weiblichen und männlichen Jugendlichen, die an Häuserwänden lehnten oder auf dem Bürgersteig lagen und sich ihrer Drogensucht hingaben. In ihrer Nähe lungerten schwarze Dealer und verkauften kleine Päckchen.

»Marihuana ist ja in den Niederlanden offiziell erlaubt«, bemerkte Werner.

»Wenn das mal alles nur Marihuana ist«, zweifelte Gunnar, als sie über einige im Drogenrausch auf dem Fußweg langgestreckte Junkies hinwegsteigen mussten. »Für mich ist das hier wie Sodom und Gomorrha, und das unter den Augen der Polizei.«

Ihm fiel auf, dass ältere weiße Passanten mit starren Augen ihren Weg zwischen den Drogensüchtigen verfolgten und keinerlei Blicke auf das Elend zu ihren Füßen warfen. Sie nahmen es einfach nicht mehr zur Kenntnis. Sie hatten sich offensichtlich daran gewöhnt und damit abgefunden. Gunnar konnte es nicht fassen. Werner sagte nichts. Beide waren froh, als nach wenigen Gehminuten das blaue Hotelschild des Best-Western-Hotels in Sicht kam.

Mehrere Stufen führten in die weitläufige Hotelhalle mit der Rezeption im Hintergrund. Aus einer Sesselgruppe erhob sich Herr Ollner und kam strahlend auf sie zu. »Sie haben es pünktlich geschafft, und das bei dem Verkehr.« Er führte sie zur Sesselgruppe. »Darf ich Sie miteinander bekannt machen?«

Aus den Sesseln erhoben sich zwei Männer, die verschiedener nicht hätten sein können. Herr Goldstein war mit etwa 1,70 m ein kleiner Mann von etwa fünfzig Jahren, sehr schmal und feingliedrig. Seine dunklen Augen strahlten Vertrauen aus, als er Gunnar und Werner distinguiert, aber warmherzig begrüßte. Seine verdickten Lippen und die typisch semitische Nase offenbarten seine jüdische Herkunft. Ein gepflegter schwarzer Vollbart rahmte das schmale Gesicht mit seinen etwas eingefallenen Wangen. Das sorgfältig gescheitelte halblange schwarze Haar mit einzelnen silbrigen Fäden fiel etwas über den eleganten Kragen eines wertvollen Brioni-Anzuges. Die handgenähten Schuhe, passend zum Anzug, charakterisierten das Bild eines Gentlemans alter Schule. Seriosität war die passende Bezeichnung für die Ausstrahlung dieses Mannes.

Gunnar und Werner waren angenehm berührt.

Der Begleiter war offensichtlich ein Leibwächter, nicht älter als fünfunddreißig Jahre. Herr Goldstein stellte ihn als Herrn Nadal vor, dessen Wurzeln im arabischen Raum liegen mussten. Sein dunkler Anzug offenbarte im Brust- und Schulterbereich kraftvolle Muskelpartien und entsprach seinem festen Händedruck. Das glatte, ausdruckslose Gesicht beherrschten zwei sehr helle und kalte Augen, die wachsam das Umfeld beobachteten.

Gunnar und Werner staunten nicht wenig, als sie bemerkten, dass Herrn Nadals rechtes Handgelenk mit einer Handschelle am Griff eines sehr teuren glanzgestoßenen Lederkoffers befestigt war.

Herrn Goldstein waren die überraschten Blicke der Geschäftsleute aus Deutschland aufgefallen. »Ich bitte um Ihr Verständnis, meine Herren. Aber in diesen unsicheren Zeiten sind solche Sicherungsmaßnahmen unabdinglich. Herr Nadal setzt sein Leben für die Sicherheit dieses Koffers ein. Immerhin besteht sein Inhalt heute aus 2,5 Millionen Franken, wovon Sie sich gleich selber überzeugen können.«

Eine Servicekraft hatte Kaffee und ein Silberschälchen mit einigen Petit Fours serviert, und Herr Goldstein erklärte den deutschen Geschäftspartnern nochmals den geplanten Ablauf der Transaktion.

»Ich hörte von Herrn Ollner, dass er Ihnen erst ein anfängliches Misstrauen wegen des ungewöhnlichen Prozedere nehmen musste. Das ist von ihrer Seite aus durchaus verständlich. Aber ich muss als Generalbevollmächtigter die Geschäftsinteressen des DuPont-Konzerns wahrnehmen. Die Familie DuPont ist ein weitverzweigter Clan. Um die wirtschaftlichen Interessen der einzelnen Familienzweige zu befriedigen, aber aus der Geschäftspolitik des Konzerns weitgehend herauszuhalten, werden im EG-Raum lukrative Immobilien in großem Umfang aufgekauft. Deren Rendite kommt direkt den Familienangehörigen zugute, so dass die Konzerngewinne in Expansionsunternehmen fließen können. Lediglich die Bareinnahmen des Konzerns werden wiederum über Barzahlungsgeschäfte in Europa investiert. Die Geschäftspolitik muss man so akzeptieren, wenn man mit DuPont Geschäfte machen will.

Ich darf Ihnen nochmals versichern, dass alles seriös und mit rechten Dingen zugeht. Dafür steht der Notar in der Pflicht. Und was den Kaufpreis beziehungsweise den von Ihnen zu zahlenden Kompensationsbetrag betrifft, so obliegt seine Richtigkeit unserer Nachprüfung.«

Levy Goldstein hatte mit sanfter und überzeugender Stimme seine Erklärungen abgegeben. Gunnar und Werner waren tatsächlich beeindruckt. Herr Goldstein wurde sympathisch.

Goldstein erhob sich und schlug vor, mit der Geldkontrolle zu beginnen. »Ich habe einen Gastraum nebenan reservieren lassen. Dort können wir ungestört zählen.«

Er ging mit seinem Leibwächter voraus und betrat einen größeren Raum, dessen Tische bereits festlich mit bodenlangen Tischdecken und Kerzenleuchtern bestückt waren, vermutlich für eine spätere Feier. Gunnar und Werner folgten und nahmen gegenüber den Käufern Platz. Herr Ollner setzte sich als neutraler Vermittler ans Kopfende zwischen die Parteien.

Gunnar legte seinen Geldkoffer auf den Tisch, nahm die aus Hundert-Euro-Scheinen bestehenden Zehntausend-Euro-Geldpäckchen heraus und schob sie Herrn Goldstein zum Nachzählen über den Tisch. Dieser zählte sorgfältig und gewissenhaft jedes Päckchen durch. Schließlich nickte er zufrieden.

»Es stimmt, genau fünfundzwanzig Pakete à zehntausend Euro, gesamt zweihundertfünfzigtausend Euro.« Er legte das Geld zurück in Werners Koffer, der ihn wieder an sich nahm.

»Ich glaube, dass wir etwas länger zählen müssen«, scherzte Gunnar, als Herr Nadal die Handschellen von seinem Koffer löste und diesen zu Gunnar und Werner hinüberschob. Auch in diesem Geldkoffer befanden sich fünfundzwanzig Geldpakete, allerdings in Schweizer Franken und in Fünfhunderter-Scheinen, die jeweils fünfzigtausend Schweizer Franken ergaben.

Gunnar und Werner zählten abwechselnd und waren am Ende leicht ermüdet. Sie hatten fast dreißig Minuten für die Überprüfung der 2,5 Millionen Schweizer Franken benötigt. Dafür war das Geld sogar zweimal gezählt worden.

Werner hatte mit einer mitgebrachten UV-Licht-Lampe immer wieder einzelne Scheine durchleuchtet, um eventuelle falsche Geldscheine zu erkennen. Aber er konnte kein Falschgeld entdecken. Die 2,5 Millionen Schweizer Franken waren offensichtlich sauber. Schließlich waren beide zufrieden, schlossen den im wahrsten Sinne des Wortes wertvollen Lederkoffer und schoben ihn Herrn Nadal wieder zu. Der stellte ihn neben sich auf die Erde und schloss die Handschellen mit einem Klicken um sein Handgelenk.

Makler Ollner legte zwei Schriftstücke auf den Tisch. »Ich habe zwei Kaufverträge vorbereitet, in die ich ihre Daten eingetragen habe, sowie die Bestätigung, dass die vereinbarten Geldbeträge beziehungsweise der Kaufpreis bar entrichtet wurde. Diese Papiere müssen wir gleich dem Notar als Erstes überreichen. Er wird sie in den Kaufvertrag einarbeiten. Ich selber unterschreibe zum Schluss als Zeuge und Vermittler des Geschäftes.«

Goldstein unterschrieb als Erster und Gunnar schob ihm den Koffer mit den zweihundertfünfzigtausend Euro hinüber.

»Darf ich den Koffer behalten, oder muss ich die Scheine umpacken?« Gunnar zögerte einen Moment. Levy

Goldstein lächelte verständnisvoll. »Dafür dürfen Sie meinen Geldkoffer behalten, wenn er Ihnen nicht zu einfach erscheint.«

Jetzt fühlte sich Gunnar ein wenig beschämt. Er wusste, das der andere Lederkoffer ein Vielfaches seines eigenen gekostet hatte. »Nun ja, wenn es Ihnen nichts ausmacht, Herr Goldstein, nehme ich Ihr Angebot dankend an.«

»Das freut mich, Herr Franzen, denn offen gestanden haben wir große Lagerbestände dieser Koffer in der Zentrale. Jeder unserer Geschäftsführer ist damit ausgestattet. Für den Konzern ist dies lediglich eine Marketingmaßnahme.« Goldstein lächelte noch einmal und nickte schließlich seinem Leibwächter zu. Dieser schloss die Handschellen auf, entfernte diese und übergab den Geldkoffer Gunnar Franzen.

Jetzt unterschrieb auch Gunnar den Vorvertrag mit dem gleichzeitig quittierten Empfang des Kaufpreises von 2,5 Millionen Schweizer Franken. Danach leistete Herr Ollner seine Unterschrift, und jeder der Beteiligten erhielt eine Ausfertigung des Papiers..

»Wir sollten jetzt zum Notar aufbrechen«, sagte der Makler. »Unser Termin ist in einer halben Stunde. Ich selber gehe zu Fuß, da die Kanzlei Doyes nur einen Kilometer entfernt ist. Ein bisschen Bewegung kann mir nicht schaden.«

Mit einem Blick auf den Lederkoffer wandte er sich an Gunnar und Werner. »Ihnen empfehle ich lieber ein Taxi. Das scheint mir bei Ihrem Handgepäck etwas sicherer. Die Adresse Anne-Frankstraat Nr. 17 haben Sie ja.«

Herr Goldstein und sein Begleiter wollten ins Parkhaus und mit dem eigenen Wagen zum Notariat fahren. Herr

Nadal musste nach dem Notartermin direkt zum Flughafen fahren, damit sein Chef den Flug nach Zürich noch erreichte.

Gunnar bestellte das Taxi, das wenige Minuten später vor dem Hotel hielt. Sie gaben dem Fahrer die Adresse an. Zehn Minuten später war ihr Ziel erreicht. Die beiden fuhren mit dem Aufzug in den vierten Stock des Bürohauses und klingelten an der Tür der Notarkanzlei. Ein elektrischer Summer ertönte, und die Tür öffnete sich.

Eine junge Frau hinter der Rezeption begrüßte sie freundlich. »Wie kann ich Ihnen helfen, meine Herren?«

Gunnar und Werner nannten ihre Namen. »Wir haben um fünfzehn Uhr eine Kaufbeurkundung bei Notar Doyes. Der Käufer ist Herr Levy Goldstein.«

Die Sekretärin schaute auf den Bildschirm ihres Computers und runzelte die Stirn. »Hier ist kein Termin eingetragen. Aber ich frage mal eben im Sekretariat nach. Vielleicht hat die Kollegin vergessen, den Termin einzutragen. Bitte nehmen Sie doch so lange im Besucherzimmer Platz.«

Gunnar und Werner schauten sich an. Bei beiden klingelte ein erstes Alarmzeichen. »Ollner müsste ja jeden Moment hier sein. Mal sehen, was der sagt«, beruhigte sich Gunnar.

»Die werden doch keine 2,5 Millionen Schweizer Franken verbrennen lassen. Öffne mal den Koffer, Gunnar.«

Außer ihnen war niemand im Wartezimmer des Notariats. »Es geht nicht, Werner. Der verdammte Koffer ist verschlossen. Ich brauche entweder den Zahlencode oder einen Schraubenzieher beziehungsweise ein Messer.«

Werner kramte in seiner Hosentasche und brachte ein

Schweizer Messer im Miniformat zum Vorschein. »Versuchen wir es einmal damit.«

Mit dem winzigen Schraubenzieher des Messers konnte Gunnar die kleinen Schrauben der beiden Riegel lösen. Die Verriegelung löste sich, und er konnte den Deckel öffnen. Darunter lagen die Geldpakete wie beim Nachzählen. »Du erlaubst«, sagte Werner und holte ein Paket heraus, um es noch einmal zu kontrollieren. Schon beim Aufblättern des zweiten Fünfhundert-Frankenscheins hielt er erschrocken inne. Die Deckseite war ein Geldschein, der beim Wenden die Rückseite mit der Beschriftung »Muster ohne Wert« offenbarte.

Hektisch wühlten jetzt beide im Koffer nach echten und unechten Scheinen. Es blieb dabei, nur der jeweils oberste Geldschein der Geldpäckchen war echt. Der Rest der fünfundzwanzig Päckchen bestand ausschließlich aus »Mustern ohne Wert«.

Werners Gesichtszüge waren regelrecht entgleist. Gunnars Gesicht hatte Leichenblässe angenommen, und er stieß hervor: »Wir sind geleimt worden.«

Werner ergänzte: »Jede Sekunde wird ein neuer Gimpel geboren. Und wetten, dass weder dieser Goldstein mit seinem Leibwächter hier aufkreuzen wird noch dieser so seriöse Makler Ollner. Spätestens der wird einiges zu erklären haben!«

In dem Moment wurde die Tür geöffnet, und eine ältliche Sekretärin trat ins Besucherzimmer. Gunnar hatte rechtzeitig den Lederkoffer schließen können. »Es tut mir leid, meine Herren. Aber bei uns ist kein Notartermin für heute Nachmittag eingetragen. Die Namen sind in der Kanzlei auch völlig unbekannt. Außerdem ist Notar Doyes heute Nachmittag gar nicht im Büro und kommt auch nicht mehr herein. Er ist auf einem Auswärtstermin. Ich fürchte, Sie sind da einem Missverständnis erlegen. Vielleicht haben Sie die Notarkanzlei verwechselt.«

Gunnar fasste sich zuerst. »Da wir aus Deutschland kommen, ist natürlich alles möglich. Wir werden das mit einigen Telefonaten abklären. Bitte entschuldigen Sie die unbeabsichtigte Störung.«

»Den verdammten Koffer möchte ich am liebsten in einer der Grachten versenken«, zischte Gunnar, als sie wieder auf der Straße standen.

»Das wirst du schön bleiben lassen, denn er enthält immerhin noch zwölftausendfünfhundert Franken in echten Scheinen. Und als Corpus Delicti wird er auch noch gebraucht. Du weißt doch, Fingerabdrücke, DNA-Spuren und so weiter.«

»Willst du damit sagen, wir sollten hier in Amsterdam eine Anzeige machen?«

»Das rate ich dir dringend, sonst kannst du die verlorenen zweihundertfünfzigtausend Euro auch noch mit fünfzig Prozent als Eigenverbrauch versteuern. Durch die Anzeige kannst du einen gewerblichen Verlust geltend machen. Es sei denn, du bekommst die Zweihundertfünfzigtausend auf irgendeine Art zurück, was ich allerdings für illusorisch halte.«

»Dem kann ich leider nur zustimmen. Wir oder besser gesagt: Ich bin auf Trickbetrüger hereingefallen. Jetzt kann ich nur sagen, hätte ich besser auf deine Warnungen gehört, Werner.«

»Den Schuh ziehe ich mir auch an, denn schließlich bin ich doch mitgefahren, um dich vor einem Reinfall zu bewahren. Und wie du siehst, bin ich letztendlich genauso blöde auf diese Gangster hereingefallen. Ich frage mich, wie Goldstein und Nadal es geschafft haben, das Geld im Koffer gegen Blüten auszutauschen?!«

Gunnar blieb plötzlich stehen. »Ich hab's, Werner. Die haben nicht das Geld, sondern den ganzen Koffer ausgetauscht. Wir haben genau beobachtet, wie dieser Nadal den Koffer vom Tisch nahm, ihn auf den Boden stellte und die Handschellen einklicken ließ. Allerdings nicht in denselben Koffergriff, sondern in den eines anderen Koffers, der ihm zugeschoben wurde. Wir haben uns einfach vom Klickgeräusch blenden und ablenken lassen.«

»Das muss aber dann blitzschnell geschehen sein. Vermutlich mit Hilfe eines dritten Täters, der unter dem Tisch versteckt hinter den bodenlangen Tischtüchern auf seinen Einsatz gewartet hat. Dann sind wir auf den ältesten Trick der Welt hereingefallen, den schon Jacques Offenbach in seiner Oper HOFFMANNS ERZÄHLUNGEN einsetzte. Du erinnerst dich vielleicht, wie Offenbach seinem Publikum eine angeblich künstliche Puppe als Sängerin und Tänzerin vorführte. Bis der Komponist als Erklärung des rätselhaften Geschehens dem überraschten Publikum die Menschlichkeit der Puppe enthüllte.«

»Wir sollten nochmal zum Best-Western-Hotel zurück und an der Rezeption fragen, ob die Gangster dort bekannt sind. Ich will auch wissen, ob dieser Ollner schon mal dort war. Angeblich hat der doch alles organisiert.«

Werner nickte zustimmend.

Nach Ankunft im Hotel schauten sie sich suchend in der Halle um. Natürlich war von der Betrügerbande keiner zu sehen, aber die Hoffnung stirbt bekanntlich zuletzt«,

Die Rezeptionistin erkannte sie sofort wieder. »Haben Sie etwas vergessen?«

»Ich vermisse meinen Notizkalender«, reagierte Werner sofort, »wenn Sie den vielleicht gefunden haben?«

»Leider nein, aber wir können gemeinsam im Konferenzraum nachschauen.«

Auch hier war nichts zu finden.

»Sie haben jetzt kurze Tischdecken aufgelegt, vorher waren es bodenlange«, bemerkte Werner.

»Das ist richtig, der Herr Goldstein hatte extra die festlichen Tischtücher bestellt«, gab die junge Frau bereitwillig Auskunft. »Ein Kalender wurde beim Abdecken auch hier nicht gefunden, sonst läge er an der Rezeption im Fach für Fundsachen.«

»Haben Herr Goldstein und sein Begleiter hier übernachtet?«, fragte Gunnar.

»Nein, das haben sie nicht. Sie sind hier im Hause nicht bekannt. Ein Herr Nadal hatte telefonisch lediglich auf den Namen Goldstein einen Konferenzraum für wichtige Gäste gebucht.«

»Haben Sie die Telefonnummer aufgeschrieben? Dann könnte ich Herrn Nadal fragen, ob er mein Notizbuch versehentlich eingesteckt hat.«

Gunnar erhielt die Telefonnummer und legte den Zettel in seine Brieftasche. Immerhin ein Anfang, dachte er und bedankte sich.

Sie verabschiedeten sich von der freundlichen Rezeptionistin und machten sich auf den Weg zum Parkhaus.

»Gehen wir vorher zur Polizei und erstatten Anzeige, oder erledigen wir das mit dem Wagen?«, fragte Werner.

»Wir können über das Navigationssystem die nächstgelegene Polizeidienststelle erfahren. Also erledigen wir diese leidige Angelegenheit am besten mit dem Auto. Aber was sagst du zu den extra bestellten bodenlangen Tischdecken? Als ich das hörte, hat es bei mir klick gemacht.«

»Ich wollte, dass es schon viel früher klick gemacht hätte, und zwar bei uns beiden! Trotzdem hast du recht behalten mit der Vermutung, dass noch eine dritte Person beteiligt gewesen sein muss. Das wird die Polizei sicherlich interessieren«

7

Gunnar und Werner hatten das Parkhaus erreicht. Vor den beiden Kassenautomaten hatten sich längere Schlangen gebildet. Gunnar schaute auf die Uhr. Es war tatsächlich schon siebzehn Uhr. Feierabend und Rushhour für alle Verkehrsteilnehmer.

»Wenn du mir die Autoschlüssel gibst, kann ich schon nach oben fahren und im Navi nach einer Polizeidienststelle suchen«, schlug Werner vor.

Gunnar gab ihm die Schlüssel, und sein Freund verschwand im Aufzug nach oben. Nur langsam ging es in der Warteschlange voran, und Gunnar atmete auf, als er endlich sein bezahltes Ticket wieder in der Hand hielt. Seinen Geldkoffer mit dem größtenteils wertlosen Inhalt hatte er in der anderen Hand, als er zum Aufzug eilte und auf die Ruftaste drückte.

Im selben Moment erschütterte eine gewaltige Explosion das mehrstöckige Gebäude. Menschen fielen um. Gunnar hatte alle Mühe, auf den Beinen zu bleiben. Putz rieselte von der Eingangsdecke. Die Aufzugtür schien sich verklemmt zu haben. Schreie und wildes Klopfen drangen nach außen. Der Aufzug hatte soeben noch die Ausgangsebene erreicht, als sich die Explosion ereignete.

Dem Himmel sei Dank, dass ich noch nicht drinnen war!, dachte Gunnar und kam wieder zur Besinnung.

Die zwei Ausfahrtstore waren rasselnd heruntergefahren. Fahrer, die das Parkhaus verlassen wollten, standen wild hupend im Stau. Sie waren gefangen. Das Gleiche galt für die breite Eingangstür zum Kassenvorraum. Sie hatte sich ebenfalls automatisch verschlossen. Verzweifelte Flüchtende ruckten vergeblich an den Türgriffen.

Verletzt war offensichtlich keiner, aber Panik hatte sich unter den etwa zwanzig Menschen ausgebreitet, zumal die Hilferufe und Klopfgeräusche aus dem Aufzug immer lauter wurden. Dieses Parkhaus war vollautomatisiert und wurde nur von Kameras überwacht. Menschliche Helfer waren nicht in Sicht.

Was für eine teuflische Falle!, dachte Gunnar. »Wofür heißen Ausgangstüren eigentlich Fluchttüren, wenn sie wie Fluchtvereitelungstüren programmiert sind?

In diesem Moment schaltete sich die automatische Sprinkleranlage ein. Aus mehreren Sprinklerdüsen wurden die Menschen wie von einem Starkregen überrascht. Hektisch versuchten alle, ein trockenes Plätzchen zu finden. Das war natürlich aussichtslos. Die Sprinkleranlage erfüllte vollautomatisch ihren Zweck, Brände auf ganzer Ebene zu löschen.

Jetzt wurden die Menschen wütend. Dadurch legte sich die Panik.

Gunnar hatte einen klaren Kopf behalten. Hier unten war keinem ernstlicher Schaden entstanden. Auch waren weitere bedrohliche Folgen der Explosion ausgeblieben, abgesehen von den eingeschlossenen Fahrstuhlinsassen. Die Explosion musste sich auf einem der oberen Parkdecks ereignet haben. Siedendheiß schoss Gunnar der Gedanke an Werner durch den Kopf. Er griff nach der Treppenhaustür. Sie war unverschlossen. Aus dem Treppenhaus drang dunkler Qualm nach unten.

Gunnar drückte sich ein Taschentuch vor Mund und Nase und rannte nach oben. Im zweiten Parkdeck war er mit seiner Kraft am Ende und brauchte dringend Sauerstoff. Er öffnete die Zwischentür zum Parkdeck, taumelte durch die Tür und war überrascht, dass er tief durchatmen konnte. Kein Feuer, kaum Qualm, rauschende Sprinkleranlagen waren alles, was er sah. Also musste die Explosion weiter oben stattgefunden haben. Gunnars Lungen hatten wieder ausreichend Sauerstoff getankt. Er hetzte weiter nach oben und riss die Tür zum dritten Parkdeck auf. Hier hatten sie ihren Wagen geparkt, und Werner war vorausgegangen.

Gunnar wäre fast zurückgeprallt. Ein apokalyptisches Bild tat sich vor ihm auf. Bereits kurz hinter der Tür lagen drei verkohlte, unnatürlich verdrehte menschliche Gestalten, die nichts Menschliches mehr an sich hatten. Qualm und ätzender Gestank machten Gunnar das Vordringen zu seinem Fahrzeug schwer. Davor waren mindestens drei Fahrzeuge explodiert und ausgebrannt. Immer noch ging eine mörderische Hitze von den Autowracks aus, auch wenn die Sprinkleranlage die Brände inzwischen gelöscht hatte.

Sie haben es nicht mehr geschafft, dachte Gunnar, als er entsetzt an den verstümmelten Toten vorbei zu seinem Auto vordrang. Er musste über verschiedene noch dampfende Trümmerteile hinwegsteigen, bevor er sein Ziel erreicht hatte.

Ein langgezogener, tief aus seinem Innern kommender, qualvoller Schrei drang aus seiner Kehle, als er Werner entdeckte. Der große, über fünf Meter lange Mercedes, war völlig ausgebrannt. Alle Seitenteile einschließlich der

Fenster waren durch die Gewalt der Explosion aus ihren Verankerungen gerissen worden. Der gesamte vordere Teil hatte sich vom Fahrgastraum gelöst.

Hinter dem leeren Windschutzscheibenfenster hatte sich eine völlig verbrannte und verkohlte Gestalt ans Lenkrad gekrallt, als könne sie dem Inferno per Fahrzeug noch entkommen. Nichts erinnerte mehr an seinen Freund Werner. Alles Menschliche war zerstört. Gunnar sah mit wachsendem Entsetzen, dass Werners Mund wie zu einem letzten Hilfeschrei unnatürlich weit geöffnet war. Nur noch leere Augenhöhlen starrten in den Raum. Die Augäpfel mussten in der Hitze geschmolzen sein.

Gunnar sank auf die Knie. »Verzeih mir, Werner. Bitte verzeih mir.« Ein Tränenstrom drang aus seinen Augen, so als wolle er nie mehr aufhören. Wie in Trance sah er seinen vor wenigen Minuten noch quicklebendigen Freund vor sich, wie er mit den Autoschlüsseln in den Aufzug stieg.

»Ich wollte, ich wäre als erster nach oben gefahren, Werner. Nur mir zuliebe bist du mitgefahren. Hätte ich doch auf dich gehört, lieber Freund. Bitte verzeih mir, Werner.« Immer wieder stammelte Gunnar in namenloser Erschütterung diese vier Worte.

So fanden ihn schließlich die ersten Helfer, die den unter einem schweren Schock stehenden Gunnar auf eine Trage legten und ins nächste Krankenhaus transportierten. Dort erhielt er nach kurzer Untersuchung durch einen niederländischen Arzt die erste Beruhigungsspritze, der noch weitere folgen sollten. Gunnar hatte alles willenlos ertragen und stammelte immer nur den einen Satz: »Verzeih mir, Werner.«

Endlich fiel er in einen tiefen todesähnlichen Erschöpfungsschlaf.

Das Parkhaus in der Innenstadt Amsterdams war inzwischen einschließlich der umliegenden Straßen von Antiterroreinheiten hermetisch abgeriegelt worden. Man ging von einem der sich häufenden islamistischen Terroranschläge aus. Rettungskräfte hatten die Leichen und Verletzten geborgen. Alle Benutzer des Parkhauses waren identifiziert worden und durften den Ort des Schreckens endlich verlassen.

Im Gebäudeinnern wimmelte es von Kripo- und Staatsschutzermittlern. Die Spurensicherung hatte alle Hände voll zu tun. Hauptkommissar van Straaten vom Dezernat für Mord und terroristische Anschläge leitete die ersten Ermittlungen. Der große hagere Mann in den Fünzigern blieb trotz der grauenhaft entstellten Leichen, die inzwischen vor ihm aufgereiht lagen, ruhig und sachlich.

»Habt ihr Ausweispapiere bei den Toten sicherstellen können?«, wandte er sich an die Spurensicherung.

»Nichts, Herr Hauptkommissar, alles ist verbrannt oder geschmolzen. Hier haben Temperaturen bis eintausend Grad Celsius geherrscht.« Der jüngere Beamte, der eine Schutzkleidung trug, war sichtlich erschüttert. »Das Einzige, was wir bis jetzt mit Bestimmtheit feststellen können, ist das Zentrum der Explosion. Dort waren die Temperaturen am höchsten.« Er zeigte auf die Überreste des Mercedes.

Werners verkohlte Leiche war zwischenzeitlich abtransportiert worden, nachdem die Spurensicherung sie freigegeben hatte. Sie war in die Gerichtsmedizin unterwegs, wohin ihr die anderen folgen würden.

»Wir haben übrigens noch etwas gefunden, Herr Hauptkommissar. Hier sind die Reste eines deutschen Nummernschildes, das wir dem Mercedes zuordnen konnten. Das Kennzeichen ist noch erkennbar. Danach stammt der Wagen aus Wuppertal.«

Van Straaten nickte zufrieden und wandte sich an seinen Kollegen, einen drahtigen, mittelgroßen Oberkommissar, der nicht älter als dreißig sein konnte. »Diese Spur ist ein Anfang, Hans. Lass sofort überprüfen, wer der Eigentümer des Wagens ist.«

Über sein Handy gab Oberkommissar Hans Meewes die Daten des Kennzeichens an die Erkennungsabteilung des Morddezernats weiter, mit dem nachhaltigen Hinweis, dass es sich um eine Expressache handelt.

Zwischenzeitlich war der »Terroranschlag« bei den Abendnachrichten von Fernsehen, Rundfunk und Presse gelandet. Ohne überprüfbare Fakten begann das übliche Spiel. Mehrere Tote und Schwerverletzte wurden erwähnt. Die Bevölkerung der Großstadt solle Ruhe bewahren. Die Einsatzkräfte hätten alles im Griff. Schablonenhaft lamentierten die auf Gleichschaltung trainierten Nachrichtenhändler über mangelnde Integrationsleistungen des Staates und Abweisung der Immigranten durch unbelehrbare rechte Bevölkerungsgruppen, die in Deutschland als »Pack« oder »die im Dunkeln lebende Menschen« tituliert wurden.

Da die Polizei noch keine Fakten veröffentlichen konnte, machten die wildesten Gerüchte die Runde, vom irregeleiteten jugendlichen IS-Kämpfer bis zum psychisch mutierten wahnhaften Einzeltäter. Öffentliche Menschenansammlungen sollten vermieden werden.

Oberkommissar Meewes erhielt einen Rückruf. »Der deutsche Fahrzeughalter ist ermittelt. Es handelt sich um den Wuppertaler Unternehmer Gunnar Franzen. Vermutlich saß er zum Zeitpunkt der Explosion im Wagen. Ich habe die Adresse und eine Handynummer. Soll ich die Angehörigen benachrichtigen?«

»Tu das, Hans. Ich bin drüben bei der Spurensicherung. Die haben unter dem Chassis des Mercedes Spuren von Semtex gefunden. Wir kommen also weiter. Berichte mir, wenn du mit den Angehörigen gesprochen hast.«

Hans Meewes wählte die angegebene Nummer. Erst beim zweien Durchklingeln wurde das Gespräch angenommen.

»Wer ist am Apparat?«, fragte eine männliche Stimme.

»Oberkommissar Meewes von der Kripo Amsterdam. Ich hätte gerne ein Familienmitglied von Herrn Gunnar Franzen gesprochen.«

Nach einem längeren Schweigen antwortete die Stimme. »Sie sprechen mit Oberarzt Dr. Bommert auf Station vier im Zentralkrankenhaus. Zufällig habe ich das Handy meines Patienten gehört und auf Empfang gedrückt.«

»Wie heißt dieser Patient?«

»Er stammt aus Deutschland und heißt Gunnar Franzen.«

Jetzt verschlug es Hans Meewes die Sprache. »Wann wurde Ihr Patient eingeliefert?«

»Vor etwa einer Stunde. Er hat einen schweren Schock erlitten und ist bis auf weiteres nicht ansprechbar.«

»Von wem wurde der Patient eingeliefert?«, fragte Meewes nach.

»Offensichtlich gehört er zu den Opfern des Terroranschlages im Parkhaus in der Prachtenstraat. Er war einer der ersten, der von den Rettungssanitätern eingeliefert wurde. Bis auf den schweren Schock konnten wir keine Verletzungen feststellen.«

»Wir müssten ihn dringend sprechen, Dr. Bommert. Wie schnell wäre das möglich?«

Der Arzt räusperte sich. »Wir haben ihm starke Sedativa gegeben, damit er die Nacht durchschläft. Vor morgen früh wird er nicht ansprechbar sein. Wir rufen Sie gerne an, wenn Herr Franzen so weit ist.«

»Vielen Dank, Doktor. Zum Schluss nur noch eine Frage. Haben Sie schon die Angehörigen benachrichtigt?«

»Noch nicht, aber wir wollten das gerade tun.«

»Dann möchte ich Sie bitten, uns das zu überlassen. Vielleicht können wir von dort einige Antworten auf unsere Fragen erhalten. Haben Sie die Wuppertaler Telefonnummer?«

»Im Handy ist die Nummer einer Dorothea Franzen gespeichert, vermutlich die Ehefrau.«

Oberkommissar Meewes notierte die Wuppertaler Telefonnummer und gab Dr. Bommert seine eigene Durchwahl im Amt. »Sie haben uns sehr geholfen, Doktor. Vielen Dank. Wir sehen uns dann morgen früh auf Ihrer Station.«

Der Oberkommissar ging zurück zu van Straaten, der mit den Spurensicherungsbeamten sprach. »Hermann, ich hab was Wichtiges, das keinen Aufschub duldet. Ich habe soeben mit dem Oberarzt Dr. Bommert aus dem Zentralkrankenhaus gesprochen.«

»Ich denke, du wolltest mit den Angehörigen des Toten sprechen?«, unterbrach leicht verärgert der Hauptkommissar.

»Von wegen tot. Gunnar Franzen lebt und liegt mit einem Schock im Krankenhaus. Was bedeutet, dass der Tote im Wagen auf keinen Fall Gunnar Franzen sein kann.«

Hermann van Straaten konnte seine Überraschung kaum verbergen. »Das bedeutet, dass wir einen Zeugen des Geschehens haben. Vor allem wird er uns sagen, wer der Tote am Steuer ist. Wann können wir ihn vernehmen?«

»Nicht vor morgen früh, wie der Arzt sagt. Dieser wird uns jedoch anrufen. Ich habe ihm meine Durchwahl gegeben. Wenn du einverstanden bist, rufe ich noch die Angehörigen in Wuppertal an. Der Arzt hat mir die Nummer einer Dorothea Franzen gegeben, vermutlich die Ehefrau. Und bevor die sich Sorgen macht wegen ihres Mannes, werde ich sie informieren. Außerdem kann sie mir vielleicht sagen, warum ihr Mann in Amsterdam ist.«

»Tu das, Hans, und berichte mir anschließend.« Van Straaten wandte sich wieder der Spurensicherung zu.

Dorothea Franzen meldete sich sofort mit »Ja, bitte?« auf den Anruf des Oberkommissars, der sich um größtmögliche Rücksichtnahme bemühte.

»Ich bin Oberkommissar Meewes von der Polizei in Amsterdam. Bitte machen Sie sich keine Sorgen. Ihrem Mann geht es gut. Es hat einen Unfall gegeben. Ihr Mann liegt mit einem leichten Schock im Zentralkrankenhaus in Amsterdam. Ich spreche doch mit Frau Dorothea Franzen, der Ehefrau?« Meewes hörte einen erleichterten Seufzer.

»Ja, Sie sprechen mit Dorothea Franzen. Was für einen Unfall hatte mein Mann denn? Ich komme natürlich sofort nach Amsterdam, sobald ich unsere Kinder versorgt weiß.«

»Darf ich fragen, wie viele Kinder Sie haben?« Der

Oberkommissar wusste aus langjähriger Erfahrung, dass sanfte Ablenkung eine beruhigende Wirkung auf die betroffenen Menschen ausübte.

»Peter und Vera heißen unsere beiden Kinder. Sie sind zwölf und zehn Jahre alt. Ich muss dann jetzt meine Mutter anrufen. Die wird sich um die Kleinen kümmern. Ist meinem Mann auch wirklich nichts Schlimmes passiert?«

»Ganz gewiß nicht, Frau Franzen. Das dürfen Sie mir als Polizeibeamten schon glauben. Ich habe vorhin noch mit dem zuständigen Arzt gesprochen. Allerdings ist Ihr Mann erst morgen Vormittag wieder ansprechbar. Man hat ihm Beruhigungsmittel gegeben, damit er die Nacht durchschlafen kann. Insofern empfehle ich, erst für morgen Vormittag einen Besuch zu planen. Vielleicht können Sie ihn direkt mit nach Hause nehmen. Ich gebe Ihnen die Telefonnummer des zuständigen Oberarztes Dr. Bommert. Den sollten Sie morgen früh direkt anrufen, bevor Sie nach Amsterdam reisen.«

»Da haben Sie vielleicht recht, Herr Kommissar«, antwortete die sichtlich erleichterte Ehefrau.

Jetzt konnte Hans Meewes nachhaken. »War Ihr Mann allein nach Amsterdam gefahren?«

»Nein, nein. Sein Freund Werner Ebert war mitgefahren. Er sollte ihn bei einem Immobilienverkauf beraten. Werner ist nämlich unser Steuerberater. Außerdem war der Wuppertaler Immobilienmakler Herr Ollner dabei. Der hatte den Verkauf an einen Ausländer aus der Schweiz vermittelt.«

»Wissen Sie zufällig auch den Namen des Käufers und des Notars?«

»An den Notar kann ich mich nicht erinnern, es war

aber ein niederländischer Name in Amsterdam. Der Käufer war ein Herr Levy Goldstein.«

»Zum Schluss noch eine Frage nach dem Freund ihres Mannes, Werner Ebert. Haben Sie seine Telefonnummer oder die seiner Ehefrau?«

»Werner ist nicht mehr verheiratet, das heißt, er ist Witwer. Seine Handynummer habe ich im Kopf.« Sie gab dem Oberkommissar die Nummer. »Ist Werner auch etwas passiert?«

»Das wissen wir nicht, da wir den Freund ihres Mannes nicht gefunden haben. Wir wussten ja auch nichts von einem Begleiter Ihres Mannes. Aber vielleicht können Sie uns eine kurze Beschreibung von Herrn Ebert geben?«

Seine Telefonpartnerin überlegte einen Moment. »Er ist kleiner als mein Mann, hat dunkle Haare, und ja, er hat links zwei Goldzähne, die man beim Lachen immer sieht.«

»Jetzt haben Sie uns aber sehr geholfen, Frau Franzen. Wir werden sofort nach Werner Ebert suchen. Nochmals vielen Dank. Sie brauchen sich wirklich keine Sorgen um Ihren Mann machen. Planen sie ihren Besuch ruhig für morgen ein.«

»Ich denke, Sie haben Recht, Herr Kommissar. Vielen Dank für Ihren Anruf, denn wir hatten Gunnar und Werner für den späten Abend zurückerwartet. Jetzt bin ich doch beruhigt. Vielleicht treffen wir uns morgen bei meinem Mann.«

»Ganz bestimmt sogar. Ich darf Ihnen eine Gute Nacht wünschen.« Meewes legte auf.

8

Dieter Ollner hatte den Weg vom Hotel zum Notariat zu Fuß angetreten. Die kleine Viertelstunde würde ihm guttun. Er hatte sich an der Rezeption eine Stadtkarte von Amsterdam geben lassen und die Adresse Anne-Frankstraat 17 markiert. Der schöne Spätsommertag mit angenehmen Temperaturen um zweiundzwanzig Grad verursachte ihm ein echtes Wohlgefühl. Der brausende Verkehr um ihn herum konnte ihn nicht stören.

Natürlich wusste er, dass es das getätigte Geschäft war, das dieses Wohlgefühl in ihm erzeugte. Das war nach jeder erfolgreichen Transaktion so. Aber diesmal überkam es ihn in potenzierter Form. Immerhin hatte er diesem Goldstein eine Provision von sechs Prozent zuzüglich Mehrwertsteuer aufgedrückt, die dieser ohne Zögern akzeptiert hatte. In der Regel waren es immer drei Prozent Courtage. Wenn doch alle Abschlüsse so lukrativ wären! Er seufzte.

Selbstverständlich war es kein ganz einfaches Geschäft, vielleicht sogar ein gefährliches, das er angebahnt hatte. Er war sogar überzeugt, dass Bargeschäfte in dieser Höhe nur aus schwarzen Kassen getätigt werden konnten. Warum sollte das bei DuPont anders sein. Er wusste, dass große Weltkonzerne wie Siemens und viele andere sich im Zeichen der Globalisierung mit Schwarzgeldzahlungen einen Wettbewerbsvorteil gegenüber konkurrierenden Mitbewerbern erkauften. Nur zufällig wurden solche verbotenen

Transaktionen publik. Die betroffenen Konzerne zahlten dann eine saftige Geldstrafe an die zuständen Wettbewerbshüter – und machten anschließend weiter so.

Ollner war sich durchaus bewusst, dass der Staat eine Steuermilchkuh wie einen Großkonzern mit Milliardenumsätzen und Zehntausenden Mitarbeitern zwar melken, aber nicht zu Tode melken durfte. Da musste man abwägen zwischen Gesetzen, demokratischen Grundregeln und dem Schaden fürs Ganze. Und dazu gehörten vorrangig die persönlichen Existenzen von politischen Entscheidungsträgern. Da galt ganz klar: Der Zweck heiligt die Mittel!

Ollner dachte an seine Studentenzeit, als in den achtziger Jahren des vorigen Jahrhunderts die großen Schmiergeldzahlungen an die demokratischen Parteien und Minister wie Strauß, Friedrich und den immer noch im Amt sitzenden Finanzminister Schäuble das Volk in Rage brachte. Selbst der beteiligte Einheitskanzler Kohl hatte sich ungestraft aufs Altenteil retten können. Unter dem Begriff »Flick-Skandal« würde er Teil der deutschen Wirtschaftsgeschichte bleiben. Vielleicht«, so sinnierte Ollner weiter, durfte man die Dinge nicht so eng sehen. Wo gehobelt wird, fallen nun mal Späne. Und im Geschäftsleben, das wusste Ollner genau, wurde mit allen Mitteln gehobelt.

Ollner lächelte, als er daran dachte, dass er gleich beim Notar die Provision von einhundertfünfzigtausend Schweizer Franken in bar einstreichen würde. Endlich wieder ein warmer Regen nach so vielen Kleckergeschäften. Er wollte sich damit einen Jugendtraum erfüllen, den er schon so viele Jahre hatte verschieben müssen. Erst kam die teure Scheidung von seiner Frau, die er nach fünfzehnjähriger

Ehe nicht mehr ertragen konnte. Was allerdings auf gegenseitigen Gefühlen beruhte. Sein eigener Seitensprung hatte den letzten Anlass gegeben. Aber dieser hatte ihn seiner zwanzig Jahre jüngeren Sekretärin nähergebracht und schließlich zu einer neuen dauerhaften Beziehung geführt. Vielleicht würde er Helga sogar heiraten und die Hochzeitsreise auf seinem privaten Traumschiff erleben, das er sich auf der letzten Bootsmesse in Düsseldorf bestellt hatte. Jetzt brauchte er keine Finanzierung mehr. Er würde bar zahlen können.

Natürlich hatte er Gunnar Franzen und diesem oberschlauen Ebert nicht die ganze Wahrheit gesagt. Grinsend fiel ihm der Spruch des alten Adenauer, des ersten deutschen Kanzlers nach dem verlorenen Krieg, wieder ein. Auf den Vorwurf, er habe das Parlament belogen, antwortete dieser mit altersweiser Sophistik: »Meine Damen und Herren – es gibt die einfache Wahrheit, es gibt die lautere Wahrheit, und es gibt die reine Wahrheit. Suchen Sie sich eine aus.«

Ollner hatte sich für die »einfache Wahrheit« entschieden und bewusst verschwiegen, dass ihm Goldstein bis dato völlig unbekannt war, geschweige denn, dass er mit ihm bereits mehrere Immobiliengeschäfte abgewickelt habe. Die einfache Wahrheit war, dass ihn Goldstein angerufen und nach einer interessanten Immobilie in Wuppertal gefragt hatte. Damit konnte er natürlich dienen. Lag doch der Verkaufsauftrag von Gunnar Franzen frisch auf seinem Schreibtisch. Die Kunst bestand darin, beim Verkäufer Vertrauen in das zugegebenermaßen etwas ausgefallene Geschäftsmodell von DuPont zu erwecken. Letztendlich aber, auch darüber war sich Ollner völlig im

Klaren, würde die Gier alle Zweifel verdrängen. Auch da hatte er recht behalten. Schmunzelnd gestand er sich ein, dass auch er von dieser Gier nicht ausgenommen war. Allerdings immer auf fremdes Risiko.

Langsam näherte er sich dem Ziel, obwohl er unbewusst und in seine Gedanken versunken einen kleinen Umweg gemacht hatte. Das Rotlicht einer Ampel an der stark befahrenen Kreuzung bremste seinen Schritt. Als Erster in der dichtgedrängten Menge wartete er auf Grün und starrte konzentriert auf die gegenüberliegende Ampelanlage.

Den schweren mehrachsigen Betontransporter, der sich von links mit erhöhter Geschwindigkeit der Kreuzung näherte, nahm Ollner nicht mehr wahr. Er spürte zwar noch den kräftigen Stoß im Rücken, der ihn auf die Fahrbahn stürzen ließ, aber seine hilflos in der Luft rudernden Arme, die vergebens nach einem Halt suchten, konnten den Sturz unter das Baufahrzeug nicht aufhalten. Das Letzte, was der Makler sah, waren die eiskalten Augen dieses Nadals, der sich rückwärts wie ein Wolf aus der wartenden Menge schlich. Jetzt erkannte Ollner »die reine Wahrheit«.

Seinen Sekundentod unter dem Laster spürte er nicht mehr bewusst. Das Überfahren des Kopfes wurde von einem hässlichen Knacken der Schädelknochen begleitet. Schlagartig kam der Verkehr zum Erliegen.

9

Noch am selben Abend hatte Dorothea das Zentralkrankenhaus in Amsterdam angerufen und nach ihrem Mann gefragt. Trotz der beruhigenden Worte des niederländischen Kommissars hatte ihr die Sorge um Gunnar keine Ruhe gelassen. Den Kindern hatte sie erklärt, dass Papi geschäftlich noch ein oder zwei Tage in Amsterdam bleiben müsse, womit sie sich zufrieden gaben. Der Anruf bei ihrer Mutter erwies sich als nervig, weil diese Erklärungen hören wollte, die sie selber nicht hatte. Immerhin würde sie sich selbstverständlich morgen um Vera und Peter kümmern, wenn Dorothea ihren Mann in Amsterdam abholte.

Gegen acht Uhr morgens wollte Dorothea losfahren. Nach etwa dreieinhalb Stunden Fahrt müsste sie in Amsterdam ankommen. Endlich fiel sie in einen unruhigen Schlaf.

In Amsterdam hatte sich bis zum frühen Abend die Terrorlage noch nicht beruhigt. Die Riesenstadt wimmelte von Polizisten und vermummten Einsatzkräften. An allen Brennpunkten waren Straßenkontrollen eingerichtet. Der fließende Verkehr hatte sich auf einen Endlosstau reduziert. Bahnhöfe und Flugplätze wurden ebenso streng kontrolliert, um die noch nicht gefassten Terroristen an weiteren Anschlägen zu hindern. Aufgrund gemeldeter Schießereien in verschiedenen Stadtteilen hatte sich unter den Menschen panikartige Unsicherheit ausgebreitet.

Hauptkommissar van Straaten fand sich in einer permanent tagenden dreißigköpfigen Ermittlungskommission wieder, in der Mordkommission, Staatsschutz, Interpol und ein Staatssekretär aus dem Innenministerium vertreten waren.

Van Straaten fiel als Leiter der Mordkommission die undankbare Aufgabe zu, den Ermittlern und insbesondere dem Staatssekretär zu erklären, dass bis zur Stunde keine Festnahme erfolgt war. Er hege sogar große Zweifel, dass es sich überhaupt um einen Terroranschlag handeln würde.

Leichte Unruhe entstand, und der Staatssekretär meldete sich mit sarkastischer Stimme: »Herr Hauptkommissar van Straaten, wollen Sie damit andeuten, dass alle unsere Sicherheitsmaßnahmen, die übrigens Millionen kosten, unnötig gewesen seien?!«

»Selbstverständlich nicht, Herr Staatssekretär. Aber bereits vor gut einer Stunde wurde ich vom Innenministerium direkt angerufen und um eine erste Stellungnahme gebeten. Sie alle kennen die bisherigen Ermittlungsergebnisse, und daran hat sich bis jetzt nichts geändert. Es sei denn, einer der Anwesenden hat etwas Neues.« Van Straaten schaute fragend in die Runde – nichts als betretenes Schweigen.

Natürlich wussten alle im großen Konferenzsaal, wer aus dem Innenministerium den Leiter der Mordkommission angerufen hatte. Es war allgemein bekannt, dass der Minister ein Großonkel des Hauptkommissars und sein Protegé war. Das war auch dem Staatssekretär nicht unbekannt. Er bedauerte sichtlich seine provokante Frage.

Oberkommissar Meewes betrat den Saal und legte seinem Kollegen eine Nachricht auf den Tisch. »Du musst es sofort lesen. Es ist von der Verkehrspolizei und scheint mir äußerst wichtig.«

Van Straaten las den Bericht mit wachsender Aufmerksamkeit. Sein hagerer Körper straffte sich, als er die Kollegen um Aufmerksamkeit bat.

»Mir wird soeben ein Bericht der Verkehrspolizei vorgelegt, der dem Ganzen eine Wendung geben könnte. Aus meiner ersten Stellungnahme wissen Sie, dass in einem Parkhaus der Innenstadt ein Mercedesfahrzeug mit deutschem Kennzeichen mittels eines Sprengsatzes – mit hoher Wahrscheinlichkeit handelt es sich um Semtex – zur Explosion gebracht wurde. Drei weitere dort in unmittelbarer Nähe geparkte Fahrzeuge, deren Fahrer in den Wagen saßen, explodierten ebenfalls. Vermutlich als Folge des vorsätzlichen Anschlags auf den deutschen Wagen. Die Hitze dürfte die Benzintanks zur Explosion gebracht haben. Jedenfalls haben die Kollegen der Spurensicherung keine weiteren Semtexspuren entdeckt. Gleichzeitig haben sie unter dem Chassis des deutschen Fahrzeugs eine sogenannte Sprengfalle nachweisen können, die beim Zünden des Wagens die Explosion ausgelöst hat.

Weiter konnten wir ermitteln, dass der verkohlte Körper am Steuer nicht der Halter des Fahrzeuges ist. Der Besitzer des Mercedes, ein Wuppertaler Unternehmer namens Gunnar Franzen, verdankt einem unglaublichen Zufall sein Leben. Weil sich das Bezahlen am Ticketautomaten in die Länge zog, ging der Begleiter, sein Steuerberater Werner Ebert, schon nach oben und startete das Fahrzeug mit den bekannten Folgen.

Die beiden Deutschen waren wegen eines Immobiliengeschäftes in Amsterdam. Der vermittelnde Makler war ebenfalls mit in Amsterdam, wie Kollege Meewes in einem Telefonat mit der Ehefrau des Gunnar Franzen erfuhr. Bei dem Makler handelt es sich um einen Deutschen aus Wuppertal. Sein Name ist Ollner. Und dieser Ollner ist noch vor der Explosion im Parkhaus Opfer eines Mordanschlags geworden. Er wurde am hellichten Tag an einer Ampelkreuzung vorsätzlich vor einen Betonwagen gestoßen. Er war auf der Stelle tot.

Wegen des Mordes wurde soeben der Fall von der Verkehrspolizei an die Mordkommission weitergeleitet. Ich stelle fest, dass immer wieder Kommissar Zufall unseren Ermittlungen entscheidende Wendungen gibt.«

Ein Kriminalrat des Staatsschutzes meldet sich. »Auf welche Wendung zielen Sie ab? Wollen Sie sagen, der Anschlag auf diesen Unternehmer aus Wuppertal hat keinen islamistischen Hintergrund?«

»Im Prinzip ja, Herr Kollege. Aber definitiv muss ich erst die morgige Vernehmung dieses Gunnar Franzen durchführen. Seine Aussage wird der entscheidende Schlüssel für unsere Beurteilung des Geschehens sein. Es lässt sich jedoch bei dem Mord an dem Makler Ollner unschwer ein Zusammenhang mit dem Anschlag im Parkhaus erkennen. Opfer des Anschlags sollten ohne Zweifel die beiden Deutschen werden.

Auch hier haben wir durch einen Zufall einen Überlebenden und wichtigen Zeugen für die Hintergründe der Tat. Ich schließe deshalb bewusst aus, dass Unternehmer, Steuerberater und Makler jeweils das Opfer eines gezielten islamistischen Anschlags geworden sind.«

Der Beamte vom Staatsschutz meldete sich erneut. »Wollen Sie damit sagen, Herr van Straaten, dass Sie dem Ganzen einen privaten Hintergrund zuordnen?«

Der Hauptkommissar nickte bestätigend.

»Nach Ihren Ausführungen kann ich Ihnen da folgen. Dann sollte aber ihr zufällig überlebender Zeuge umgehend unter Polizeischutz gestellt werden. Denn es muss ja triftige Gründe geben, warum auch der Wuppertaler Unternehmer sterben sollte. Und dass die Täter nicht lange fackeln, zeigt der brutale Mord an dem Makler Ollner.«

Der Hauptkommissar wurde sichtlich blass. Das hatte er übersehen. »Hans, organisiere umgehend Polizeischutz für Gunnar Franzen, und zwar vierundzwanzig Stunden rund um die Uhr«, wandte er sich an den Oberkommissar und hoffte, dass die Maßnahme noch rechtzeitig erfolgte. »Danke für den Hinweis, Herr Kollege«, bedankte er sich. »Wenn alle Anwesenden einverstanden sind, schlage ich die Aufhebung der erhöhten Sicherheitsstufe für die betroffenen Stadtbezirke vor. Auch der öffentliche Verkehr einschließlich Bahn und Flughafen sollte wieder freigegeben werden.«

Nach kurzer Diskussion wurde einstimmig der Beschluss zur Aufhebung der Sicherheitsstufe 1 gefasst. Allerdings unter Beibehaltung der erhöhten Alarmbereitschaft.

»Und was sagen wir der Presse?«, insistierte der Staatssekretär.

»Sagen Sie ihnen einfach die Wahrheit. Dass die bisherigen Ermittlungen keinen terroristischen Hintergrund ergeben hätten. Der Anschlag und die Opfer hätten einen kriminellen Hintergrund, der nun Sache der Mordkommission sei.«

Am nächsten Morgen warteten die Kommissare ungeduldig auf den Anruf aus dem Zentralkrankenhaus. Gegen acht Uhr dreißig rief Oberarzt Dr. Bommert an. »Sie können Herrn Franzen jetzt sprechen. Er hat die Nacht gut überstanden. Die Schockwirkung hat deutlich nachgelassen, und gefrühstückt hat er auch schon. Ein bisschen Zurückhaltung ist aber im Interesse des Patienten noch angebracht.«

Das versprachen die beiden Kommissare und machten sich umgehend auf den Weg. Mit Blaulicht bahnten sie sich ihren Weg durch das morgendliche Verkehrschaos.

Von Terrorangst war nichts mehr zu bemerken. Die Medien hatten ihre Pflicht getan. Statt des zunächst vermuteten IS-Anschlags war die Suche nach den Mördern eines brutalen Verbrechens in den Fokus der Berichterstatter gelangt. Alles ging wieder seinen normalen Gang. *Business as usual.*

Vor der Tür des Krankenzimmers saß ein uniformierter Polizeibeamter, den die Kommissare begrüßten und nach besonderen Vorkommnissen fragten. Sie betraten das Krankenzimmer und begrüßten Gunnar Franzen, der sehr blass, aber mit wachen Augen aufrecht im Bett saß.

»Ich bin Hauptkommissar van Straaten, und dies ist mein Kollege Oberkommissar Meewes von der Amsterdamer Mordkommission.« Beide Kommissare sprachen Deutsch mit niederländischem Akzent. »Sie haben gestern viel Glück gehabt, Herr Franzen. Ein reiner Zufall, dass Sie nicht ebenfalls ein Opfer des Anschlags geworden sind.«

Ein Schatten huschte über Gunnar Franzens Gesicht.

»Für Ihren Begleiter, den Steuerberater Werner Ebert,

tut es uns sehr leid. Für ihn hat das Schicksal leider anders entschieden.«

Der Patient schluchzte leise, und von Straaten hob beruhigend die Hand.

»Ich gehe davon aus, dass Sie, Herr Franzen, ebenfalls ein erhebliches Interesse an der Festnahme der Täter haben.«

Gunnar nickte heftig. Seine Augen bekamen einen harten Glanz.

»Umso mehr sind wir auf Ihre Hilfe angewiesen. Denn außer den bisherigen Fakten wissen wir offengestanden nichts. Warum sind Sie überhaupt nach Amsterdam gefahren?«

Gunnar richtete sich im Bett ein wenig höher auf. Die Kommissare bemerkten seine Größe von gut ein Meter neunzig und seinen durchtrainierten Körper, der den ausgeprägten Bizeps seiner Oberarme deutlich hervortreten ließ.

Ein starker Mann, dachte van Straaten, der selber auch nicht wie ein Schwächling wirkte.

»Es begann alles mit dem geplanten Immobilienverkauf eines meiner Hotels in Wuppertal«, begann Gunnar mit leicht stockender Stimme. Meine Frau und ich hatten damit die Wuppertaler Maklerfirma Veritas beauftragt. Den Inhaber, Herrn Ollner, kannte ich aus mehreren zuvor für unser Unternehmen durchgeführten Geschäften.«

»Was für ein Unternehmen besitzen Sie und Ihre Frau, Herr Franzen?«, unterbrach Oberkommissar Meewes, der eifrig mitschrieb.

»Es handelt sich um eine Immobilienvermietungs- und -verwaltungsgesellschaft mbH & Co KG, deren Immobilien im Eigenbesitz sind.«

»Um wie viel Immobilien handelt es sich, Herr Franzen? Und wie viel Umsatz machen sie jährlich? Ich stelle diese Frage nicht aus Neugier, sondern um anhand Ihres Vermögensstatus' das Interesse der Täter an ihrem Vermögen einschätzen zu können, denn der brutale Einsatz mit ebenfalls hohem Risiko für die Gangster hat normalerweise ein lohnendes Ziel vor Augen.«

»Es handelt sich um rund eintausend Wohnungs- und Gewerbeimmobilien mit einem Jahresumsatz von etwa fünfundsechzig Millionen Euro.«

Der Hauptkommissar nickte nachdenklich. »Das dürfte reichen, um Verbrecher jeder Couleur anzulocken. Und warum sollte es zum Verkauf in Amsterdam kommen?«

»Der Makler Ollner fand einen potenten Kaufinteressenten aus der Schweiz. Dieser Herr Levy Goldstein hatte sich als Generalbevollmächtigter des DuPont-Konzerns in der Schweiz vorgestellt. Er selber war wohl Israeli. Jedenfalls hatte er einen israelischen Pass.«

»Haben Sie den Pass gesehen?«

»Doch, den habe ich mir sogar genau angesehen.« Gunnar zögerte. »Ich glaube, ich muss mich korrigieren. Der Pass war in der Schweiz ausgestellt, und zwar in Bern. Aber als Geburtsort war Hebron eingetragen. Deshalb bin ich auf Israel gekommen.«

»So ganz stimmt das nicht, Herr Franzen. Hebron liegt im Westjordanland und steht seit 1967 unter israelischer Verwaltung. Vermutlich wird es in absehbarer Zeit annektiert und damit tatsächlich zu Israel gehören. Der eifrige israelische Siedlungsbau im Westjordanland lässt da kaum Zweifel aufkommen. Also wird dieser Herr Goldstein mit Schweizer Pass einen palästinensischen

Hintergrund haben. Aber ich wollte Sie nicht unterbrechen.«

»Dieser Goldstein wollte jedenfalls die Transaktion in Amsterdam bei einem ihm von früheren Geschäften her bekannten Notariat beurkunden lassen. Das erschien uns ja nicht ungewöhnlich, zumal der Käufer den Notar bezahlt und insofern auch den Notar wählen kann. Ungewöhnlich an dem Geschäft war zunächst, dass der Käufer den Kaufpreis in bar bezahlen wollte. Es sei jedoch die Geschäftspolitik von DuPont, dass sie eigene Bareinnahmen in Cashgeschäfte im EG-Raum reinvestiert, erklärte uns Herr Goldstein.«

»Sind Sie da nicht misstrauisch geworden?«, fragte Oberkommissar Meewes dazwischen.

»Durchaus, denn Bargeschäfte über 2,5 Millionen Schweizer Franken sind heute schon eine Hausnummer. Deshalb haben wir unseren langjährigen Steuerberater und persönlichen Freund Werner Ebert um Rat gefragt. Er hat uns nachhaltig von dem Geschäft abgeraten.«

»Aber Sie haben es trotzdem abgeschlossen?«, fragte van Straaten.

»Dafür gab es zwei Gründe. Der Makler, Herr Ollner, betonte in einem gemeinsamen Gespräch mit mir und Werner Ebert in dessen Büro, er habe schon mehrere Transaktionen mit Levy Goldstein und dem DuPont-Konzern in der gleichen Art erfolgreich abgeschlossen. Hinzu kam«, Gunnar räusperte sich verlegen, »ich gebe es ungern zu, meine Gier!«

»Gier ist an sich nichts Ungesetzliches und vermutlich den meisten Menschen implementiert. Trotzdem verstehe ich nicht, wo der Vorteil für die Käufer liegen sollte. Nur der Verkauf allein bietet kein Motiv für die folgenden Verbrechen«, bemerkte van Straaten.

»Ich war noch nicht fertig, Herr Kommissar. Denn ein zweiter ungewöhnlicher Punkt des Vertrages war eine Bargeldleistung über zweihundertfünfzigtausend Euro durch mich an den Käufer, womit dieser die Kosten der Bargeldtransaktion kompensieren wollte. Diese Konzession fiel mir leicht, da ich sie in meiner Kaufpreisforderung bereits als eventuelle Summe für geforderte Kaufpreisnachlässe eingeplant hatte. Herr Ollner meinte, das sei durchaus üblich. Nur mein Freund Werner riet immer noch ab.«

Gunnar Franzen traten Tränen in die Augen, er schluckte schwer.

»Er ist aber trotzdem mitgefahren. Warum?«, insistierte van Straaten.

»Aus reiner Freundschaft. Er wollte mich im Notfall vor dem Schlimmsten bewahren. Und hat selber das Schlimmste erleiden müssen, was ein Mensch erleiden kann!«

Gunnar schlug die Hände vors Gesicht, um die Tränen zu verbergen, die er nicht länger zurückhalten konnte. Der Schock saß noch tief, und es brauchte eine Weile, bis Gunnar sich wieder gefasst hatte.

Die Kommissare hatten geduldig gewartet. »Wir wollen Sie nicht zu sehr belasten, Herr Franzen, aber uns fehlt noch ihre Schilderung zum eigentlichen Ablauf des Geschäftes in Amsterdam. Wann haben Sie sich denn beim Notar getroffen, und wie heißt er, und wie ging die Abwicklung vor sich?« Oberkommissar Meewes schaute Gunnar Franzen fragend an.

»Vor dem Notartermin um sechzehn Uhr war ein Treffen im Best-Western-Hotel in der Margaretenstraat vereinbart. Auch sollten Vorverträge und Empfangsquittungen gegengezeichnet werden, unter Kontrolle der vorzulegenden Reisepassdaten. Jeder Partner, auch Herr Ollner, erhielt eine Ausfertigung der Papiere.«

»Haben Sie diese Ausfertigung noch?«, fragten beide Kommissare gleichzeitig.

»Ja, natürlich. Sie muss in meiner Brieftasche in der Jacke stecken. Wenn Sie mir meine Brieftasche reichen, kann ich Ihnen die Ausfertigung geben.«

Gunnars Anzug hing im Schrank, Oberkommissar Meewes entnahm dem Jackett die Brieftasche und übergab sie Gunnar. Der entnahm ihr das Schriftstück und überreichte es. Beide Kommissare nahmen gespannt eine erste Prüfung vor. »Wir müssten das als Beweismittel zu unseren Akten nehmen, wenn Sie einverstanden sind.«

Gunnar nickte zustimmend und fuhr fort.

»Wir trafen uns also um dreizehn Uhr im Hotel und begegneten dort erstmals Herrn Goldstein.«

»Können Sie ihn uns beschreiben?«, hakte van Straaten nach.

Gunnar beschrieb ihn, so gut wie er ihn in Erinnerung hatte, und das dürfte für ein Leben lang sein.

»Dieser Goldstein hatte übrigens einen Begleiter namens Nadal, der eher wie ein Leibwächter aussah. Es war ein Typ aus dem Orient, der einen gefährlichen Eindruck machte. An seinem Handgelenk war mit Handschellen der Geldkoffer befestigt.«

Die Kommissare schauten sich an und baten Gunnar um eine genaue Personenbeschreibung. Er gab sie ihnen. Auch dieses Gesicht würde er nie mehr vergessen.

»Das Geld haben wir dann gemeinsam in einem Nebenzimmer gezählt. Alles stimmte. Wir haben anschließend die Koffer getauscht und uns auf den Weg zum Notariat Doyes in der Anne-Frankstraat gemacht. Werner und ich haben ein Taxi genommen. Goldstein und Nadal wollten ihren Wagen aus dem Parkhaus holen, weil Goldstein direkt nach dem Notartermin seinen Flug nach Zürich erreichen musste. Nur Ollner wollte den Weg zu Fuß machen, weil er ein wenig Bewegung brauchte.«

Wieder schauten sich die Kommissare an. Franzen hatte offensichtlich keine Ahnung vom grausamen Ende des Maklers.

Gunnar hatte die Blicke bemerkt. »Haben Sie Herrn Ollner schon erreichen können, oder hat er sich noch nicht bei Ihnen gemeldet? Werner und ich haben ihn nach dem Notartermin vergeblich über sein Handy zu erreichen versucht.«

»Sie sagen, nach dem Notartermin. Haben Sie ihn denn im Notariat nicht getroffen?«, fragte Oberkommissar Meewes.

»Eben nicht. Er ist dort nicht aufgetaucht, ebensowenig wie der Notar. Als Werner und ich im Notariat nach unserem Beurkundungstermin fragten, war der Sekretärin davon nichts bekannt. Außerdem wäre der Notar zu einem Auswärtstermin und würde erst am nächsten Tag wieder ins Büro kommen. Da hat es bei Werner und mir das erste Mal klick gemacht. Wir saßen ja im Besucherzimmer und haben den Inhalt des Geldkoffers noch einmal überprüft.

Ich bin froh, dass man unsere dummen Gesichter in dem Moment nicht gefilmt hat. Nicht, dass die Geldpäckchen weggewesen wären. Die lagen noch alle schön gebündelt im Koffer, wie bei der Übergabe. Nur fiel uns beim Blättern auf, dass lediglich die oberste Geldnote echt war. Darunter lagen alles Scheine mit dem Aufdruck »Muster ohne Wert«.

Schlagartig wurde uns klar, wir waren auf raffinierte Weise geleimt worden. Und meine zweihunderfünfzigtausend Euros würde ich nie mehr wiedersehen. Ich war Werner in dem Augenblick dankbar, dass er nicht sagte, ich habe dir rechtzeitig und nachhaltig von dem Geschäft abgeraten.«

Auf die Nachfrage des Hauptkommissars, ob er eine Erklärung für den Trickbetrug habe, erzählte ihm Gunnar vom vermutlichen Kofferaustausch durch eine dritte Person und der bodenlangen Tischdecke. »Werner und ich waren nach dem Verlassen des Notariats nochmals ins Best-Western-Hotel gegangen – weder Goldstein und Begleiter noch Ollner waren dort aufgetaucht. Wir hatten die vage Hoffnung, vielleicht einen der drei dort anzutreffen, was sich natürlich als falsch erwies. Von der Rezeptionskraft erfuhren wir auf unsere Nachfrage, dass ein Herr Nadal die Reservierung des Konferenzraumes telefonisch vorgenommen und extra bodenlange Tischtücher bestellt hatte. Das untermauerte unseren Verdacht.«

»Wie bei Olympia in HOFFMANNS ERZÄHLUNGEN«, kommentierte van Straaten.

»Genau das Beispiel war mir auch eingefallen, aber leider zu spät«, meinte Gunnar erstaunt. »Ich hoffe, dass Sie den Ollner bald erwischen, denn der steckt offensichtlich tief in der Sache mit drin. Und wenn Sie ihn nicht festnehmen können, werde ich die Wahrheit aus ihm herausholen, auch mit unorthodoxen Mitteln. Das bin ich meinem Freund Werner mindestens schuldig!« Gunnar sprach mit erregt erhobener Stimme. Offensichtlich hatte er den Schock überwunden.

»Das mit Ollner müssen Sie vergessen, Herr Franzen. Der gehört auch zu den Opfern der Betrüger und mutmaßlichen Mörder. Er wurde in der Nähe des Notariats unter einen Lastwagen gestoßen und war auf der Stelle tot. Das haben eindeutige Zeugenaussagen bestätigt. Als Täter kommt wahrscheinlich dieser Nadal in Frage. Die Personenbeschreibung der Zeugen entspricht der Ihren, Herr Franzen. Aber das hilft dem ermordeten Makler Ollner auch nicht mehr.«

»Das tut mir wirklich leid«, sagte Gunnar erschüttert. »Aber wie wollen Sie jetzt diese Mörder erwischen?«, fragte er etwas ratlos.

»Nun ja«, lächelte Hauptkommissar van Straaten, »das ist jetzt unser Problem. Da müssen Sie sich auf unsere Erfahrung als Ermittler verlassen. Und ich darf Ihnen versichern, dass diese Mörder ab sofort einer europaweiten Fahndung unterliegen. Wir schicken gleich noch eine Kollegin vorbei, die mit Ihrer Hilfe eine Phantomzeichnung der beiden Täter anfertigen wird. Ansonsten danke ich Ihnen für die präzisen Aussagen, sie werden uns eine große Hilfe sein.«

Van Straaten gab Gunnar seine Karte. »Wenn Ihnen noch etwas einfällt, rufen Sie uns bitte sofort an. Und noch etwas, Herr Franzen. Sie sind vorerst der einzige überlebende Zeuge, der eigentlich den Sprengstoffanschlag nicht überleben sollte, wie Ollner und Ihr Freund. Deshalb sitzt vor Ihrem Krankenzimmer auch ein Polizeibeamter zu Ihrem Schutz. Ich werde die Kollegen in Wuppertal gleich anrufen und einen Polizeischutz für Sie und Ihre Familie dringend anraten. Zumindest für die ersten Wochen beziehungsweise bis wir die Täter gefasst haben. Diese schrecken offensichtlich vor nichts zurück. Deren kriminelle Hemmschwelle liegt bei Null.

Noch werden die Täter nicht wissen, dass ein Hauptzeuge überlebt hat. Aber das wird nicht so bleiben. Also nehmen Sie die Warnung nicht auf die leichte Schulter. Herr Meewes und ich werden uns jetzt verabschieden und wünschen Ihnen alles Gute. Wir werden Sie informieren, wenn wir in dem Fall weitergekommen sind.«

Oberkommissar Meewes wünschte noch gute Heimfahrt und richtete Grüße an Gunnars Frau aus.

Kurz darauf traf eine Beamtin mit Laptop ein und skizzierte nach Gunnars Angaben ein ziemlich getreues Phantombild von Goldstein und Nadal. Auf Gunnars Bitte hin versprach sie, ihm Abzüge der Phantombilder zu schicken.

Gegen Mittag traf Dorothea ein, fiel Gunnar stumm um den Hals und weinte vor Glück, ihren Gunnar gesund in die Arme nehmen zu können.

»Was ist denn eigentlich passiert? Ich sah vor deiner Tür einen Polizisten sitzen. Hat das etwas mit dem Unfall zu tun?«, fragt sie unter Tränen der Erleichterung.

»Ja und nein, Dori, aber diese Geschichte erzähle ich dir auf der Rückfahrt nach Hause. Vorhin war noch Oberarzt Dr. Bommert bei mir, hat mich untersucht und meine Reflexe überprüft. Ich bin wieder kerngesund und kann das Krankenhaus verlassen. Und das sollten wir auch tun, bevor ich im Bett noch Wurzeln schlage.«

Dori gab ihm einen langen liebevollen Kuss.

Während der Autobahnfahrt nach Wuppertal – Gunnar

hatte darauf bestanden, Dorotheas Audi A5 selber zu steuern – berichtete Gunnar die tatsächlichen Ereignisse ohne Beschönigung.

Dorothea fiel von einem Schock in den anderen. Beim Tod ihres Freundes Werner brach sie in Tränen aus. Als Gunnar ihr zum Schluss vom geplanten Polizeischutz erzählte, riss sie die Augen weit auf. Sie hatte plötzlich den Ernst der Lage verstanden, und auch, warum Gunnar unbedingt selber fahren wollte. Ihre Sorge galt nun den Kindern. »Unter dem Aspekt halte ich den Polizeischutz sogar für erforderlich. Und eins habe ich aus dem Geschehen jetzt schon gelernt. Wir dürfen nie wieder die eigene Gier zur Richtschnur unseres Handelns machen. Das schützt uns zwar nicht vor der Gier von Mördern und Betrügern. Es schützt uns aber vor uns selber!«

Dem konnte Gunnar nur zustimmen.

10

Levy Goldstein saß am Tage nach dem Geschehen voller Wohlbehagen am Außenpool des Landa Pala und genoss seinen Daiquiri. Er kannte das Fünf-Sterne-Luxushotel am Stadtrand von Burgos in Nordspanien gut und fühlte sich in der historischen Burganlage hervorragend aufgehoben. Sie gehörte zur Gruppe der spanischen Paradores, die vorwiegend historische Bauten in Luxusherbergen verwandelte und sich im Eigentum des spanischen Staates befand.

Goldstein hatte sich wie ein Chamäleon in einen harmlosen Touristen verwandelt, der sich in weißen Shorts und offenem Freizeithemd im Liegestuhl einer Siesta in der Sonne der spätsommerlichen Mittagshitze hingab.

Natürlich hatte er unter anderem Namen und mit falschem Pass eingecheckt und sein Äußeres dem Passbild angepasst. Anstelle eines Vollbartes trug er nur noch einen Oberlippenbart, der seine dickliche Oberlippe kaschierte. Das schwarze, mittellange Haar hatte einem blonden Kurzhaar Platz gemacht. Auf der Nase trug er einen Goldkneifer, dessen normalen Gläsern er jetzt dunkle Sonnenbrillengläser vorgesetzt hatte.

Er reiste unter dem Namen Joseph Güldenberg mit deutschem Pass. Vor Jahren hatte er einem professionellen Passfälscher aus Berlin sechs echte deutsche Blankopässe abgekauft, die dieser bei einem Einbruch in ein Berliner

Passamt erbeutet hatte. Die Passeintragungen samt Bild konnten später nach Bedarf eingetragen werden.

Durch sein neues Outfit wirkte Goldstein alias Güldenberg um einige Jahre jünger. Jetzt ging er für einen jugendlich wirkenden Mittvierziger durch.

Tatsächlich war er 1965 in einem jüdischen Kibbuz unter dem Namen Jehuda Finkenstein zur Welt gekommen. Seine Eltern stammten aus Deutschland und waren noch vor dem Krieg nach Frankreich immigriert. Bei Kriegsausbruch flohen sie vor dem Einmarsch der Deutschen nach England. Mit einem von den Engländern zugelassenen Einwandererkontingent kamen sie in das von diesen besetzte Palästina, ins biblische Heimatland der Juden. In einem Kibbuz bei Hebron wuchs er auf.

Als Jugendlicher erlebte er immer wieder die gnadenlose Brutalität der Überfälle palästinensischer Patrioten und ebenso brutaler Gegenaktionen des israelischen Militärs. Er erlebte die willkürlichen Enteignungen, brutalen Deportationen und Einkerkerungen palästinensischer Widerstandskämpfer sowie den Verlust ihrer Heimat durch die Brille der jüdischen Interessen. Seine gelegentlichen Fragen nach richtig oder falsch, nach gut oder böse erhielten eine definitive Antwort, als seine Eltern und zwei nach ihm geborene Geschwister bei einem Überfall auf ihren Kibbuz grausam getötet wurden.

Er selber war zu dieser Zeit beim Militär und leistete seinen Wehrdienst ab. Seine Familie wurde in mit Steinen beschwerten Särgen bestattet. Außer Asche und einigen Knochenrudimenten war nach dem Abfackeln des Wohngebäudes nichts von ihnen übrig geblieben.

Die palästinensischen Täter hatten Türen und Fenster

verrammelt, bevor sie das Haus mitsamt dem lebenden Inventar in Brand steckten.

Nach der zweijährigen Wehrzeit meldete sich Jehuda Finkenstein zum israelischen Geheimdienst Mossad. Dort wurde er nach mehrjähriger erfolgreicher Mitarbeit in den Shin Bet, den vorwiegend im Inland operierenden Geheimdienst, versetzt. Hier zählten präventive Liquidierungen von nationalen Todfeinden zu seinen Aufgaben. Er entwickelte sich zu einem erfolgreichen, gnadenlosen Killer, dem mit den Jahren jede Empathie für das Opfer abhandengekommen war.

Sein moralisches Gewissen hatte er ebenso verloren wie die Fähigkeit zwischen Gut und Böse zu unterscheiden. Als er nach Jahren den Shin Bet verlassen musste – ihm wurden Unregelmäßigkeiten vorgeworfen –, hatte sich seine Lebenseinstellung reduziert auf die Erfahrung »Der Zweck heiligt die Mittel, und richtig ist der mir nützliche Zweck«. Der zuvor staatlich vorgegebene Zweck war durch einen dem eigenen Vorteil dienenden ersetzt worden.

Irgendwann im Laufe seiner Jahre beim Shin Bet war Jehuda Finkenstein das Austricksen und Täuschen eines Gegners zur eigenen Natur geworden. Keine Lüge war ihm fremd. Jedes Risiko wurde vor Beginn einer neuen Aktion minimiert. Menschliche Verluste wurden als kollaterale Notwendigkeiten bedenkenlos in Kauf genommen.

Seit gut zehn Jahren hatte er keine Fehlschläge erfahren und wollte solche auch für die Zukunft vermeiden. Der Erfolg seines Geschäftsmodells spiegelte sich in der Höhe seiner Bankkonten in der Schweiz und auf den Bahamas wider.

Zufrieden mit sich und seiner Arbeit bestellte Jehuda

einen zweiten Daiquiri. Kurz darauf klingelte sein Prepaidhandy.

»Hier ist Charles«, meldet sich die wohlbekannte Stimme Nadals. Er reiste ebenfalls unter geänderter Personenidentität mit französischem Pass. »Ich bin jetzt an der Rezeption und habe soeben eingecheckt.«

»Welche Zimmernummer hast du?«

»208 im zweiten Stock.«

»Ich bin im dritten Stock, Nummer 301. Wir treffen uns in einer Stunde auf meinem Zimmer.« Jehuda beendete den Anruf. Er brauchte noch ein wenig Muße, um die nächste Planung zu durchdenken.

Nadal – alias Salim Arafat – war einer der wenigen Menschen, für die Jehuda Finkenstein eine gewisse Empathie empfand. Vor gut zehn Jahren – er war noch im Dienst des Shin Bet – hatte er den 1985 in Ramallah geborenen Salim aus einem israelischen Internierungslager geholt. Wegen Beteiligung an der zweiten Intifada 2001 war er von einem Militärgericht zu zwanzig Jahren Haft verurteilt worden.

Jehuda wusste damals, dass die Verurteilung Ergebnis einer Strafaktion gegen die unbotsame Palästinenserjugend war. Die Vorwürfe gegen den damals sechzehnjährigen Salim waren lanciert, und Jehuda wusste auch den Grund.

Salim war der Neffe des Palästinenserführers Jassir Arafat. Der 1929 in Kairo geborene Onkel Salims war Gründungsmitglied der 1987 entstandenen Al-Fatah – der Bewegung zur Befreiung Palästinas. 1994 gründete er im Gaza-Streifen die Palästinensische Autonomiebehörde, nachdem er 1988 bereits den israelischen Staat anerkannt und dessen Zerstörung für hinfällig erklärt hatte. Schließlich hatte Jassir Arafat im Dezember 1994 gemeinsam mit den führenden israelischen Politikern Shimon Perez und Jitzschak Rabin den Friedensnobelpreis erhalten. Präsident Rabin bezahlte seine versöhnliche Haltung gegenüber den Palästinensern, denen er die Selbstverwaltung zugestanden hatte, mit seinem Leben. Er wurde von einem jüdischen Ultra-Nationalisten ermordet. Die jüdische Regierung unter Ministerpräsident Ehud Olmert sah später ein Attentat auf Arafat ebenfalls als seine legitime Entfernung an.

Zu dieser Zeit galt die gezielte Tötung von Protagonisten der Al Fatah und anderer Palästinenserorganisationen wie der Hamas durch israelische Killerkommandos als legitim.

Jehuda Finkenstein war einer der effizientesten Killer.

Am 11. November 2004 verstarb Jassir Arafat in einem Militärkrankenhaus in Percy bei Paris in einer Spezialabteilung für radioaktiv kontaminierte Patienten. Der Verdacht auf vorsätzliche Vergiftung mit Polonium 210 bestätigte sich durch Untersuchungen der persönlichen Gegenstände Arafats. Zahnbürste, Kleidung und Kufiya wiesen nach Befunden des radiophysikalischen Instituts der Schweizer Universität Lausanne erhöhte Konzentrationen von Polonium 210 auf. Eine 2012 durchgeführte Exhumierung des Toten führte ebenfalls zu stark überhöhten Polonium 210-Werten. Danach konnte Jassir Arafat als unbequemer Gegner Israels durchaus einem Attentat mit dem radioaktiven Gift zum Opfer gefallen sein.

Jehuda Finkenstein hätte auch hierzu etwas sagen können.

Als Shin Bet-Agent hatte Finkenstein zu allen Palästinenserlagern ungehinderten Zugang. Ihm war der zwanzigjährige Salim durch seine überdurchschnittliche Größe von knapp ein Meter neunzig und einen athletischen Körper aufgefallen. Seine eigene Größe von ein Meter siebzig und der feingliedrige Körperbau bildeten einen starken Kontrast zu Salims Erscheinungsbild. Finkenstein empfand eine homoerotische Zuneigung für den jungen Mann, die zu seinem Erstaunen erwidert wurde.

Hegte er anfangs noch den Verdacht, dass Salim lediglich einen Weg aus dem Lager suchte – egal mit welchen Mitteln –, so erwies sich dies als falsch. Seit zehn Jahren war Salim jetzt bei ihm, hatte sämtliche Tricks und Abscheulichkeiten eines Killers gelernt und war Jehuda ein treuer Partner und Liebhaber geworden. Gleichzeitig erhielt er aufgrund seiner Statur die natürliche Rolle eines Leibwächters, obwohl sein Protegé einen solchen tatsächlich nicht benötigte. Finkensteins äußeres Auftreten täuschte eine scheinbare Schwäche vor, die den durchtrainierten Körper eines ehemaligen Shin Bet-Agenten mit Kampfsportausbildung verbarg. Sie entsprach jedoch genau dem Bild eines korrekten Geschäftsmannes, der seine Partner einer perfekten Täuschung erliegen ließ.

Als Jehuda Finkenstein alias Joseph Güldenberg seinen Daiquiri ausgetrunken hatte, legte er dem Barkeeper einige Münzen als Trinkgeld aufs Tellerchen und schlenderte relaxt zum Aufzug. Wie gut doch die spanische Sonne tat! Auf seinem komfortablen Doppelzimmer in der Größe einer Suite angekommen, zog er sich für das Treffen mit Salim alias Nadal um. Es galt, die Planung einer neuen Transaktion zu besprechen.

Wenige Minuten später klopfte es, und Jehuda ließ Salim eintreten. Sie begrüßten sich wie ein Liebespaar nach längerer Trennung. Dann wurde Salim ernst und legte dem Älteren eine niederländische Tageszeitung vor.

»Es ist etwas schiefgelaufen in Amsterdam. Unser Verkäufer, dieser Gunnar Franzen, lebt noch, obwohl sein Partner, der Steuerberater, tot ist.«

»Wie ist das möglich, Salim? Das musst du mir erklären.«

»Da gibt es nicht viel zu erklären. Es war ein verdammter Zufall – fast wie ein Lottogewinn –, dass dieser Franzen davongekommen ist. Die sind nicht gemeinsam ins Auto geklettert und haben es gestartet. Der Franzen hat seinen Begleiter allein den Wagen holen lassen, während er unten am Ticketschalter das Parkticket bezahlte. Das kannst du alles hier in der Zeitung lesen.«

Finkenstein hatte zuerst aufbrausen wollen, blieb dann aber gelassen, als er über das Potenzial von Zufällen bei seinen sorgsam ausgefeilten Planungen nachdachte. Hundertprozentige Absicherung gab es nicht. Er wandte sich lächelnd zu Salim. »Aber das Problem können wir doch im Nachhinein lösen. Dieser Gunnar Franzen ist doch nicht unsterblich.«

Jetzt lächelte Salim ebenfalls.

11

Thomas Wedel ist vierundfünfzig Jahre alt und ein drahtiger Mann. Er isst kein Fleisch, trinkt keinen Alkohol. Jeden Morgen arbeitet er eine halbe Stunde an einer seiner Kraftmaschinen, und das seit dreißig Jahren. Er fühlt sich auf dem Höhepunkt seiner Schaffenskraft.

Als einzigen körperlichen Verlust beklagt er seine Haare, deren rudimentären Restbestand er seit Jahren einer regelmäßigen Rasur unterzieht. Diese neue Männlichkeit gefällt seiner Frau Ilse und sogar den fast schon erwachsenen Kindern. Seine siebzehnjährige Tochter schwärmt ihren Schulfreundinnen über den eigenen Vater vor, er sei ein echter Bruce-Willis-Typ.

Außerdem ist Thomas Wedel ein reicher Mann. Vor zwei Jahren ist er auf Bentley umgestiegen, nachdem er jahrelang begeisterter Mercedesfahrer war. Heute darf die zehn Jahre jüngere Ehefrau den ausgesonderten Mercedes fahren.

Vor zehn Jahren hat der Unternehmer Wedel auf den Anhöhen von Berg am Starnberger See seine Traumvilla gebaut. Fünfhundert Quadratmeter Wohnfläche mit Hallenbad, Garage für vier Fahrzeuge – wenn die Kinder mal groß sind – und traumhaften Blick auf den See. Sechs Millionen Euro einschließlich des dreitausend Quadratmeter großen uneinsehbaren Grundstücks. Alles mitten auf den Spielwiesen der Reichen und Schönen – der in der unmittelbaren Nachbarschaft lebenden Münchener und Starnberger Bussigesellschaft. In die war Thomas Wedel schon vor Jahren mit offenen Armen aufgenommen worden. Ab einem gewissen Kontostand gehörte man zwangsläufig dazu. Thomas und seine hübsche Frau Ilse hatten es trotzdem genossen. Sie lernten sogar die Grundregeln des Golfspiels und wurden Mitglied im Gold-Weiß-Club. Dort wurde man bei Häppchen und Petit Fours gerne herumgereicht und kam zwangsläufig mit Sportgrößen und Filmstars in Berührung. Ilse betonte häufig, sie mache das alles nur wegen ihrer Kinder. Sie wolle ihnen den mühsamen Aufstieg von unten nach oben ersparen. Sie sollten unmittelbar in ein standesgemäßes Umfeld hineinwachsen, ohne die Via Mala gehen zu müssen.

Und was die Heiratsaussichten für Sohn und Tochter beträfen – selbstverständlich ohne darauf irgendeinen Einfluss nehmen zu wollen –, so lägen die einfach auf einem ganz anderen Niveau. Thomas musste dann still lächeln. Hatte er Ilse doch als seine Sekretärin in der Aufbauphase des Unternehmens kennengelernt und geheiratet. Aber in die Erziehung der Kinder mischte er sich nur sporadisch ein. Das war Ilses Aufgabe als Hausfrau und Mutter, nachdem sie aus dem Betriebsleben ausgeschieden war.

Als Thomas vor über zwanzig Jahren nach einem Betriebswirtschaftsstudium seinen ersten Getränkemarkt in München auf Pump eröffnete, stand er noch selber mit im Laden. Einschlägige Erfahrungen, einschließlich des Schleppens von Bierkästen, hatte er als Student erworben, um das Studium zu finanzieren. Anhand der Umsätze und Kostenausgaben hatte er für sich selber eine Rendite nach GOP von etwa fünfzehn Prozent errechnet. Genug, um sich ein einträgliches Einkommen zu sichern. Als sein Arbeitgeber den Markt aus Altersgründen abgeben wollte, war Thomas der erste Bewerber und erhielt den Zuschlag.

Er stockte den Getränkemarkt um neue Warenangebote auf und bot neben Bier, Mineralwasser und Säften auch Rauchwaren und importierte Whiskysorten an. Weitere Warenangebote folgten. Nach drei Jahren hatte er insgesamt fünf Getränkemärkte in exponierten Lagen im Besitz, die er von einem angemieteten Büro aus führte. Selber verkaufen tat er nicht mehr, wenn er seine Läden auch regelmäßig kontrollierte.

Die Bilanzen ließen seine Kreditbonität bei den Banken steigen, so dass die weitere Expansion seines Geschäftes gesichert war. Wie ein Schneeball zu einer Lawine wird, so wuchs die Zahl seiner Getränkemärkte. Als er seinen vierzigsten Geburtstag feierte, besaß er ein Imperium von einhundert Getränkemärkten im bayrischen Raum und hatte Filialen in weiteren zehn Bundesländern eröffnet.

Überall in Deutschland waren nach dem erfolgreichen Beispiel von Aldi und Lidl Marktketten entstanden. Drogeriemärkte, Supermärkte, Gartencenter oder Praktikermärkte schossen wie Pilze aus dem Boden und waren in ihrer Expansion nicht zu stoppen.

Mit fünfzig Jahren, nach unermüdlichem Arbeitseinsatz mit bis zu achtzig Stundenwochen, gehörte Thomas mit fünfhundert Getränkemärkten in nahezu sämtlichen Bundesländern zu den Spitzenreitern seiner Branche.

Dazu gehörten eigene Auslieferungslager und Getränkefachgroßhandlungen, die für viele Brauereien den deutschlandweiten Vertrieb übernahmen. Seine Jahresbilanzen wiesen einen jährlichen Umsatz von rund achthundertfünfzig

Millionen Euro aus. Längst residierte er in einem eigenen Bürohaus in bester Stadtlage Münchens und wurde als heimischer Bierkönig hofiert, obwohl er keinen Hektoliter eigenes Bier produzierte. Also lag es nahe, sich eine eigene Brauerei zuzulegen. Mit der gebotenen Zurückhaltung streckte Thomas Wedel diesbezüglich seine Fühler aus.

Nach einigen Monaten wurde ihm ein großer Bierkonzern in Norddeutschland mit einer Jahresproduktion von 3,5 Millionen Hektolitern angeboten, dessen Inhaberfamilie das Biergeschäft aus Altersgründen abgeben wollte, alldieweil keine Familienerben vorhanden waren. In wochenlangen zähen Verhandlungen wurde man sich einig. Für einen Kaufpreis von einhundertfünfzig Millionen konnte Thomas Wedel zu Jahresbeginn in fünf Monaten den Konzern übernehmen.

Die Finanzierung des Geschäfts würde zu siebzig Prozent seine Hausbank tragen. Dreißig Prozent des Kaufpreises sollten aus eigenen Mitteln aufgebracht werden. Das war für Thomas Wedel kein Problem. Umso größer war seine Überraschung, als die Hausbank eine Finanzierung ablehnte. Der Bierumsatz sei in den letzten Jahren ständig zurückgegangen – auch bei dem avisierten Kaufobjekt. Es seien die Bilanzen des Bierkonzerns, die nach wirtschafts- und finanzpolitischen Prognosen für die gesamte Bierbranche in den nächsten Jahren nachhaltige Umsatzrückgänge erwarten ließen.

Nur mühsam beherrscht hatte Thomas die Bankvertreter aus seinem Büro hinauskomplimentiert. Er wollte ernsthaft über eine Kündigung seiner Bankverbindungen mit diesen »Hosenscheißern« nachdenken. Erst nach Finanzierungsanfragen bei drei weiteren Banken, die alle mit der gleichen Begründung ein Engagement in eine Brauerei ablehnten, wurde er nachdenklich. Er bat die Verkäufer um eine Nachverhandlung und berichtete offen von den gescheiterten Finanzierungsbemühungen. Schließlich einigte man sich auf eine Kaufpreisreduzierung um zehn Prozent auf den neuen Kaufpreis von 135 Millionen Euro.

Thomas war mehr als zufrieden und fest entschlossen, diesmal den Kaufpreis aufzubringen. Die Banken wollte er allerdings meiden. Er würde sich auf dem freien Markt umsehen, denn Kapital gab es genug, seitdem die Europäische Zentralbank unter dem Italiener Draghi das Geld wie Klopapier druckte, es an die Banken verteilte und gegen Staatsanleihen absicherte. Die Haftung für den unnatürlich aufgeblähten Geldmarkt lag damit wieder beim Steuerzahler und seinem Ersparten beziehungsweise Erwirtschafteten.

Thomas war sich durchaus bewusst, dass erst ein unausweichlicher Crash das Monopolispiel beenden würde. Er hatte in seinen Schulzeiten schon gelernt, dass ein gesunder Güterkreislauf zu einem gesunden Geldkreislauf synchron laufen musste. Diese Logik würde auch ein globalisierter Markt nicht aufheben können.

Dass ein Staat in Wirtschaftskrisen durch Investitionsprogramme, also vorübergehende Aufnahme von Staatsschulden, der schwächelnden Wirtschaft einen Wachstumsschub verleihen konnte, war das Grundwissen eines Studenten der Wirtschaftslehre im ersten Semester. Dazu gehörte ebenso das Wissen um die Verpflichtung der Regierung, die Schulden aus den wieder sprudelnden Steuereinnahmen schnellstmöglich zurückzuzahlen. Verantwortungsbewusster handelten Staatsmänner, die in guten Zeiten Rücklagen bildeten, um im Notfall daraus Wirtschaftshilfe leisten zu können.

Thomas erinnerte sich noch an den Namen Fritz Schäffer, den ersten Finanzminister der Regierung Adenauer. Der hatte als Bundesfinanzminister von 1949 bis 1957 im sogenannten Juliusturm mit eiserner Haushaltsdisziplin Rücklagen über rund 150 Millionen Mark gebildet, zu denen er selbst Kanzler Adenauer keinen Zugriff gewährte. Schäffer kannte nur zu gut die Begehrlichkeit seiner Regierungskollegen. Erst als Adenauer auf den Trick verfiel, den Bundesfinanzminister zum Bundesjustizminister zu ernennen, waren der Juliusturm und seine Reserven für die Begehrlichkeiten offen. Später, unter den Regierungen Willy Brandt und Helmut Schmidt, verwandelte er sich in einen Schuldenturm, der unter der Regierung Kohl mit dem gegenwärtigen Finanzminister Schäuble zu einem Billionen Euro-Mausoleum mutierte. Selbst die fünfzigprozentige Abwertung der Deutschen Mark durch den 2002 eingeführten Euro, was einer kalten Währungsreform gleichkam, konnte den Wertverfall des Geldes nicht aufhalten.

Der letzte deutsche Wirtschafts- und Finanzminister, der unter Willi Brandt einer Erhöhung der Staatsschulden zur Ankurbelung der Wirtschaft unter der Auflage zugestimmt hatte, dass die Geldüberziehung nach Anspringen der Konjunktur wieder zurückgeführt werden müsse, war Professor Karl Schiller. Als die Regierung Brandt 1972 ihr Versprechen zum Schuldenausgleich nicht einhielt, reichte konsequenterweise Karl Schiller seinen Rücktritt ein und trat aus der SPD aus. Nachfolgender Finanzminister wurde Helmut Schmidt, der spätere Bundeskanzler.

Natürlich handelte Thomas Wedel als Unternehmer pragmatisch. So war ihm durchaus bewusst, dass der Geldwert des aufgeblähten Euros in seiner Gesamtbilanz nicht mehr annähernd dem Güterwert entsprach, der seiner eigentlichen Absicherung dienen musste. Der Geldwert war im hemmungslosen Druck virtuellen Geldes untergegangen und tanzte von einem Vergnügungspark zum nächsten. Immer nach dem Motto *Überall ist Disneyland.*

Thomas hatte längst erkannt, dass die Voraussetzung für diesen virtuellen Tanz des Geldes die gegen Null tendierenden Zinsen waren. Was nichts wert ist, kostet nichts! Insofern wollte Thomas für seine vorgesehene Investition durchaus den Billigzins nutzen. Ändern konnte der sich jederzeit, von heute auf morgen. Ein Crash kam immer ohne Vorhersage.

Thomas erinnerte sich noch genau an die Erzählungen seines Vaters über die Währungsreform 1948. Sie hatte die Menschen in der Nacht vom 20. auf den 21. Juni 1948 überrascht. Noch überraschter waren die Menschen, als die jahrelang nach dem verlorenen Weltkrieg 1945 leeren Auslagen in den Schaufenstern der Geschäfte sich über Nacht mit Waren gefüllt hatten. Die Geschäftsleute hatten als erste die Werthaltigkeit der neuen D-Mark erkannt.

Vorsichtig fragte Thomas einen seiner vertrauten Geschäftspartner nach eventuellen Erfahrungen mit privaten Finanzmaklern. Der nannte ihm auf Anhieb mehrere große Finanzierungsbüros, die vorrangig Investoren von Privatgeld vermittelten. Darunter viele aus dem arabischen Raum.

Thomas suchte sich den größten heraus und rief bereits am nächsten Tag an. Er wurde direkt mit dem Geschäftsführer der Finanzinvest International GmbH in Frankfurt verbunden, nachdem er die Finanzierungssumme von etwa 100 Millionen Euro nannte. Herr Rodenthal war äußerst zuvorkommend am Telefon und bat um einen Terminvorschlag des Anrufers und um Vereinbarung des bevorzugten Besprechungsortes.

Nach kurzer Überlegung schlug Thomas sein Bürohaus in München vor, wo ihm sein Justitiar Dr. Berger und der Finanzdirektor Semmerling in seiner Firmenzentrale als Berater zur Verfügung standen. Für Montag in acht Tagen wurde ein Termin festgelegt. Thomas erfasste ein gewisser Optimismus, den er auf das Telefonat mit Herrn Rodenthal zurückführte.

12

Gunnar Franzen war mit Dori am späten Nachmittag unbeschadet wieder in Wuppertal eingetroffen. Tatsächlich parkte gegenüber ihrer Villa ein Wuppertaler Polizeiwagen mit zwei uniformierten Polizeibeamten, die ihre Ankunft aufmerksam beobachteten. Einer der Beamen stieg aus und stellte sich den Eheleuten als Hauptwachtmeister Böhmer vor, der zusammen mit dem Kollegen Arenz zu ihrem Schutz abgeordnet sei.

»Ich möchte Sie gerne mit ein paar Grundregeln des Polizeischutzes bekanntmachen, die für alle Betroffenen gelten.«

»Das hatte ich erwartet«, antwortete Gunnar. »Ich möchte Sie nur bitten, damit noch etwas zu warten. Meine Frau und ich möchten zuvor mit unseren Kindern und meiner Schwiegermutter sprechen, die uns drinnen erwarten. Danach bitten wir Sie herein.«

»Das ist kein Problem, Herr Franzen. Wir warten dann auf Ihr Zeichen. Ihre Kinder haben uns allerdings durch die Gardinen schon ausgiebig gemustert«, fügte er lächelnd hinzu.

Eine volle Stunde brauchte Gunnar, bis er seiner Schwiegermutter alles erklärt hatte. Dorothea berichtete dann den Kindern das Geschehen in einer milderen, kindgemäßen Form. Schließlich saßen sie zusammen im Wohnzimmer und besprachen den Polizeischutz.

»Dann hole ich jetzt die Polizisten ins Haus, damit die uns alles erklären«, sagte Gunnar und ging zur Tür. Als er mit den Beamten hereinkam, hatte seine Frau zusätzliche Tassen und eine Gebäckschale aufgelegt. Die Hauptwachtmeister Böhmer und Arenz nahmen Platz und bedienten sich. Gunnars Schwiegermutter hatte sich mit den Kindern zurückgezogen.

»Wir sind über den Fall informiert worden und haben auch die Fahndungsfotos der beiden Hauptverdächtigen vorliegen. Schon irre, was da in Amsterdam abgegangen ist. Ich kann Sie nur beglückwünschen, Herr Franzen, dass Sie überlebt haben. Das ist fast wie ein zweites Leben, das Sie geschenkt bekommen haben. Die anderen Beteiligten haben da weniger Glück gehabt.

Und damit es so bleibt, sind wir zu Ihrem und dem Schutz Ihrer Familie abkommandiert. Zwei andere Kollegen werden den Nachtdienst übernehmen, bis Hauptwachtmeister Arenz und ich um sieben Uhr die Tagesschicht wieder übernehmen. Und nun zu den Grundregeln.

Nummer eins ist: Vertrauen Sie unserer Erfahrung und unserem Wissen im Umgang mit Gefahrensituationen.

Nummer zwei ist: Verlassen Sie niemals das Haus, ohne uns zu benachrichtigen.

Nummer drei ist: Jeder von Ihnen wird ab sofort von uns begleitet oder gefahren, je nach Zielort. Das Gleiche gilt für Ihre Kinder.

Nummer vier ist: Wenn sich unbekannte Anrufer melden, informieren Sie uns. Wir können jeden Anrufer identifizieren und orten.

Nummer fünf ist: Treffen Sie keine Terminvereinbarungen, ohne uns zu informieren.

Gunnar rebellierte. »Also das ist für mich als Unternehmer fast unmöglich, meine Termine nach Polizeischutzregeln auszurichten. Was glauben Sie wohl, wie viel Termine ich täglich mit wechselnden Partnern in und außerhalb des Büros wahrnehmen muss! Außerdem kann ich meinen persönlichen Schutz durchaus selber wahrnehmen. Ich glaube nicht, dass ich als deutscher Karate-Vizemeister und 2. Danträger menschliche Überfälle fürchten muss.«

»Das glauben wir Ihnen aufs Wort, Herr Franzen. Sie sind uns kein Unbekannter, was Ihre Kampfsportqualifikation betrifft. Aber professionelle Mörder arbeiten im Allgemeinen nicht am Mann, sondern auf Distanz. Sie bevorzugen Schusswaffen, Sprengstoff oder schaffen künstliche Unfallsituationen, wie die Beispiele Ihres ermordeten Steuerberaters und auch der Mord an dem Makler Ollner zeigen. Diese Mordtaten sollten Sie in nächster Zeit immer vor Augen haben, bevor Sie auch nur daran denken, etwas ohne uns zu unternehmen. Betrachten Sie uns einfach als Ihre Bodyguards, die über Ihre Sicherheit wachen werden.«

»Notfalls bis die Täter gefasst werden«, unterstützte mit Nachdruck Hauptwachmeister Arenz die Ausführungen des Kollegen.

Gunnar war nachdenklich geworden. So ganz unrecht hatte dieser Böhmer nicht. Gegen Kugeln und Attentate aus dem Hinterhalt war keiner gefeit – auch er nicht. Und er war nun mal der überlebende Zeuge, der als Einziger in einem Gerichtsverfahren die Mörder identifizieren konnte. Fiel dieser Zeuge aus, würden die Täter nicht mehr verurteilt werden können. Mit großer Klarheit sah er plötzlich die gesamte Gefahrensituation, in der er und seine Familie sich befanden. Um der Bestrafung für ihre Mordtaten zu entgehen, mussten die Mörder zwangsläufig den letzten lebenden Zeugen liquidieren. Schon wegen seiner Familie empfand Gunnar eine gewisse Dankbarkeit für den angeordneten Polizeischutz.

»Ich habe Sie verstanden, meine Herren. Wir werden Ihre Regeln genau einhalten. Außerdem danke ich Ihnen und Ihren Kollegen für den Schutz meiner Familie.«

Die Beamten verabschiedeten sich erleichtert und wünschten eine Gute Nacht.

13

Salim alias Nadal hatte verstanden. Das Problem Gunnar Franzen musste gelöst werden. Als jederzeit präsenter Zeuge war er brandgefährlich. Ihr erfolgreiches Geschäftsmodell basierte von Beginn an auf dem Prinzip der Zeugenliquidierung. Ohne Zeugen gab es keine Beweise.

Seit vielen Jahren hatten sie sich an diese Regel gehalten. Die Anzahl der bei ihren Transaktionen unfreiwillig zu Tode gekommenen Opfer wusste Salim nicht, er hatte irgendwann aufgehört zu zählen. Er zählte lieber die Summe seines ständig wachsenden Vermögens. Irgendwann würde es groß genug sein, um sich anderen Dingen zu widmen.

Solange ihn Jehuda brauchte, musste er darüber nicht nachdenken. Außerdem musste er vor sich selber zugeben, dass ihm mittlerweile das Killen von Menschen eine notwendige Befriedigung brachte. Der heimliche Kampf zwischen Jäger und Opfer entwickelte Spannungsmomente, die beim erfolgreichen Abschluss der Jagd ein regelrechtes Glücksgefühl in ihm erweckte. Jeder Mord löste in ihm einen erhöhten Dopaminschub aus, der fast wie eine Sucht wirkte. Er hatte, das war ihm vor geraumer Zeit klar geworden, einfach Freude am Töten.

Mit der Umsetzung der vorgesehenen Liquidation hatte Jehuda nichts weiter zu tun. Der war für die Planung des Betruges zuständig. Er dagegen musste die Beseitigung der Kollateralschäden erledigen. Zwischen ihnen beiden herrschte in dieser Hinsicht eine Art Gewaltenteilung.

Als Salim das Zimmer seines Protegés verließ, waren er und Jehuda dahingehend verblieben, dass die Ausführung eines neuen Plans erst nach der Zeugenproblemlösung realisiert werden sollte. Während Jehuda noch einige Tage die Annehmlichkeiten des Landa Pala genießen durfte, wollte Salim am nächsten Tag nach Deutschland fliegen. Über sein Prepaidhandy buchte er einen Flug nach Brüssel und bestellte für den nächsten Vormittag ein Taxi zum Flughafen.

Nachdem er die Nacht mit Jehuda verbracht hatte – ein gewisses Maß an persönlichem Glück musste sein –, bestieg er gegen elf Uhr das Taxi und ließ sich zum nahen Flughafen fahren. Im Flughafengebäude – er vermied alle sichtbaren Kameras – suchte er eine Toilettenanlage auf.

Als er eine halbe Stunde später den Servicio-Bereich verließ, war er ein anderer geworden. Mit Vollbart, einer starken Brille und mittelblondgefärbtem Haar entsprach sein Aussehen dem Foto im neuen Pass. Seine blauen Kontaktlinsen zeigten einen harmlosen Bartträger mit warmherzig blickenden Augen, aus denen alle gefährliche Kälte verschwunden war.

Er hatte jetzt einen jordanischen Reisepass, der auf den Namen Amin al-Wazir ausgestellt war. Es gab keinerlei Probleme, als er mit dem neuen Pass in leicht gebückter Haltung die Kontrollen passierte. Zwei Stunden später landete er in Brüssel und mietete sich für eine Nacht in einem Mittelklassehotel ein.

Erst am nächsten Tag buchte er einen Flug nach Düsseldorf und checkte am Abend im Luxushotel Nippon ein.

Er war jetzt ein Jordanier, der geschäftlich in Deutschland unterwegs war. So hatte er es dem freundlich-neugierigen Autovermieter bei SIXT erzählt, als er den bestellten Audi A 4 abholte. Er hatte das Fahrzeug für eine Woche gemietet. Sollte er es nicht mehr benötigen, konnte er es jederzeit in einer anderen Filiale zurückgeben.

Gegen zehn Uhr am nächsten Morgen fuhr er über die A 46 nach Wuppertal und ließ sich vom Navigationssystem des Wagens in den Höhenweg führen. Langsam fuhr er an der Nr. 37 vorbei und spähte zu dem aufwändigen Villengebäude hinüber, das hinter einem hohen Einfahrtstor mit großzügiger Auffahrt sichtbar wurde. Hier also wohnte Gunnar Franzen, der einzige und unbequeme Zeuge. Noch immer wunderte sich Salim über den unglaublichen Zufall, der Franzen das Leben gerettet hatte. Das wollte er jetzt definitiv korrigieren.

Als er aus Gewohnheit in den Rückspiegel schaute, entdeckte er in der Ferne einen sich nähernden Polizeiwagen. Salim fuhr weiter und bemerkte rechts und links der Straße prächtige Villen und Landhäuser, die meisten mit Toranlagen und Zäunen oder Grenzmauern gesichert. Ganz offensichtlich fuhr er durch eine Toplage. Dieser Eindruck wurde noch verstärkt durch die Luxuskarossen, die in einigen Auffahrten parkten.

Zu seiner Überraschung hatte der Polizeiwagen offensichtlich vor der Franzen-Villa gehalten. Er bremste und sah im rechten Seitenspiegel, wie ein Uniformierter zwei Kinder zum Einfahrtstor begleitete. Nachdem sie durchs Tor verschwunden waren, stieg der Polizist wieder in den Wagen.

Warum fährt der nicht wieder los?, dachte Salim, bis ihn der Gedanke an Polizeischutz durchzuckte. Damit hatte er nicht gerechnet. Er beschloss, der Sache auf den Grund zu gehen. Die Privatnummer von Franzen hatte er längst aus dem Internet geholt. Über sein Prepaidhandy rief er die Telefonnummer an. Eine Frauenstimme meldete sich.

»Ja bitte, mit wem spreche ich?«

»Hier ist die Zentrale des Polizeipräsidiums. Wir wollten nur nachfragen, ob unser Polizeischutz wieder vor Ihrem Haus im Einsatz ist. Hat er die Kinder wieder pünktlich abgeliefert?«

»Oh ja, das hat er. Vielen Dank! Die Beamten befinden sich wieder im Fahrzeug.«

»Wir wollten uns nur vergewissern. Einen schönen Tag noch.« Damit beendete Salim den Anruf. Seine Frage war beantwortet. Er musste seinen Plan ändern. Den Angriff über das Wohnhaus konnte er vergessen, denn die Bewachung würde vermutlich auch nachts fortgesetzt. Das würde er noch überprüfen.

Also kümmerte er sich um die Durchführung des Ersatzplans. Der sah den Angriff in Franzens geschäftlichem Umfeld vor. Salim fuhr in die Innenstadt Wuppertal-Elberfelds, in die Rathausstraße 112. In dem achtgeschossigen Gebäude musste sich laut Internetausdruck die Verwaltungszentrale des Unternehmens Franzen befinden.

Salim parkte den Audi nicht in den drei Untergeschossen des Bürohauses, die als öffentliches Parkhaus ausgewiesen waren. Er entdeckte in der Nähe ein weiteres Parkhaus, in dem er den Wagen unterstellte. Dann kehrte er zu dem Geschäftshaus zurück und fand unter mehreren auf einem großen Messingschild aufgeführten Firmen die Immobilienbesitz- und Verwaltungsgesellschaft Franzen GmbH. Sie lag im sechsten Stockwerk.

Salim konnte keine Kamera entdecken und drückte mehrere Klingelknöpfe. Sekunden später ertönte der Summer, und er konnte die Eingangstür aufdrücken. Ein erweiterter Gang führte zu den Aufzügen. Salim wartete einen Augenblick, aber es regte sich nichts. Falscher Alarm, dachte man wohl auf den Etagen, womit Salim gerechnet hatte.

Er fuhr mit einem der beiden Aufzüge in den achten Stock. Dann ging er über ein geschlossenes Treppenhaus noch einige Stufen nach oben und sah die stabile Metalltür, die als Fluchttür auf das Flachdach des Hauses führte. Sie war abgeschlossen. Der Schlüssel steckte in einem Wandkästchen mit einer Glasscheibe. Von außen war ein Metallhämmerchen befestigt, mit dem im Notfall die Scheibe eingeschlagen wurde, um an den Schlüssel zu gelangen.

Salim registrierte es und ging durch das Treppenhaus in den sechsten Stock. Kein Mensch war ihm bisher begegnet. In der sechsten Etage gelangte er durch die Tür des Fluchttreppenhauses in den Vorraum der Büroetage.

An der Eingangstür einer ziemlich langen Büroflucht aus Glaselementen fand er erneut das Firmenlogo der Firma Franzen. Er schätzte, dass dahinter über zwanzig Angestellte tätig waren. Hier musste sich auch der Arbeitsplatz von Gunnar Franzen befinden.

Er ging durch das Fluchttreppenhaus bis ins Erdgeschoss und fuhr dann mit dem Aufzug ins unterste Parkgeschoss. Er entdeckte nichts Besonderes. Es war die übliche Stahlbetonbauweise, die durch Betonpfeiler abgestützt wurde. Etwa vierzig Fahrzeuge fanden auf den durch weiße Markierungsstreifen abgetrennten Parkflächen Platz.

Nach einigem Suchen fand er eine Reihe für die Firma

Franzen reservierter Parkplätze. Er ging davon aus, dass einer dieser Plätze vom Firmenchef Gunnar Franzen genutzt würde. Welcher das war, musste er noch herausfinden.

Der Mercedes S 63 AMG konnte es nicht mehr sein. Unter dem hatte er selber den Sprengsatz befestigt. Die Explosion dürfte ihn in seine Einzelteile zerlegt haben. Er entschloss sich zu einem Anruf über sein Prepaidhandy.

»Hier ist die Immobilien Besitz- und Verwaltungs-Gesellschaft Franzen, Frau Schmidtke am Apparat«, meldete sich das Büro.

»Mein Name ist Dieter Häger vom Maklerbüro DOMO. Ich möchte einen Termin mit Herrn Franzen vereinbaren. Es geht um ein größeres Immobilienangebot. Bis wie viel Uhr ist er im Büro zu erreichen? Uns wäre ein Termin am späten Nachmittag am liebsten.«

»Unser Büro schließt in der Regel um siebzehn Uhr. Bis dahin können sie auch Herrn Franzen im Allgemeinen erreichen. Kann ich einen Termin notieren?«

»Vielen Dank, Frau Schmidtke. Ich werde das in unserem Hause besprechen und mich wieder melden. Auf Wiederhören«, beendete Salim das Gespräch. Er hatte gehört, was er wissen wollte.

Er schaute auf die Uhr. Sie zeigte siebzehn Uhr an. In wenigen Minuten etwa würde er wissen, welchen Wagen sein Opfer fuhr. Er tippte auf den schwarzen Porsche 911 Cabrio, dessen Preisklasse auf einen Besserverdiener hindeutete. Er versteckte sich hinter einem der Betonpfeiler und wartete geduldig. Geduld gehörte zu seinen Tugenden. Er hatte sie in fast fünfjähriger israelischer Lagerhaft lernen müssen.

Er musste mehrfach seine Position wechseln, da nach siebzehn Uhr die Mitarbeiter der Firma Franzen nach und nach ihre Fahrzeuge bestiegen und die Parkplätze verließen. Er musste nochmals fast dreißig Minuten warten, bis zwei Männer sich den letzten beiden Autos auf dem Firmenplatz näherten. Gunnar Franzen erkannte er sofort wieder an seiner ungewöhnlichen Größe, die seine eigene noch übertraf. Die Männer verabschiedeten sich per Handschlag voneinander. Gunnar Franzen startete als zweiter seinen Porsche und fuhr Richtung Ausfahrt. Salim hatte richtig gelegen.

Er fuhr mit dem Aufzug zum Erdgeschoss und eilte auf die Straße. Er kam noch rechtzeitig, um zu sehen, wie sich hinter dem Porsche ein Polizeifahrzeug in Bewegung setzte und Gunnar Franzen in nahem Abstand folgte. Salim hatte nicht damit gerechnet, dass der Polizeischutz bis zum Bürohaus reichte. Nachdenklich ging er zu seinem Wagen zurück. Er hatte das Muster erkannnt, wollte es am folgenden Tag zur Vorsicht nochmals überprüfen.

Der nächste Tag bestätigte Salims Beobachtungen. Der Polizeiwagen eskortierte Franzen bis zur Tiefgarage und fuhr nicht hinein. Ebenso holten sie ihn gegen siebzehn Uhr dreißig vor der Tiefgarage wieder ab.

Salim wunderte sich, warum die Polizei nicht in die Tiefgarage fuhr. Er konnte nicht wissen, dass Gunnar Franzen sich dies als Bedingung für die Akzeptanz des Polizeischutzes ausbedungen hatte. Mitarbeiter, Geschäftspartner und die Kamera an Ein- und Ausfahrt würden den permanenten Polizeieinsatz gewissermaßen öffentlich machen. Und das konnte für das Unternehmen negative

Folgen haben, denn welcher Geschäftspartner wollte schon mit einer gefährdeten Person Geschäfte machen.

Salim erkannte, dass er sein Vorhaben nur in der Tiefgarage durchführen konnte. Die Liquidierung des Opfers musste in dem kurzen Augenblick vor dem Einsteigen ins Fahrzeug stattfinden. Darauf richtete er seine Planung.

Er wollte mit einer schallgedämpften Schusswaffe arbeiten. Anschließend wollte er über das Fluchttreppenhaus das Erdgeschoss erreichen und wie ein normaler Besucher das Gebäude durch die Eingangstür verlassen. Mit dem Mord würde ihn keiner in Verbindung bringen, da lediglich die Tiefgarage an den Ein- und Ausfahrten mit Kameras gesichert war.

Zur Ausführung der Tat wollte er die im doppelten Boden seines Handkoffers versteckte Lieblingswaffe benutzen. Seit Jahren arbeitete er mit einer alten Luger 08, die heute bereits einen enormen Sammlerwert hatte. Mit ihrem langen Lauf war sie bis 1945 als Kriegswaffe mit hoher Treffsicherheit im Einsatz. Später wurde sie durch die Walther P 38 und die österreichische Glock abgelöst. Sie war mit ihrem achtschüssigen Magazin und dem Kaliber 9 mm auch als Parabellum-Pistole bekannt. Dieser Begriff basierte auf dem lateinischen Spruch *Si vis pacem, para bellum:* »Wenn du Frieden willst, bereite dich auf den Krieg vor.« Diese Waffe hatte ihn noch nie im Stich gelassen. Damit traf er jedes erreichbare Ziel. Natürlich würde er in der Tiefgarage einen Schalldämpfer benutzen, sonst wären die Schüsse bis auf die Straße zu hören. Außerdem entfiel beim Schalldämpfer das Mündungsfeuer, und er konnte die Schusswirkung besser beurteilen.

Am dritten Tag nach seiner Ankunft in Wuppertal stand Nadal ab siebzehn Uhr versteckt hinter einem Pfeiler in der Tiefgarage und wartete. Die Mitarbeiter der Firma Franzen hatten bereits das Parkhaus verlassen. Nur der schwarze Porsche stand noch auf seinem Platz.

Gegen halb sechs Uhr öffnete sich die Treppenhaustür, und der hochgewachsene Gunnar Franzen trat in die Tiefgarage. Er trug einen weiten Regenmantel, da es seit zwei Tagen recht kühl und nass geworden war. Der schöne Spätsommer war mit Sturm und Regenschauern zu Ende gegangen.

Auch Salim hatte seine Hände in den Taschen eines Wettermantels vergraben. Etwa zehn Meter von ihm entfernt öffnete sein Opfer per Fernbedienung den Porsche, als er lautlos, die Pistole im Anschlag, hinter dem Pfeiler hervortrat.

Im nächsten Augenblick drehte sich Franzen um, als ob er etwas vergessen hätte. Jetzt konnte die Schussposition nicht besser sein. Salim sah noch die grenzenlose Überraschung und das Wiedererkennen in den Augen seines Opfers. Dann drückte er ab und sah, wie der gezielte Herzschuss voll einschlug. Franzen fasste noch an seine Brust, dann knickten ihm wie unter einer schweren Last die Beine ein.

Noch bevor er auf den Boden aufschlug, hatte ihm Salim zwei weitere tödliche Schüsse in die Brust gejagt. Dies tat er nur zur Absicherung, denn er wusste, dass bereits der erste Treffer tödlich gewesen war.

Er warf noch einen Blick auf den reglos am Boden Liegenden, der ihm und Jehuda soviel unnötige Probleme bereitet hatte. Das hatte sich jetzt erledigt, und Jehuda würde mit ihm zufrieden sein. Er schraubte den Schalldämpfer ab, sammelte die ausgeworfenen Patronenhülsen auf, verließ lächelnd die Tiefgarage, ging ins Treppenhaus und trat durch die Eingangstür auf die Straße, so, wie er es geplant hatte. Gesehen hatte ihn niemand, und das schalldämpferminimierte Plopp der drei Schüsse hatte bei keinem Aufmerksamkeit erregt. Die Beamten des Polizeischutzes saßen noch wartend in ihrem Wagen. Irgendwann würden sie unruhig werden.

Noch am Abend desselben Tages konnte Salim Wuppertal verlassen, in Köln ein Hotel nehmen und am folgenden Tag zurück nach Burgos fliegen. Zuvor wollte er Jehuda über sein Handy noch das erfolgreiche Ende seiner Mission mitteilen.

Aber dem Mörder war etwas Wichtiges entgangen. Er konnte nicht wissen, dass auch die Polizei Bedingungen gestellt hatte, als Gunnar Franzen den Polizeischutz aus seinem direkten Geschäftsumfeld heraushalten wollte. Sie hatten ihrem Schutzbefohlenen das Anlegen einer kugelsicheren Weste auferlegt, die er in der Tiefgarage zu tragen hatte. Diese verdeckt getragene Kevlar-Weste SK1 musste er jedes Mal vor seiner Einfahrt in das Parkhaus beziehungsweise vor der Ausfahrt anlegen. Im Büro konnte er die Weste ablegen. Dieser Präventivmaßnahme hatte Gunnar unter dem Einfluss seiner Frau schließlich zugestimmt.

Als die Polizeibeamten nach fünfzehn Minuten unruhig wurden – Gunnar Franzen hatte ihnen, wie vereinbart, das Verlassen des Büros telefonisch angesagt –, fuhren sie in die Tiefgarage hinunter.

Im untersten Geschoss kam ihnen taumelnd mit schmerzverzerrtem Gesicht Gunnar Franzen entgegen. Er hielt seine Hand auf die linke Brustseite gepresst und rang stöhnend nach Luft.

Erschrocken sprangen die Beamten aus dem Wagen und starrten entsetzt auf drei dicht nebeneinander liegende Einschusslöcher seines Mantels. Sie erfassten sofort, dass Franzen ohne die Schutzweste ein toter Mann gewesen wäre. Bei dem Täter musste es sich um einen Präzisionsschützen handeln.

Die Polizisten griffen dem Verletzten unter die Arme und setzten ihn vorsichtig auf den Rücksitz ihres Fahrzeugs. Gunnar Franzen sank aufstöhnend in die Polster. Hauptwachtmeister Arenz telefonierte nach einem Rettungswagen und den Kollegen der Kripo. Kollege Böhmer bewegte sich mit gezogener Waffe vorsichtig sichernd um den Tatort, obwohl er davon ausging, dass der Täter längst verschwunden war. Vielleicht würde die Spurensicherung etwas finden. Zunächst wollte er den Tatort mit Absperrbändern weiträumig sichern.

Als der Rettungswagen eintraf, ging es Gunnar schon deutlich besser. Seine Atmung hatte sich stabilisiert, und die Leichenblässe verschwand allmählich aus seinem Gesicht. Trotzdem musste er ins Krankenhaus, wo ihn nach einer gründlichen Untersuchung und einer obligatorischen Röntgenaufnahme vom Arzt bestätigt wurde, dass keinerlei Schussverletzungen entstanden seien. Die SK1-Schutzweste hatte alle Kugeln abgefangen. Sie hatte sich als wirksamer Lebensretter erwiesen.

Gunnar empfand im Nachhinein ein großes Dankbarkeitsgefühl und schämte sich zugleich für seine Dummheit, dass er es den Beamten mit seiner zuerst vorgebrachten Weigerung so schwer gemacht hatte. Erneut hatte er sich mit seiner Beratungsresistenz in echte Schwierigkeiten gebracht. Die noch für die nächsten Tage anhaltenden Schmerzen im Brustbereich und die entstandenen Hämatome, die der Arzt im Krankenhaus prognostiziert hatte, würden es ihn nicht wieder vergessen lassen.

Beim Gedanken an seinen getöteten Freund Werner, der ein Opfer seiner Uneinsichtigkeit geworden war, überfiel ihn erneut eine große Traurigkeit. Für übermorgen war die Beerdigung Werners vorgesehen, nachdem die Gerichtsmedizin in Amsterdam die Leiche freigegeben hatte. Hauptkommissar van Straaten hatte ihn angerufen und gleichzeitig mitgeteilt, dass die Ermittlungen auf Hochtouren liefen, allerdings lägen noch keine greifbaren Ergebnisse vor.

Gunnar hatte das gesamte Prozedere der Überführung mit anschließender Beerdigung übernommen. Angehörige hatte Werner nicht mehr gehabt, so dass Gunnar eine letzte Freundespflicht erfüllen konnte.

Nach zwei Stunden durfte Gunnar das Krankenhaus wieder verlassen, wenn auch spürbare Brustschmerzen ihn noch einige Zeit begleiten würden. Hauptwachtmeister Böhmer holte ihn in Gunnars Porsche ab, während Hauptwachtmeister Arenz die Sicherung der Familie fortführte. So hatten die Beamten es mit seiner Frau Dorothea besprochen, ohne ihr allerdings die dramatischen Einzelheiten des Mordversuchs mitzuteilen. Darum hatte Gunnar gebeten.

Als ihn kurz nach zwanzig Uhr Hauptwachtmeister Böhmer in sein Haus begleitete, wurde er von seiner Frau und den Kindern stürmisch begrüßt. Erst sein unterdrücktes Stöhnen bei den Umarmungen ließ Dori stutzen. »Man hat mir erzählt, dir wäre nichts passiert?«

»Das ist auch so. Ich habe nur ein paar Prellungen abbekommen, wirklich nichts Ernstes.«

Beruhigt atmete Dori auf. »In deinem Arbeitszimmer warten zwei Besucher vom Polizeipräsidium auf dich. Sie wollten dich unbedingt noch heute Abend wegen des Überfalls auf dich sprechen. Während du mit ihnen sprichst, bringe ich die Kinder schon ins Bett. Ich komme später zu euch. Ich habe schon Kaffee und Tassen auf deinen Besprechungstisch gestellt.«

Gunnar gab Peter und Vera einen Gutenachtkuss und versprach, ihnen morgen alles zu erzählen. Dann betrat er durch die Glasschiebetür sein Arbeitszimmer, das mit den umlaufenden Bücherwänden gleichzeitig seine Bibliothek war. Aus den tiefen Ledersesseln erhoben sich die zwei Besucher, einer davon eine jüngere Frau von vielleicht dreißig Jahren.

»Wir sind von der Wuppertaler Mordkommission, Herr Franzen. Ich bin Hauptkommissar Wolfgang Dietzel, und dies ist meine Kollegin, Oberkommissarin Erika Thönes. Entschuldigen Sie bitte die späte Störung, aber bei Mordermittlungen spielt der Zeitfaktor eine große Rolle. Und in Ihrem Falle ist es bereits der zweite Mordversuch, den es zu ermitteln gibt.«

Gunnar bat seine Besucher, wieder Platz zu nehmen, und setzte sich vorsichtig in einen der vier Sessel.

»Sie scheinen noch Schmerzen zu haben?«, fragte Frau Thönes.

»Damit kann ich leben, schlimmer wäre ohne Schutzweste der Tod gewesen. Sie brauchen wirklich keine Zurückhaltung bei Ihren Fragen zu üben. Im Grunde habe ich das alles bereits kürzlich in Amsterdam bei Ihren Kollegen durchgestanden. Also fragen Sie ruhig.«

»Sie weisen völlig richtig auf die Vorfälle in Amsterdam hin, Herr Franzen. Darüber sind wir von den Kollegen van Straaten und Meewes mit allen Einzelheiten informiert worden. So konnten wir auch den erforderlichen Polizeischutz für Sie und Ihre Familie nachvollziehen und anordnen. Und das heutige Ereignis beweist die Notwendigkeit der Maßnahme. Erzählen Sie uns bitte, wie Sie den heutigen Mordversuch in Erinnerung haben.«

Bevor Gunnar antworten konnte, betrat Dorothea das Arbeitszimmer und setzte sich in den verbliebenen Sessel. »Wenn es Ihnen recht ist, möchte ich bei dem Gespräch dabei sein. Als Mutter und Ehefrau will ich schon wissen, was meinem Mann heute passiert ist, und vor allem, was uns noch alles erwartet. Mir fällt es immer schwerer, die Fragen meiner Kinder vernünftig zu beantworten.«

»Selbstverständlich haben wir nichts gegen Ihre Anwesenheit«, beeilte sich die Oberkommissarin mit ihrer Antwort. »Wir kennen Ihre Situation und bedauern sehr, dass Sie aufgrund der Gefahrenlage noch weiter besteht. So makaber es klingt, aber dank des heutigen erneuten Anschlags auf Ihren Mann hoffen wir auf positive Ermittlungsergebnisse.«

Dorothea nahm sich in ihrer aufkommenden Aggressivität zurück und bot Kaffee an, der von allen dankbar angenommen wurde. Mit emotional aufgebrachten Ehefrauen war nicht zu spaßen, wussten die Ermittler aus Erfahrung.

Schließlich berichtete Gunnar seine ihm noch bewussten Erlebnisse der vergangenen Stunden.

»Gegen siebzehn Uhr dreißig verließ ich wie üblich als Letzter mein Büro. Vorher hatte ich die Schutzweste übergestreift und die wartenden Streifenbeamten angerufen, um ihnen mitzuteilen, dass ich in etwa zehn Minuten draußen wäre. Ich fuhr mit dem Aufzug in die Tiefgarage und ging zu meinem Wagen. Mit der Fernbedienung hatte ich schon die Türe entriegelt. Ich kann es nicht erklären, aber irgendein ungutes Gefühl zwang mich zum Umdrehen und Zurückschauen. Dabei hatte ich nicht einmal ein Geräusch hinter mir gehört. Mein Verhalten muss rein intuitiv gewesen sein.

Wie in Trance sah ich eine große schwarze Pistole auf mich gerichtet. Ich blickte wie gelähmt in den runden Mündungslauf. Mir fällt dazu nur das Beispiel vom Kaninchen und der Schlange ein. Der auf mich zielende Mann schien mir völlig unbekannt, als ich sein Gesicht sah. Und trotzdem war mir eine Sekunde lang, als habe ich dieses Gesicht schon einmal gesehen.

Bevor ich den Gedanken zu Ende bringen konnte, schlug die erste Kugel in meine Brust. Sie verursachte einen so heftigen Schlag und fast unerträgliche Schmerzen, dass ich als letzten Gedanken befürchtete, die Weste habe nicht gehalten, und ich wäre tot. Jetzt bin ich tot. Unmittelbar danach verlor ich das Bewusstsein. Die nächsten beiden Kugeln habe ich schon nicht mehr gespürt.«

Dori konnte ihr Entsetzen nicht zurückhalten. »Mein Gott, wenn ich mir vorstelle, du hättest diese Schussweste nicht getragen! Bin ich froh, dass sich die Beamten durchgesetzt haben. Sie müssen wissen«, wandte sie sich an ihre Besucher, »dass mein Mann sich zunächst geweigert hatte, die Weste zu benutzen.«

Gunnar war seine ursprüngliche Weigerung sichtlich peinlich. »Wie du siehst, Dori, bin ich doch nicht so beratungsresistent!«

Die junge Oberkommissarin meinte beruhigend: »Da muss ich Ihrem Mann zustimmen. Seine Entscheidung hat ihm letztlich das Leben gerettet. Ich möchte noch einmal darauf zurückkommen, Herr Franzen, dass Sie in einem Sekundenbruchteil glaubten, den Täter zu kennen. An wen hat er Sie denn erinnert?«

»Ja, wenn ich das nur wüsste.« Gunnar rieb sich verzweifelt die Schläfen. »Es war ein Gefühl im Unterbewusstsein, dass dieser Mensch eine Art Verwandlung vollzogen hatte, hinter der sich ein ganz anderer versteckt hielt.«

»Denken Sie dabei an eine Verkleidung und Veränderung des äußeren Aussehens? Erinnern Sie sich an besondere Merkmale der Person?«

»Sie trug in jedem Fall einen Vollbart und auch eine Brille. Sie war schlank und ziemlich groß.«

»So groß wie Sie?«

»Ich würde sagen, nur wenig kleiner.«

»Hat der Täter mit Ihnen gesprochen?, wollte Hauptkommissar Dietzel wissen.

»Kein Wort. Er stand plötzlich da und schoss ohne zu zögern. Ach ja, es gab übrigens kein Mündungsfeuer, nur so ein leises Plopp.«

»Dann hat er einen Schalldämpfer benutzt. Das erklärt, warum keiner der befragten Angestellten Schussgeräusche gehört hat. Nun, vielleicht kommt ja später noch mehr aus Ihrem Gedächtnis zutage, wenn Sie den Schock überwunden haben.«

»Wissen Sie, Herr Hauptkommissar, nach meinen Erlebnissen in Amsterdam kann mich nichts mehr schocken. Allerdings möchte ich so etwas auch nicht noch einmal erleben.«

»Dann will ich Ihnen zwei Fotos zeigen, die nach Ihren Angaben als Phantombilder in Amsterdam erstellt wurden. Die Kollegen dort haben sie uns zur Verfügung gestellt, und Interpol hat diese Personen zur internationalen Fahndung ausgeschrieben.«

Er reichte die beiden Plakatfotos in DIN-A3-Größe an Gunnar weiter, der sofort Goldstein und Nadal wiedererkannte. Das Bild von Nadal hielt er länger fest und wendete es hin und her.

»Die Größe könnte hinkommen, aber der Bart und die Brille passen nicht zu diesem Nadal. Es tut mir leid.«

»Aber Bart, Brille oder Kontaktlinsen und Haarfarbe sind die typischen Requisiten für äußere Veränderungen«, warf Frau Thönes ein. »Und ohne es Ihnen nahelegen zu wollen, gehen wir davon aus, dass als Mörder dieser Nadal als erster Verdächtiger in Frage kommt. Beweise dafür fehlen allerdings noch. Sie sind auch in diesem Fall der einzige lebende Zeuge, wenn Sie ihn wiedererkennen würden.«

Dorothea fragte den Hauptkommissar: »Herr Dietzel, besteht nicht die Gefahr, dass der Mörder einen neuen Versuch unternehmen wird, um meinen Mann zu töten?.«

»Das glaube ich nicht, da er sich vom Tod ihres Mannes selbst überzeugt hat. Im Falle eines Zweifels hätte er sein Opfer mit einem finalen Kopfschuss getötet. Das hat er sich erspart. Im Übrigen werden wir – anders als in Amsterdam – die Presse dahingehend informieren, dass in einer Tiefgarage ein Unbekannter Opfer eines Raubüberfalls geworden ist.

Ein Name wird dabei und auch später nicht genannt. Schließlich soll der Täter in der Presse nur über den Erfolg seiner Mission etwas erfahren. Warum sollte er dann noch einen neuen Mordanschlag auf einen bereits Toten unternehmen? Deshalb gilt auch für alle Betroffenen privat und im Büro die Regel, dass bei Nachfragen die Antwort lautet: Herr Franzen ist zur Zeit nicht erreichbar! Und Sie selber, Herr Franzen, dürfen unter keinen Umständen einen Anruf persönlich annehmen.«

»Natürlich können Sie selber weiterhin telefonieren«, fügte Frau Thönes hinzu. »Ich werde Ihnen morgen – ich rufe vorher an – ein abgewandeltes Phantombild dieses Nadal vorlegen. Unsere Graphikerin wird Bart und Brille hinzufügen. Vielleicht hilft das Ihrer Erinnerung weiter.«

Die Kommissare beendeten die Befragung mit dem Hinweis, dass man sich morgen nochmals melden wolle. Möglicherweise habe die Spurensicherung etwas ergeben. Auf jeden Fall würde man mit dem retuschierten Foto wiederkommen. Sie verabschiedeten sich und baten nochmals um Verständnis für die späte Störung.

14

Als Salim Arafat alias Amin al-Wazir alias Nadal nach vier Tagen im Hotel Landa Pala in Burgos nach einem Herrn Joseph Güldenberg fragte, erfuhr er von dessen Abreise. Eine neue Adresse hatte er nicht hinterlassen. Er rief die geheime Prepaidhandynummer Jehudas an. Der nahm ab. »Ich bin soeben auf dem Flugplatz von Madrid gelandet. Wo finde ich dich?«

»Komm ins Don Carlos bei Marbella, Zimmer 811. Flieg nach Málaga und lass dich mit dem Taxi herfahren. Es dauert ungefähr vierzig Minuten bis zum Hotel. Die Taxifahrer kennen das Don Carlos. Beantworte mir vorab eine Frage. War deine Mission erfolgreich?«

»Sehr erfolgreich sogar«, antwortete Salim. »Ich muss jetzt los, sonst verpasse ich den Anschlussflug nach Málaga. Gegen neunzehn Uhr werde ich im Hotel sein. Bis später.«

Jehuda lehnte sich zufrieden mit sich und der Welt in seinen Liegestuhl zurück. In Burgos hatte es nach Salims Abreise einen Temperatursturz gegeben, deshalb war er ins sonnige Andalusien geflüchtet, wo auch im Oktober noch Sonnenschein und Temperaturen von achtunddzwanzig Grad herrschten.

Das Fünf-Sterne-Luxushotel direkt am Meer stand dem Landa Pala in nichts nach, abgesehen vom historischen Hintergrund.

Jehuda hatte sich einen Mietwagen genommen, mit dem er das südliche Andalusien erkundet hatte. Bis zu den zweitausend Jahre alten römischen Ruinen der früheren Hafenstadt Bolonia war er gekommen, war über die uralten steinernen Bodenplatten der Foren und der Via Trajan gewandelt und hatte über das Verhältnis des damaligen römischen Weltreiches zum jüdischen Vasallenstaat nachgedacht. Als Jude und gebildeter Israeli war ihm bewusst, dass es der oströmische Kaiser Theodosius I. war, der am 28. Februar 380 in Gegenwart des weströmischen Kaisers Valentinian II. die neue christliche Lehre als Cunctos populos zur Staatsreligion erhoben hatte. Ohne diesen Staatsakt wäre das Christentum vermutlich eine der vielen Sekten geblieben.

Zum Abschluss seiner Exkursionen hatte er im tropischen Garten des berühmten Marbella Clubs ein opulentes Dinner genossen. Man musste schließlich nicht immer an Geschäfte und die damit verbundenen Imponderabilien denken. Das Relaxen an schönen Orten der Welt und die damit einhergehende Kontemplation, wie er es gerne nannte, hatte er sich redlich verdient. Bei dem Wort »redlich« musste er unwillkürlich lächeln.

Gegen acht Uhr war er mit Salim im mediterranen Terrassenrestaurant verabredet. Sein Freund, Begleiter und Leibwächter, vor allem aber sein Auftragskiller, hatte unter seinem Alias-Namen Amin al-Wazir eingecheckt. Sein verändertes, dem Pass entsprechendes Outfit, hatte er beibehalten. Sein Opfer war definitiv nicht mehr unter den Lebenden. Darüber hinaus gab es keinen Zeugen mehr, der ihn hätte identifizieren können. Dem konnte Jehuda nur zustimmen, nachdem ihm Salim vom Verlauf der letzten vier Tage berichtet hatte. Er lobte Salims professionelles Verhalten bei der Liquidierung des überlebenden Zeugen. Damit waren alle Gefahren beseitigt.

Sie hatten auf der Seeterrasse ein exzellentes Menü genossen. Als *entrada* hatten sie einen *Ensalada de frutos del mar* bestellt, dessen Meeresfrüchte aus einem tagesfrischen Fang waren. Dem folgte eine *Pato con salsa de naranja*, die beide Genießer wegen der Art ihrer Zubereitung in den höchsten Tönen lobten. Die abschließende *Crema catalana* war das I-Tüpfelchen auf dem exzellenten Menü.

Als Wein hatten sie aus der Karte einen spanischen Rotwein aus dem Valdeorras bestellt, den komplexen *Tinto Barrica 2009*, den sie seit Jahren als Spitzenwein der Region um Valdepeñas bevorzugten.

»Morgen nach dem Frühstück erkläre ich dir meinen Plan für ein neues Geschäft. Heute Abend wollen wir nicht über die Arbeit reden. Genießen wir das schöne Ambiente, das hervorragende Essen und den exzellenten Wein. Trinken wir vor allem auf unsere Freundschaft, Salim, und die Zukunft. Möge sie uns noch lange so gewogen sein wie bisher.«

Auch der nächste Tag brachte Sonnenschein mit sommerlichen Temperaturen. Auf das andalusische Wetter konnte man sich verlassen.

Jehuda und Salim frühstückten auf den Seeterrassen und schauten auf die vom Nachtfang zurückkehrenden Fischerboote. Sie lagen tief im Wasser und schienen einen erfolreichen Fang nach Hause zu bringen. Vielleicht würden sie am Abend frische Sardinen oder Gambas bestellen können. Sie hatte sich einen Tisch etwas abseits ausgesucht. So konnten sie ungestört sprechen.

Ihre Teller waren abgeräumt, als Jehuda sich dem Freund zuwandte. »Und jetzt zu meinem Plan. Wie du weißt, lese ich täglich die Veröffentlichungen über Wirtschafts- und Finanzentwicklungen im Internet. Dort gibt es auf den Foren auch Geschäftsanzeigen und Angebote der Banken und Finanzmakler. Hier kann man die Angel auswerfen und bestens im Trüben fischen, denn alle diese Wirtschaftsbörsen und Finanzmakler werden nur von einem Anlass getrieben – der menschlichen Gier. Die wiederum ist eng gepaart mit der menschlichen Dummheit. Denn einer der Partner von Finanzgeschäften ist fast immer der Angeschmierte. Albert Einstein hat das einmal in einem Bonmot zusammengefasst: ›Das Universum und die menschliche Dummheit haben eins gemeinsam. Sie sind unendlich. Nur beim Universum bin ich mir nicht ganz sicher.‹

Und das, lieber Salim, kann ich nach unseren Erfahrungen nachhaltig bestätigen. Jetzt aber zu dem neuen Geschäft, das sich anbahnt. Und das wird ein lohnendes!«

Jehuda hatte Salims volle Aufmerksamkeit.

»Ich bin im Internet auf ein Inserat gestoßen, in dem ein Finanzmakler für einen Klienten einen Kapitalinvestor sucht. Es handelt sich um die Firma Finanzinvest International GmbH mit Sitz in Frankfurt. Ich habe mich über die Firma schlau gemacht und ihre veröffentlichten Jahresbilanzen überprüft. Das Unternehmen ist sehr erfolgreich und seit Jahren auf dem Markt etabliert. Ein Alfons Rodenthal ist Gesellschafter und Geschäftsführer in einer Person. Beim Vergleich der letzten fünf Jahresbilanzen habe ich allerdings auch festgestellt, dass die Umsätze des Unternehmens rückläufig sind. Nicht dramatisch, aber eben rückläufig. Eigentlich kein Wunder bei den niedrigen Bankzinsen.«

»Und was schließen wir daraus?«, fragte Salim.

»Das liegt doch auf der Hand. In den hohen Zinszeiten der Banken hatte ein Finanzmakler die Möglichkeit, durch Ausschreibungen den besten Zinskurs für seinen Kunden zu ermitteln. Das kann er sich heutzutage schenken, da alle Finanzinstitute die gleichen Niedrigzinsen anbieten, zumindest in Deutschland. Das Geld erhalten die Banken von der Europäischen Zentralbank nahezu gratis. Darauf können sie die gesetzlich erlaubte Gewinnmarge bis null Komma sieben Prozent aufschlagen. Und da die Banken ahnen, dass der große Crash kommen wird, verleihen sie das geliehene Geld ausschließlich an absolut sichere Kunden mit absolut sicheren Unternehmensstrategien. Außerdem muss im Falle einer unwahrscheinlichen, aber grundsätzlich nicht auszuschließenden Insolvenz des Schuldners zumindest der Eigenhaftungsanteil der Bank gesichert sein. Dieser liegt in der Regel bei sechzehn Prozent und ist abhängig von deren Bilanzsumme. Deshalb sind die Banken bemüht, ihre Bilanzsummen stetig zu reduzieren.

Da diese sicheren Kunden immer seltener werden, horten die Banken lieber das geliehene Geld, ehe sie irgendwelche Risiken eingehen. Einige Stadtsparkassen gehen sogar so weit, dass sie Teile ihrer Rücklagen an ihre städtischen Arbeitgeber gegen städtische Anleihen abgeben und ihnen Zinsen berechnen.«

»Das ist ja irre«, staunte Salim.

»Ja, wir leben in einer verrückten Welt. Aber die Bankenkrise in 2008 hat das Finanz- und Geldsystem noch verrückter gemacht. Es agiert unter dem Motto ›Überall ist Disneyland‹.«

»Ist denn unser Geld wenigstens sicher?«, wollte Salim wissen.

»Jedenfalls sicherer als Dollar oder Euro. Unsere Auslandskonten in Schweizer Franken einschließlich der Golddepots in kanadischen Maple Leaf sind in Bezug auf Geldanlagen nicht zu toppen. Und damit das so bleibt, arbeite ich daran.

Aber zurück zu Finanzinvest International und ihrem Geschäftsführer Rodenthal. Wenn Geschäfte rückläufig sind, gibt es immer zwei Möglichkeiten. Man wird vorsichtiger und reduziert das Unternehmen durch Anpassung an den Markt. Oder die Gier überwiegt, und man geht unkalkulierbare Risiken ein.

Nach meinem ersten Telefonat mit Rodenthal gehört er offensichtlich zur zweiten Kategorie. Um seinen Umsatz zu halten, versucht er jetzt auch, unseriöse Kapitalanleger zu generieren. Und da kommen wir ins Spiel. Wobei wir natürlich den Eindruck absoluter und unbegrenzter Bonität erwecken werden. Und wer, mein lieber Salim, fällt dir dazu ein?«

»Ich möchte wetten, du denkst dabei an einen arabischen Ölscheich oder eine arabische Bank. In dem Fall würde ich eine arabische Großbank aus Riad empfehlen. Saudi-Arabien ist das kapitalstärkste Land im Nahen Osten, das zunehmend in Europa investiert.«

»Du hast es getroffen. Denn genau das habe ich vor. Als mir Rodenthal die erforderliche Investitionssumme von einhundert Millionen Euro nannte, habe ich mich sofort als Vertreter einer arabischen Großbank ausgegeben, ohne allerdings deren Namen zu nennen. Ich habe zunächst den Köder ausgeworfen und den Eindruck gewonnen, der Fisch sitzt bereits an der Angel. Mein nächster Anruf wird ihm den Haken noch tiefer ins gierige Maul treiben.

Er hat mir auf meine Nachfrage am Telefon mitgeteilt, dass der deutsche Kapitalnehmer ein expandierendes Großunternehmen sei, das in den Kauf eines Brauereikonzerns investieren wolle. Einzelheiten erfahre ich dann beim persönlichen Termin, an dem auch du teilnehmen wirst.«

»Steht der Termin schon fest?«

»In fünf Tagen ist das erste persönliche Treffen im Frankfurter Airport-Hotel vorgesehen. Bis dahin haben wir noch eine Menge vorzubereiten. Deshalb werden wir in drei Tagen dieses schöne Domizil verlassen müssen.«

»Welche Vorbereitungen müssen wir erledigen?«

»Zunächst werden wir uns eine arabische Großbank in Riad aussuchen. Das ist deine Aufgabe, Salim. In der werde ich mich zum Direktor für ausländische Finanzinvestitionen, Sektion Europa, ernennen. Natürlich nur virtuelle, allerdings auf gedruckten Kopfbögen einschließlich entsprechender Visitenkarten. Du wirst die Rolle meines Direktionsassistenten spielen.«

»Was passiert, wenn dieser Rodenthal sich bei der von uns vertretenen Bank telefonisch oder per Mail erkundigen will?«

»Es gehört zum virtuellen Spiel, dass eine reale Welt vorgezeigt wird. Kannst du dich an den Hollywoodfilm Der Clou mit Paul Newman und Robert Redford erinnern? Zur Täuschung eines wettsüchtigen Mafiabosses haben die im Film ein komplettes Wettstudio für Pferderennen vorgetäuscht und bei virtuellen Pferderennen mit Gewinnern und Verlierern den Mafioso abgezockt.«

Salim grinste. »Der Film ist einer meiner Lieblingsfilme, den ich immer wieder gern ansehe. Allerdings waren eine Menge Komparsen im Einsatz.«

»Brauchen wir nicht. Wir benötigen nur einen Komparsen, und der bist du, Salim.«

Salim schaute einen Moment verwirrt.

»Als Abteilungsleiter einer Bank benötige ich einen Sekretär, der über eine Sammelnummer meine Durchwahl anwählt und den Anrufer mit seinem Chef, also mit mir, verbindet. Es sei denn, dass Rodenthal oder ein anderer mich direkt anruft.

Lass dir umgehend zwei Prepaidhandys mit dem Town Code von Riad per UPS hier ins Hotel schicken. Sie dürften dann morgen oder übermorgen ankommen.

Gerade fällt mir auch ein Name für unsere Bank in Riad ein. Wir nennen sie einfach ARABES BANK, als Synonym für Banco Arabe Español. So heißt die Niederlassung einer arabischen Großbank in Marbella. Passenderweise kann sie nicht für Rückfragen zur Verfügung stehen, da sie wegen Erweiterungsarbeiten bis auf weiteres geschlossen ist. Die Zentrale der Bank sitzt tatsächlich in Riad.«

»Und wo siedeln wir unsere virtuelle Bankenfiliale an?«

»Na ja, wo wohl?«, fragte Jehuda leicht amüsiert. Hier in Marbella natürlich. Dadurch gewinnt sie als virtueller Schein sogar eine reale Form. Auf den Kopfbogen der Bank scannst du ein schönes Bild der Bank. Sie muss also noch fotografiert werden. Am besten direkt über dein Handy. Außerdem müssen wir noch zwei spanische Prepaidhandys kaufen, denn neben der Telefonnummer der arabischen Mutterbank muss natürlich die spanische Nummer der Filiale aufgeführt werden. Wenn alle Papiere und Scheindokumente sowie die Handys vorliegen, können wir den Termin in Frankfurt in Angriff nehmen.«

»Hast du nicht etwas vergessen? Wenn Adressen und Telefonnummern realistisch sind, sollte auch eine Mail-Adresse nicht fehlen!«

»Das hätte ich doch beinahe übersehen. Wie gut, dass du mitdenkst, Salim. Also werden wir zwei iPads über den bekannten Server in der Ukraine anmelden, über den auch mein Laptop läuft. Die sind wie unsere Prepaidhandys nicht zu identifizieren. Wir benutzen wieder den VPN Service Provider (Virtual Provide Network), der den realen Standort des Laptops und der iPads, über die unsere Mails empfangen oder verschickt werden, verschleiert, indem der Sitz des Servers nicht aufzuspüren ist. Diese virtuelle und reale Anonymität ist Bedingung für unsere erfolgreiche Arbeit.

Ich denke, dass du jetzt losfährst, Fotos machst und die Handys kaufst. Kopierer, Drucker und Scanner leihen wir uns im Hotel, nachdem ich auf meinem Laptop die grafischen Details vorbereitet habe. Anschließend erkläre ich dir die weiteren Schritte meines Plans.«

Als Salim nach Erledigung der Aufträge ins Hotel zurückkam und Jehudas Hotelzimmer betrat, überraschte ihn dieser mit den perfekt ausgedruckten Blanketts der ARABES BANK in Marbella mit neuem Briefkopf und Adresse. Als Direktor der Finanzabteilung »Investitionen Ausland« war ein Raschid Amin eingetragen, einschließlich der Adresse in Marbella.

Der untere Rand des Briefbogens enthielt die Angaben

über den Sitz der Zentrale in Riad/Saudi-Arabien, einschließlich Vorstand und Aufsichtsrat. Es fehlten nur noch die Telefon- und Mailverbindungen sowie das Foto der Filiale in Marbella. Das hatte Salim mitgebracht.

Dann erklärte ihm Jehuda seinen Plan für die erfolgreiche Abwicklung des neu angebahnten Geschäfts.

15

Gunnar und Dori hatten eine unruhige Nacht hinter sich. Immer wieder brach sie in Tränen aus, wenn sie an die Todesgefahren dachte, denen ihr Gunnar so knapp entkommen war. Sie ahnte, dass durchaus nicht alles vorbei war. Was würde passieren, wenn die Mörder von Gunnars abermaligem Überleben erfuhren? Spätestens dann würde Gunnar erneut ins Visier der Verbrecher geraten. Wie lange sollte diese Unsicherheit, diese Angst noch weitergehen? Man sagt, einmal ist keinmal, zweimal ist schon großes Glück. Aber ein drittes Mal würde Gunnar nicht davonkommen. Da wäre sein Glück aufgebraucht. Es dauerte Stunden, bis sie vor innerer Erschöpfung eingeschlafen war.

Sie wusste nicht, dass Gunnar von den gleichen Gedanken gequält wurde. Er dachte dabei weniger an sich als an seine Familie. Im Betrieb wurde trotz der offiziellen Verschleierung bereits gemunkelt. Der Chef war irgendwie verändert, was bei den Mitarbeitern nicht unbemerkt blieb.

Gunnar ahnte, dass er in absehbarer Zeit eine Erklärung abgeben musste. Sonst würde das bis dahin positive Betriebsklima umschlagen. Das konnte er jetzt gar nicht gebrauchen.

Die Oberkommissarin Thönes hatte ihm, wie besprochen, das ursprüngliche Fahndungsfoto Nadals ohne Bart und Brille vorgelegt und zum Vergleich ein zweites mit

Bart und Brille. Obwohl beide Phantombilder zwei völlig verschiedene Gesichter zeigten, war sich Gunnar nach kurzem Zögern so gut wie sicher, dass es sich um ein und dieselbe Person handeln musste. In erste Linie machte er es an den Augen fest. Ohne Brille erkannte er sie wieder, diese hellen kalten Augen, die ihn damals in Amsterdam negativ beeindruckt hatten. Es war darin eine erschreckende Gefühllosigkeit zu erkennen.

»Ja, ich erkenne diesen Nadal wieder. Er ist der Mann, der in der Tiefgarage auf mich geschossen hat. Und es ist dieselbe Person, die uns in Amsterdam den Geldkoffer übergeben hat.«

Mit dieser Aussage fuhr Frau Thönes zurück ins Präsidium. Sie konnte jetzt die Fahndung über zwei Phantombilder in die Wege leiten.

Inzwischen war erneut eine Woche vergangen, ohne dass ein Fahndungserfolg gemeldet wurde. Zweimal hatte Gunnar persönlich mit Hauptkommissar van Straaten in Amsterdam telefoniert. Dieser drückte sein Bedauern aus, aber Fahndungserfolge ließen sich nun mal nicht erzwingen. Die Ermittlungen liefen aber weiterhin auf Hochtouren.

Von der Wuppertaler Kripo erfuhr er nichts anderes. Hauptkommissar Dietzel teilte ihm nur mit, dass die Spurensicherung keine verwertbaren Spuren gefunden habe. Auch keine Patronenhülsen. Immerhin habe man die Art der Schusswaffe anhand der in der Schutzweste stecken gebliebenen Kugeln ermitteln können. Das Kaliber Parabellum 9 mm deute auf eine Luger-Pistole hin. Es müsse sich um ein älteres Modell handeln, möglicherweise aus dem Zweiten Weltkrieg.

»Es ist zwar schwierig, aber nicht aussichtslos, den Besitzer der Waffe zu finden«, sagte der Hauptkommissar.

Aus dem Zweiten Weltkrieg, dachte Gunnar, na, dann Gute Nacht! Ihn überkam eine zunehmende Depression bei dem Gedanken an die offensichtliche Erfolglosigkeit der polizeilichen Ermittlungen. Wiederholt hatte er gelesen, dass Fahndungserfolge in den ersten drei Tagen nach einer Tat statistisch am wahrscheinlichsten sind. Jetzt ging es bereits in die dritte Woche.

Um sich abzulenken und psychisch zu stabilisieren, hatte er sein Karatetraining wieder aufgenommen. In seinem Sportverein Samurai wurde er von den Sportkameraden freudig begrüßt. Auch Dorothea hatte ihm zugeraten.

Schon in der ersten Woche vermisste er seinen früheren Trainingspartner Norbert Franck. Mit ihm hatte er jahrelang trainiert und gemeinsam an Meisterschaften teilgenommen. Das Erreichen des 2. Dan hatten sie zur gleichen Zeit geschafft. Sie waren Freunde geworden.

Norbert war vor zwanzig Jahren zur Wuppertaler Polizei gegangen und hatte dort die Kollegen ehrenamtlich trainiert. Er hatte es bis zum Oberkommissar der Kripo geschafft. Als Gunnar seine Sportkameraden, unter denen es auch einige Polizeibeamte gab, nach dem Verbleib von Norbert fragte, erfuhr er zu seiner Überraschung, dass Norbert aus dem Polizeidienst ausgeschieden sei. Als er nach dem Grund fragte, erhielt er nur einsilbige Antworten. Er fragte einen ehemaligen Kollegen seines Freundes. Der teilte ihm dann sehr vertraulich mit, dass Norbert den Dienst wohl nicht ganz freiwillig quittiert habe. Die Häuptlinge hätten ihm die Pistole auf die Brust gesetzt. Gunnar hatte verstanden.

»Immerhin ist er nicht durchs Netz gefallen. Norbert arbeitet jetzt als Ermittler bei einer großen weltweit tätigen Privatdetektei. Er hat eine Lizenz als Privatdetektiv erhalten und soll sich finanziell sogar erheblich verbessert haben. Vielleicht hatte er diese Veränderung sogar bereits von Anfang an geplant. Aber danach musst du ihn selber fragen. Du weißt ja, wie die Gerüchteküche funktioniert.«

»Und wie finde ich diese Detektei?«, fragte Gunnar nach.

»Da fährst du jeden Tag dran vorbei. Die hat ihre Zentrale ebenfalls in der Rathausstraße, gar nicht weit weg von deinem Bürohaus. Fahr mal etwas langsamer, dann siehst du das Schild mit einem Auge drauf als Symbol.«

Gunnar dankte dem Sportkameraden für seine Offenheit und beschloss, seinen Freund Norbert telefonisch zu kontaktieren. Sie verabredeten sich für den nächsten Abend auf ein Glas Bier. Die Vorfreude war beiderseits.

Gegen achtzehn Uhr trafen sie sich im Tuffi-Eck, einem seit Generationen bestehenden Bierlokal neben einer Schwebebahnhaltestelle. In der Nähe war 1950 bei einem Elefantentransport in einem Schwebebahnwagen ein Elefant namens Tuffi aus dem in etwa zehn Meter Höhe fahrenden Schwebebahnzug gesprungen. Er hatte das Fenster zertrümmert und war in die darunter fließende Wupper gestürzt. Da der ungewöhnliche Elefantentransport mit der Schwebebahn in den Wuppertaler Zoo von einer Reihe sensationslüsterner Reporter begleitet wurde – es handelte sich letztendlich um eine Werbeaktion für Schwebebahn und Zoo –, gingen die aktuellen Fotos anschließend um die ganze Welt. Glücklicherweise war dem noch jugendlichen Jumbo nichts Ernsthaftes geschehen.

Er konnte unverletzt wieder zum Zirkus Franz Althoff – allerdings dann in einem normalen Transportwagen – überführt werden. So war die Kneipe zu ihrem Namen gekommen, und der sogenannte Tuffi-Sprung war noch immer ein Thema.

Norbert war nur wenig kleiner als Gunnar, machte einen durchtrainierten Eindruck mit breiten Schultern. Das blonde Haar trug er militärisch kurz. Mit seinen klaren blauen Augen erweckte er Vertrauen und Durchsetzungsfähigkeit. In dieser Hinsicht ähnelten sich Gunnar und Norbert.

Sie hatten einen freien Nischenplatz gefunden und das erste Bier bestellt.

»Ich höre, du hast deinen Job gewechselt«, begann Gunnar. »Kommst du deswegen nicht mehr zum Training?«

»Das hat nichts mit meinem Job zu tun, sondern damit, dass ich im Augenblick unter Stress stehe. Zuerst hatte ich geglaubt, dass mein Wechsel in die Detektei ruhigere Zeiten brächte. Das hat sich jedoch schnell als Irrtum erwiesen. Ich bin ständig auf Achse und muss im gesamten Bundesgebiet ermitteln, ab und zu sogar im europäischen Ausland. Dabei ist man meistens auf sich alleine gestellt. Man hat keinen Apparat mehr zur Verfügung wie bei der Polizei.«

»Bereust du inzwischen deinen Wechsel?«

»Auf keinen Fall. Die neue Unabhängigkeit in meiner Arbeit möchte ich nicht missen. Selbst als Oberkommissar der Wuppertaler Kripo waren meinen Aktivitäten enge Grenzen gesetzt. Diese spürte man bei jeder eigenständigen Ermittlung. Die Sicherheit des Beamtenstatus' verlangte auch die Anpassung ans vorherrschende System. Ich denke, das ist unabhängig vom politischen System und war zu allen Zeiten schon so. Ich war auf bestem Wege, zum Mitläufer zu werden und meine persönliche Eigenständigkeit zu verlieren. Schließlich stand meine absehbare Beförderung zum Hauptkommissar bevor. Da kommst du natürlich ins Grübeln.

Vielleicht hätte ich mich anders entschieden, wenn meine Frau Ulla noch leben würde. Seit ihrem Tod vor drei Jahren musste ich mich nicht nur an die häusliche Eigenständigkeit wieder gewöhnen. Irgendwie gewann ich meine Unabhängigkeit zurück, die in einer Ehe teilweise verloren geht.«

»Aber deshalb gibt man doch seinen Beamtenjob mit Pensionsberechtigung nach zwanzig Jahren nicht auf«, warf Gunnar ein.

»Na ja, mit der Rente hätte es wohl noch nahezu fünfundzwanzig Jahre gedauert. Aber du hast recht, es gab zumindest einen Stein des Anstoßes.

Die Bürger halten den Polizisten für ziemlich frei in seinen Handlungen und Meinungen, solange diese vom Grundgesetz gedeckt werden und mit den Dienstanweisungen der Vorgesetzten übereinstimmen. In diesem Kontext habe ich die ganzen Jahre meinen Dienst versehen.

Dann kam der Jahreswechsel 2015 in Köln mit seinen Jagdszenen, sexuellen Übergriffen und Vergewaltigungen durch die afrikanischen Wirtschaftsflüchtlinge auf junge deutsche Frauen. Diese muslimischen Sexisten hatten sich nach dem Gesetz des *Taharrush gamea* zur Jagd auf Sexualopfer zu Tausenden auf dem Kölner Domplatz versammelt. Übrigens auch in Städten des Ruhrgebietes wie Dortmund, Duisburg oder Bochum. Kollegen aus Köln haben uns über Vorfälle berichtet, die so eklig sind, dass selbst wir Polizisten noch blass geworden sind.

Aber darüberhinaus war es das politisch verfügte Schweigekartell von Presse und Fernsehen, das mich und die Kollegen aufbrachte. Erst wurden die Verbrechen verschwiegen, dann vertuscht und schließlich als Kollateralschäden heruntergespielt.

Da meldete doch der Kölner Polizeibericht am Neujahrsmorgen über die unfassbaren Ereignisse der Nacht: »Ausgelassene Stimmung – Feiern weitgehend friedlich!« Diese dreiste Lüge wurde auf Anweisung der von der Politik gesteuerten Polizeihäuptlinge im Internet verbreitet – und das bei über tausend Anzeigen betroffener Frauen. Die vorzeitige Versetzung des Kölner Polizeipräsidenten Wolfgang Albers in den Ruhestand war sieben Tage später die Folge. NRW-Innenminister Jäger blieb dafür im Amt.

Erst am 4. Januar 2016 berichtete das ZDF-Fernsehen über das unfassbare Geschehen, und der NRW-Landesvorsitzende der Gewerkschaft, Arnold Plickert, sagte im Fernsehen: ›Ich glaube schon, dass politisch unangenehme Sachen inzwischen lieber verschwiegen werden, also dass man versucht, das unter den Tisch zu kehren.‹

Für mich war das die Bestätigung für einen ›Maulkorberlass‹. Und wenn du im Fernsehen von einem typischen Vertreter der Multikulti-Lobby, dem Spiegeljournalisten Rudolf Augstein, den Deppenspruch ›Respektlosigkeit gegenüber der Polizei sei Ausdruck einer freiheitlichen, offenen Gesellschaft‹ hörst, kannst du meine Entscheidung vielleicht besser verstehen.

Und das Schlimmste ist, dass keine Besserung in Sicht ist. Mit jedem kulturfremden Migranten, der sich weigert, die Gesetze des Gastlandes anzuerkennen, breiten sich die Parallelgesellschaften aus und immer neue *no-go-areas* entstehen. Jeder Polizist kennt in den Großstädten solche Ausländerviertel, wie zum Beispiel in Duisburg-Marxloh, aus der die einheimische Bevölkerung weitestgehend verdrängt wurden. Dort sind polizeiliche Einsätze – wenn überhaupt – nur noch mit Hundertschaften möglich.«

Norbert tat es offensichtlich gut, offen über seine Gründe für das Verlassen des Polizeidienstes zu sprechen. Es war für ihn wie eine Befreiung vom aufgestauten Frust.

»Die deutsch-griechische Polizeioberkommissarin Tania Kambouri hat in 2015 das Buch DEUTSCHLAND IM BLAULICHT geschrieben. Darin berichtet sie über ihren Streifendienst in Bochumer Migrantenvierteln und die Respektlosigkeit muslimischer Asylanten gegenüber der deutschen Polizei. Aber auch, dass Meldungen über straffällige Ausländer verschwiegen oder unterdrückt werden, weil feige Häuptlinge der Polizei von noch feigeren Politikbonzen domestiziert werden. Ich habe das Buch im Präsidium herumgereicht und mit meinem positiven Kommentar nicht hinterm Berg gehalten. Es dauerte keine acht Tage, da wurde ich von meinem Vorgesetzten zu einem ›vertrauensvollen Gespräch‹ gebeten.

Da ich mich weder beugen noch brechen lassen wollte, zog ich die Konsequenzen. So, Gunnar, jetzt kennst du die ganze Geschichte. Ich bin froh, dass nun alles raus ist.«

Gunnar war nachdenklich geworden. Nachdem sie ein zweites Bier bestellt hatten, wandte er sich zu Norbert: »Vertrauen gegen Vertrauen. Ich halte deine Entscheidung für absolut richtig. Ich selber habe die Entscheidung gegen einen sicheren Beamtenstatus vor vielen Jahren ebenfalls getroffen. Ich habe es nie bereut. Als Beamter bleibst du im System gefangen. Und desto länger du drin bleibst, umso mehr verlierst du an eigenständiger Handlungs- und Denkfreiheit. Du tauschst gewissermaßen die Freiheit eines Wildschafes gegen die Sicherheit in einer Schafherde ein.«

»Wenn du von gegenseitigem Vertrauen sprichst, Gunnar, dann hatte ich vorhin den Eindruck, dass du mir auch etwas zu berichten hast. Oder habe ich mich getäuscht?«

»Das hast du nicht. Aber ich habe der Polizei Stillschweigen hinsichtlich meiner Probleme zugesichert.«

»Na, dann bist du ja bei mir genau an der richtigen Adresse. Du weißt doch, einmal Polizist, immer Polizist! Wenn es dir hilft, verspreche ich dir absolute Verschwiegenheit. Ist das okay ?«

Gunnar lächelte ihn erleichtert an. »Weißt du, es fällt mir deshalb schwer, darüber zu sprechen, weil meine eigene Dummheit und Gier die eigentliche Ursache für meine Probleme sind.«

Zunächst erzählte Gunnar stockend die Anfänge des Geschehens. Dann wurde es leichter für ihn, nachdem er seine bedrückenden Schuldgefühle am Tod seines Freundes Werner Ebert offen ausgesprochen hatte.

Norbert hatte ihn bis dahin nicht unterbrochen, sondern mit zunehmender Spannung zugehört. Jetzt unterbrach er ihn. »Ich verstehe deine psychischen Probleme mit dem Tod Werners, den ich gut kannte. Ähnliches habe ich während meiner Polizeiarbeit häufiger erlebt. Man fühlt sich mitschuldig am Tod eines Menschen, weil man selber davongekommen ist. Das würde Werner vermutlich nicht anders ergehen, wenn es dich an seiner Stelle getroffen hätte. Dieses Schuldempfinden als erste Reaktion ist völlig normal. Es darf nur nicht zum Dauerzustand werden. Du wirst aber, da bin ich sicher, darüber hinwegkommen. Spätestens wenn der Mörder gefasst ist, erfolgt eine psychische Kompensation. Die Bestrafung des Täters stellt die Gerechtigkeit wieder her. Wie weit sind denn die niederländischen Ermittler gekommen?«

»Auf meine Anrufe höre ich nur, dass noch nichts Konkretes vorliegt. Die Ermittlungen liefen weiterhin auf Hochtouren. Wir Wuppertaler sagen dann gerne: ›Dat mot'se allet glöwen!‹ Aber ich bin mit meiner Geschichte noch nicht am Ende.« Gunnar berichtete weiter vom Polizeischutz für seine Familie und sich selber. »Trotzdem wäre ich um ein Haar dem Mörder zum Opfer gefallen. Zum Glück habe ich auf die Polizeibeamten gehört und eine kugelsichere Schutzweste angehabt, als der Kerl mich ins Visier nahm. Stell dir vor, das geschah im Bürohaus in meiner eigenen Tiefgarage.« Jetzt hatte er Norberts volle Aufmerksamkeit und erzählte ihm alle Einzelheiten der Ereignisse.

»Und der Täter ist dieselbe Person wie in Amsterdam, da bist du dir sicher?«

»Absolut. Diese Augen vergisst du nie wieder. Die waren so kalt wie die eines Robots.«

»Du erwähntest die Wuppertaler Ermittler Hauptkommissar Dietzel und Oberkommissarin Erika Thönes. Ich kenne die beiden gut. Das sind engagierte und erfolgreich arbeitende Kommissare. Sind die schon weitergekommen?«

»Bisher liegen noch keine Ergebnisse vor. Lediglich die Tatwaffe hat man anhand der Projektile ermitteln können. Soll eine alte Luger 08 sein, vermutlich noch aus dem

Zweiten Weltkrieg. Da frage ich mich, wie die nach so langer Zeit den Besitzer finden wollen.«

»Da sei mal nicht so pessimistisch. Wenn die Waffe bereits für frühere Taten benutzt wurde und man ihre Projektile zuordnen konnte, dann könnte man über die Munitionskette an den Täter herankommen. Aber das werden die Wuppertaler Kollegen herausfinden.« Norbert stockte einen Moment und überlegte. Dann wandte er sich wieder Gunnar zu. »Ob du es glaubst oder nicht, aber mir sind soeben drei Mordfälle eingefallen, bei denen eine ehemalige Wehrmachtsluger benutzt worden ist. Ein Mord hat in Berlin stattgefunden. Bei den beiden anderen bin ich mir nicht mehr sicher. Aber das ließe sich herausfinden. Meine Kontakte zu einigen ehemaligen Kollegen im Präsidium bestehen nach wie vor.«

»Heißt das, dass du mir helfen willst, den Mörder zu suchen?«

»Sagen wir mal so. Die eigentliche Polizeiarbeit darf ich nicht behindern, aber ich darf sie durch eigene Ermittlungen unterstützen.«

Gunnar hörte mit wachsender Aufmerksamkeit zu. Mit Norberts spezifischer Hilfe eröffneten sich ganz neue Perspektiven. Bis jetzt waren ihm Gedanken an eine Eigeninitiative in Sachen Gangsterjagd fremd geblieben. Die wirtschaftlichen Ressourcen dafür hatte er zweifelsohne. Ansonsten fehlte ihm jedoch jegliches Wissen, abgesehen von dem, was ein paar gelesene Kriminalromane ihn erahnen ließen. Durch seinen Freund Norbert ergab sich eine neue Situation.

»Ich werde deine Arbeit natürlich bezahlen«, platzte Gunnar heraus.

»Dazu kommen wir noch, wenn es in Arbeit ausartet. Dann wirst du nicht umhinkommen, meiner Detektei einen offiziellen Auftrag zu erteilen. Das kannst du auf Spesenbasis mit Erfolgshonorar erledigen. Ich werde mir zunächst einmal die Akten der drei Mordfälle besorgen, und dann sehen wir weiter. Finde ich eine interessante Spur, werden die weiteren Ermittlungen offiziell und damit kostenpflichtig. Bis dahin betrachte meine Bemühungen als Freundschaftsdienst. Sei aber nicht enttäuscht, wenn sich aus den Akten nichts ergibt. Ich denke, das wird unserer Freundschaft keinen Abbruch tun.«

»Auf keinen Fall, Norbert. Und für deine Hilfsbereitschaft danke ich dir jetzt schon. Lass uns auf eine erfolgreiche Suche anstoßen.«

Eine neue Runde Bier wurde fällig.

16

Am Mittwoch, fünfzehn Uhr, fand das erste Treffen im Frankfurter Airport-Hotel statt. Alfons Rodenthal hatte einen kleineren, stilvollen Besprechungsraum gebucht, um die Vertreter der arabischen Investoren gebührend zu empfangen. Seine Kleidung einschließlich seines Schuhwerks hatte er sorgfältig ausgewählt. Der Schnurrbart unter seiner auffällig spitzen Nase war sauber gestutzt, und das graumelierte Haar zeigte einen perfekten Mittelscheitel.

Rodenthal wirkte mit seinen fünfundfünfzig Jahren und seiner schlanken Figur deutlich jünger. Hinter dem offenen Gesicht mit der hohen Stirn verbarg sich allerdings ein außerordentlich gerissener Kaufmann mit ambivalentem Gewissen, das nicht immer rein war.

Auf Wunsch der Investoren, die das Treffen zunächst noch nicht öffentlich machen wollten, war er allein gekommen. Er hatte einen großen Aktenkoffer mitgebracht, der die gewünschten Geschäftsunterlagen über das Investitionsobjekt enthielt.

Etwas aufgeregt trippelte der Finanzmakler vor dem offenstehenden Tagungsraum hin und her. Die Vermittlung eines Einhundert-Millionen-Euro-Kredits kam nicht alle Tage ins Haus, und um ehrlich zu sein, Kreditsummen in solcher Höhe hatte er bisher noch nicht vermittelt. Er leckte sich die trockenen Lippen, als er an die Höhe seiner Provision dachte. Wenn er geschickt vorging, konnte ihm deren Verdoppelung gelingen, indem er beiden Seiten eine Provisionsvereinbarung aufdrückte. Arm würde davon keiner von beiden werden.

Rodenthal erkannte seine Gesprächspartner sofort, als sie sich dem Besprechungsraum näherten. Der Ältere von beiden war in feinstem Zwirn von Brioni gekleidet und kam gemessenen Schrittes auf ihn zu. Der Begleiter war erheblich jünger und weniger aufwendig gekleidet.

Direktor Kasim al-Waschid stellte sich mit distinguierter Höflichkeit vor und lächelte Rodenthal vertrauenerweckend an. Mit dem glatten Gesicht, den etwas wulstigen Lippen und der typisch semitischen Nase hätte man ihn auch für einen Juden halten können.

Der zweite Mann stellte sich als Hadi Samad vor. Er war Direktionsassistent und gut einen Kopf größer als sein Chef. Mit gestutztem Kinnbart, intensiven blauen Augen und pechschwarzem mittellangen Haar machte er einen ernsten Eindruck. Leicht gekrümmt ging er hinkend an einem Gehstock. Rodenthal hielt ihn schon für behindert. Als habe Hadi Samad seine Frage geahnt, erzählte er von einem kürzlich erlebten Jagdunfall. Er sei mit einem der Lieblingsprinzen des Königs auf Falkenjagd in der Wüste bei Riad gewesen, als der Jeep auf einer Düne umkippte. Der Prinz sei glücklicherweise unverletzt geblieben. Er selber habe sich am Fuß verletzt. In einigen Tagen wäre das wieder verheilt.

Der Finanzmakler drückte sein Bedauern aus und wünschte weiterhin gute Besserung. Herr Samad nickte ernst.

Man wechselte noch einige Höflichkeitsfloskeln und nahm am Tisch Platz. Das Kaffeeangebot nahmen beide

Herren dankend an. Softdrinks und appetitliche Canapés standen bereits auf dem Tisch.

Sie tauschten die Visitenkarten aus. Die Karte von Direktor Kasim al-Waschid war in feinstem Blattgold bedruckt. Alfons Rodenthal war beeindruckt. Diese Saudis schienen nicht nur Geld, sondern auch Lebensart zu besitzen.

Mit einem zuvorkommenden Lächeln fragte Kasim al-Waschid: »Wie können wir Ihnen helfen, Herr Rodenthal? Sie sprachen am Telefon von einem gewünschten Hundertmillionen-Euro-Kredit. Das ist für das Investitionsvolumen der ARABES BANK nicht viel, aber insgesamt eine beachtliche Summe. Da müssen auch für unsere Bank Sicherheiten vorhanden sein. Diese werden wir durch eine *Due Diligence* in unserem Hause ausführlich prüfen müssen. Haben sie die Unterlagen mitgebracht?«

»Aber selbstverständlich.« Rodenthal reichte mehrere umfangreiche Ordner an den Assistenten. »Betreffs meines Auftraggebers besteht an dessen Bonität keinerlei Zweifel. Ich erwähnte bereits am Telefon den Namen der Unternehmensgruppe Thomas Wedel mit einem Jahresumsatz von über achthundert Millionen Euro. Auf seinem Gebiet zählt das Unternehmen zur absoluten Top-Spitze.«

»Wir haben über das Unternehmen ihres Auftraggebers zwischenzeitlich Erkundigungen eingeholt und teilen ihre Beurteilung. Es blieb für uns nur die Frage offen, warum Herr Wedel nicht eine einheimische Bank für seine Pläne nutzt?!« Milde lächelnd schaute der Direktor zu Alfons Rodenthal.

»Daraus macht Herr Wedel kein Geheimnis. Er will mit einem Eigenanteil von fünfunddreißig Millionen Euro einen Brauereikonzern in Norddeutschland erwerben, um sein Getränkemarktkonzept abzurunden. Dafür benötigt er einhundert Millionen Euro als Bankkredit, um den Kauf tätigen zu können.

Und nun zu ihrer Frage, Herr al-Waschid. Die deutschen Finanzinstitute weigern sich, Brauereifinanzierungen zu übernehmen, weil der Bierabsatz in Deutschland von Jahr zu Jahr zurückgeht. Und das seit Jahren. Veränderungen ins Positive sind nicht in Sicht. Darum sind den deutschen Banken Finanzierungen in dieser Höhe einfach mit zu vielen Risiken verbunden. Deshalb hat Herr Wedel mich angesprochen. Und Sie haben auf mein Inserat reagiert. Mein Mandant hat mir ganz klar gesagt, wenn es mit einem ausländischen Kapitalinvest klappt, macht er die Investition. Wenn nicht, wird er von dem Erwerb des Brauereikonzerns Abstand nehmen.«

Jehuda Finkenstein alias Kasim al-Waschid hätte sich vor Schreck beinahe verschluckt.

»Das sehen wir zum Glück etwas anders. Nach unseren Erfahrungen wird selbst in islamischen Staaten mehr Bier getrunken, und in Saudi-Arabien steigt der Bierabsatz seit Jahren – allerdings nur im alkoholfreien Bereich. Wenn ich Sie richtig verstanden habe, bietet Herr Wedel als Beleihungsobjekt ausschließlich den neu zu erwerbenden Brauereikonzern als Sicherheit an. Bevor wir in unserem Hause eine definitive Entscheidung herbeiführen können, benötigen wir etwa vierzehn Tage für die *Due-Diligence*-Prüfung. Wenn sich keine gravierenden Rückfragen ergeben, werden Sie in etwa zwei Wochen unsere schriftliche Entscheidung erhalten.«

»Bedenken Sie bitte«, warf Rodenthal ein, »dass mein

Auftraggeber fünfunddreißig Millionen Euro Eigenkapital in den Kauf des Objektes einbringt, sowie nochmals etwa zehn Prozent Nebenkosten.«

»Weil sie die Nebenkosten erwähnen, möchte ich vorab darauf hinweisen, dass die ARABES BANK bei solchen Finanzierungen eine Avalprovision – bei Ihnen heißt es wohl Disagio – in Höhe von 2,5 Prozent vom Darlehensbetrag erhält. Dafür bleibt die Zinsmarge auf deutschem Niveau. Die Festzinsbindung können sie zwischen fünf, zehn oder fünfzehn Jahren wählen. Danach richtet sich die Zinshöhe. Sie werden zur Zeit zwischen 2,8 und 3,2 Prozent liegen. Die Tilgung muss spätestens nach zwanzig Jahren erfolgt sein. Auf Wunsch stellen wir die ersten zwei Jahre auch tilgungsfrei. Aber das können wir alles in den Darlehensverträgen ankreuzen, wenn eine positive Grundsatzentscheidung gefallen ist.«

Alfons Rodenthal hatte sich die Konditionen aufgeschrieben und fand, dass sie durchaus angemessen waren und bei Angeboten deutscher Banken keineswegs besser lagen.

»Wo würden die Kreditverträge abgeschlossen, und in welcher Form?«, fragte er.

»Sie müssten zu unserer Filiale nach Marbella kommen. Dort werden die Verträge vor einem spanischen Notar unterschrieben und gesiegelt. Die Überweisung erfolgt dann umgehend auf das von Ihnen benannte Konto einer deutschen Bank. Ach ja, die Avalprovision in Höhe von 2,5 Prozent – in diesem Falle also 2,5 Millionen Euro – sind von dem Darlehensnehmer in bar in unserer Bank zu zahlen.« Als der »Direktor« den fragenden Blick Rodenthals bemerkte, fügte er eilig hinzu: »Das ist in unseren Bankstatuten so festgelegt und hat strategische Gründe. Aber das könnten Ihnen unsere Steuerexperten genauer erklären, denn auch in Saudi-Arabien werden Steuern gezahlt«, erklärte er mit verschwörerischer Miene.

Dem wollte der Finanzmakler nicht widersprechen. Auch Geldgeschäfte gab es nicht umsonst. Irgendwo blieb immer etwas hängen. Das war in allen Ländern der Welt gleich. Das dürfte auch Thomas Wedel nicht unbekannt sein. Alfons Rodenthal war mit dem bisherigen Verlauf des Gespräches mehr als zufrieden.

Das war Jehuda Finkenstein alias Kasim al-Waschid ebenfalls. Er sah die sogenannte Avalprovision von 2,5 Millionen Euro schon auf seinem und zum kleineren Anteil auf Salims Konten in der Schweiz und auf den Bahamas. Das Geschäft lief hervorragend an. Er gab Salim Arafat alias Hadi Samad, der bisher schweigend zugehört hatte, einen Wink. Der öffnete den mitgebrachten Lederkoffer und entnahm ihm einen mehrseitigen Darlehensvertrag in arabischer und deutscher Sprache.

»Ich darf Ihnen einen Darlehensvertrag der ARABES BANK überreichen. Neben der arabischen Sprache finden Sie die deutsche Übersetzung. Sie können den Vertrag auch in englischer oder spanischer Sprache bekommen.«

»Nein, vielen Dank. Deutsch reicht völlig aus.«

»Noch etwas, Herr Rodenthal. Benutzen Sie bitte bei Rückfragen die Telefonnummer oder Mailadresse der Filiale in Marbella. Dort sind wir meistens zu erreichen. Am einfachsten nehmen Sie die Durchwahl von Herrn Direktor al-Waschid oder auch meine. In jedem Fall steht immer jemand als Ihr Ansprechpartner zur Verfügung. Den Darlehensvertrag sollten Sie genau lesen, da er alle Konditionen unserer Bank enthält, bis auf die, welche beim Notar noch angekreuzt und unterschrieben werden.«

Er blickte fragend zu seinem Direktor, ob er auch nichts vergessen habe.

»Ich glaube, Herr Rodenthal, dass wir damit alles besprochen haben. Wenn die *Due Diligence* unsere Kreditlinien erfüllt, werden wir zusammenkommen, was unsere Seite betrifft. Da wir unseren Rückflug nach Málaga schon gebucht haben, würden wir uns jetzt gerne verabschieden. Es sei denn, dass Ihrerseits noch Fragen offen geblieben sind.«

Das war beim Chef der Finanzinvest International nicht der Fall. Der Abschied verlief für beide Seiten in optimistischer Erwartung nach dem Prinzip der Hoffnung auf ein außerordentliches Geschäft. Allerdings kannte nur eine Seite bereits Gewinner und Verlierer.

17

Hauptkommissar Dietzel hatte seine Kollegin Erika Thönes in sein Büro gebeten. Anwesend war bereits der Leiter des Betrugsdezernats, Herbert Kowalski, ein überschlanker Beamtentyp mit wachen Augen. Als langjährige Kollegen duzte man sich.

»Ich bin überrascht, dass Herbert den Weg in unsere Abteilung gefunden hat. Hat sich im Betrugsdezernat ein Mord ereignet?«, lächelte Erika Thönes den älteren Kollegen an.

»Ich sitze hier genauso lange, wie du für den Weg hierher gebraucht hast«, pflaumte der zurück. »Aber dein Chef wird wissen, warum er mich in sein Büro gebeten hat.«

Beide schauten auf den Leiter der Mordkommission.

»Wie du weißt, Herbert, arbeiten wir an dem Mordfall ›Gunnar Franzen‹. Genau genommen war es ein Mordversuch. Ich muss gestehen, dass wir noch immer im Nebel stochern. Im Klartext: Wir sind keinen Schritt weitergekommen. Es gibt keinerlei verwertbare Spuren, keine Zeugenaussagen und keine Tatwaffe.«

»Da möchte ich widersprechen«, warf Oberkommissarin Thönes ein. »Wir haben die Phantombilder des Täters und kennen das Modell der vermutlichen Tatwaffe.«

»Dazu wollte ich gerade kommen, Erika. Aber wir haben keinerlei Resonanz, weder auf die Phantombilder noch auf Anfragen nach der benutzten Waffe. Selbst im Zentralregister des Bundeskriminalamtes war die zur sichergestellten Munition gehörende Waffe nicht registriert. Also können wir die Suche nach der Tatwaffe ebenso abhaken wie die Phantombilder ohne Resonanz. Bleibt zwar noch das Hoffen auf Kommissar Zufall, aber darauf ist wenig Verlass. Übrigens treten die Kollegen in Amsterdam ebenso auf der Stelle. Ihre Anfragen an uns werden immer dringlicher. Schließlich hätten wir doch den Hauptzeugen zur Verfügung.«

»Seid ihr über den nicht weiterkommen?«, fragte Herbert.

»Bis jetzt nicht, aber deswegen will ich dich um deine Hilfe bitten. Wir haben in unserer Abteilung immer nach ähnlich gelagerten Mordfällen gesucht.

Vom Zeugen Franzen wissen wir, dass er zunächst Opfer eines raffiniert eingefädelten Betruges geworden ist. Die offensichtlich von Beginn an eingeplanten Morde sollten gewissermaßen nur der Flurbereinigung dienen. Das erste Ziel war also der Betrug!

Dann sollte die Liquidierung der Betrugsopfer das eigentliche Ziel der Täter – nämlich den Betrug – verschleiern und unaufdeckbar machen, denn ohne überlebende Zeugen würde der vorhergegangene Betrug kein Ermittlungsthema werden können.«

»Da müssen die Täter ein erhebliches Risiko eingehen, wenn sie eine Mordtat riskieren, um einen Betrug unsichtbar zu machen.«

Erika Thönes hob zweifelnd ihre schön geschwungenen Augenbrauen.

»Oder auch nicht«, meldete sich Kowalski zu Wort, der bisher still zugehört hatte. »Ihr habt es hier offensichtlich mit eiskalten, hemmungslosen Tätern zu tun, die im Gegensatz zu den normalen Betrügern das Risiko von Mordtaten eingehen, bevor der Betrug als eigentliches Ziel offenbart werden könnte. Die Killer leben also vom Betrügen. Das ist ihr auf Dauer und Lukrativität ausgerichtetes Ziel. Nicht das Morden, sondern die Gier bestimmt ihr Handeln. Damit hätten wir – wenn es denn so ist – die Parameter für euren Fall gefunden. Jetzt müsste die Suche nach ähnlichen Fallbeispielen aufgenommen werden. Und die vermutest du im Betrugsdezernat. Habe ich recht, Wolfgang?!«

»Du hast es auf den Punkt gebracht. Wir haben bisher im falschen Heuhaufen gesucht. Ich bin inzwischen sicher, dass wir in deiner Abteilung eruieren müssen, um weiterzukommen. Deshalb habe ich dich hergebeten, um dich um deine Unterstützung zu bitten.«

»Natürlich werde ich euch helfen. Irgendwie ziehen wir ja alle an einem Strang.«

»Das hast du aber schön ausgedrückt«, warf die jüngere Oberkommissarin ein. »Ich hätte den Vorschlag zu machen, alle überprüfbaren Mordfälle, bei denen eine Luger 08 benutzt wurde, zu ermitteln. Dann müssen wir feststellen, ob den Mordtaten ein Betrugsfall zugrunde gelegen hat.«

»Aber das haben wir doch bereits durch unsere Anfrage beim BKA erledigt und eine negative Auskunft erhalten.« Missmutig schaute Hauptkommissar Dietzel auf seine Kollegin.

»Das ist aber nur soweit richtig, dass wir unsere Anfrage auf Mordfälle spezifiziert haben. Wir sollten die Anfrage wiederholen mit dem ausdrücklichen Hinweis auf Benutzung der Waffe in Betrugsfällen.«

»Ich darf darauf hinweisen, wenn die Waffe beim BKA nicht registriert ist, dann deshalb, weil eine Registrierung anhand fehlender Merkmale nicht möglich war. Die Registrierung erfolgt doch nicht aufgrund einer Straftat, sondern nur aufgrund einer nachgewiesenen Waffennummer auf der Waffe. Und die fehlt offensichtlich. Da hilft auch das bekannte Kaliber nicht.«

»Da hast du natürlich recht, Herbert. Tut mir leid, war ein Denkfehler meinerseits.«

»Da siehst du, wie wir uns im Kreis drehen. Wir finden einfach kein echtes Packende.« Hauptkommissar Dietzel sank frustriert in seinen Sessel zurück.

»Dann bleibt es bei meinem Vorschlag, die Betrugsfälle der letzten Jahre nach ähnlichen Parametern wie beim Fall Franzen abzuklopfen. Wir sollten das zunächst auf den Zeitraum der letzten fünf Jahre reduzieren. Ich habe da einen jungen, soeben ernannten und überaus eifrigen Kriminalkommissar zugeteilt bekommen. Sein Name ist Hubert Böck, gerade mal fünfundzwanzig Jahre alt. Den lasse ich sämtliche beim Landeskriminalamt in Nordrhein-Westfalen registrierten unaufgeklärten Betrugsfälle mit tödlichem Ausgang durch unseren Computer scrollen. Wird er dort nicht fündig, wird er die restlichen Landeskriminalämter abfragen. Irgendwo sollte er etwas finden. Dann melde ich mich umgehend. Ich wünsche euch noch frohes Schaffen.«

»Hoffen wir das Beste, denn die Hoffnung stirbt zuletzt!«, sagte Wolfgang Dietzel aufmunternd zu seiner Kollegin. »Kümmern wir uns erst mal um die einfacheren Fälle. Die müssen ja auch erledigt werden.«

Zwei Tage später stand ein überaus optimistisch gestimmter Kowalski in Dietzels Büro. »Du glaubst es nicht, aber der eifrige Böck hat etwas gefunden. Er ist dreimal fündig geworden. In Dortmund, Köln und Essen hat er aus dem LKA-Computer unaufgeklärte Betrugsfälle mit Todesfolge herausgefunden. Der Junge ist wirklich gut. Er hat von sich aus bei den zuständigen Kriminaldezernaten die Akten angefordert, und zwar per Mail.

Wollten die zunächst mal gar nicht gerne, wegen Einscannen und so. Zuviel Arbeit! Aber ein Hinweis auf internationales Interesse wie der Terrorverdacht in Amsterdam haben den Kollegen Beine gemacht. Hier sind die Akten. Ich geh davon aus, dass deine Abteilung sich als erste damit beschäftigen will.«

Hauptkommissar Dietzel nahm erfreut die drei Aktenordner entgegen. »Mensch, Herbert, wie kann ich das wiedergutmachen?!«

»Darauf komme ich bei Gelegenheit zurück. Nun warte erst mal ab, ob dir das in eurem Fall weiterhilft. Halt mich auf dem Laufenden!« Mit einem aufmunternden Nicken verließ er das Büro.

Wolfgang Dietzel rief Oberkommissarin Thönes zu sich. »Wir haben Arbeit bekommen. Soeben war Kowalski hier und hat diese drei Ordner abgegeben. Drei Fälle aus Dortmund, Essen und Köln über unaufgeklärte Betrugsfälle mit tödlichem Ausgang. Interessiert dich das?«

»Um deine – ich denke, rethorische – Frage zu beantworten, das interessiert mich brennend.«

»Dann nimm dir die Akten Essen und Köln vor. Ich selber werde mich mit dem Dortmunder Fall beschäftigen.« Er schob seiner Kollegin die beiden Fälle zu.

Ohne aufzublicken schlug er die Dortmunder Akte auf. Sie war vor fast fünf Jahren angelegt worden über einen Fall, der ein Menschenleben gekostet hatte. Danach wollte ein wohlhabender Dortmunder Geschäftsmann seine Gewerbeimmobilie verkaufen. Zwei ausländische Kaufinteressenten – nach der Akte sollten sie aus dem Nahen Osten stammen – meldeten sich als Käufer. Ein Vorvertrag ohne Notar war in einem Hagener Hotel geschlossen worden. Er befand sich mit drei Unterschriften in der Akte.

Anschließend kehrte der Verkäufer nicht nach Dortmund zu seiner Ehefrau zurück. Er blieb zunächst unauffindbar. Noch am gleichen Abend erstattete seine Frau eine Vermisstenanzeige. Erst drei Tage später wurde der Vermisste erhängt im Wald entdeckt. Die Gerichtsmedizin schloss aufgrund des Obduktionsergebnisses Selbstmord aus. Es war eindeutig Erhängen durch Fremdverschulden. Der oder die Täter wurden nie gefunden. Nach drei Jahren erfolgloser Ermittlungsarbeit landete die Akte bei den unaufgeklärten Mordfällen im Archiv. Zuvor war sie beim Landeskriminalamt in Nordrhein-Westfalen ebenfalls archiviert worden.

Erst die Aussage der Ehefrau machte Dietzel stutzig. Danach habe ihr Ehemann einen Tag vor dem inoffiziellen Abschluss des Kaufvertrages zweihunderttausend Euro in bar vom Gemeinschaftskonto abgehoben. Die waren nie wieder aufgetaucht. Bei einer späteren Aussage der Ehefrau erinnerte sie sich daran, dass ihr Ehemann einmal von einer zu zahlenden Verkäuferprovision gesprochen hatte. Im Vorvertrag stand ein Kaufpreis von 3,2 Millionen Euro.

Dietzel wunderte sich über einen sichergestellten Vorvertrag. Den hätten die Täter normalerweise verschwinden lassen, selbst wenn ihre Unterschriften gefälscht waren. Er beschloss, der Sache nachzugehen. Nach mehrmaligem Verbinden wurde er mit einem Oberkommissar Hansen verbunden, der den Fall damals bearbeitet hatte. Der erinnerte sich noch gut an das frustrierende Ermittlungsergebnis.

»Es hat Tage gedauert, bis wir das Hotel in Hagen ermitteln konnten, in dem der Vorvertrag geschlossen wurde. Und selbst das war mehr oder weniger noch ein Zufall. Die Rezeptionistin hatte beim Abräumen des Konferenztisches, an dem der Vertrag unterschrieben wurde, eine Vertragskopie auf dem Boden entdeckt. Diese hat sie später an die Adresse des Verkäufers geschickt. Die Ehefrau hat sich erst nach der Beerdigung ihres Mannes um die eingegangene Post gekümmert. Danach wurde für uns die Sache durchsichtiger. Offensichtlich war der Verkäufer einem Betrügerpaar in die Hände gefallen, das sein Opfer als Zeugen beseitigt hatte.«

Woher wissen Sie, dass es zwei Täter waren?«, fragte Dietzel nach.

»Wir haben natürlich die Rezeptionistin befragt. Allzuviel konnte sie uns nicht helfen. Die Täter hatten das Treffen telefonisch vorbereitet, per Kreditkarte bezahlt und das Hotel schnell und unauffällig betreten und wieder verlassen. Die Hotelangestellte erinnerte sich, dass die Besucher zu dritt im Wagen abgefahren waren. Zwei der Männer hätten jedenfalls orientalisch ausgesehen, waren aber westlich gekleidet. Einer der beiden war erheblich größer als sein Begleiter. Und die Kreditkarte war natürlich gestohlen«, kam er Dietzels Frage zuvor.

»Habt ihr Phantombilder anfertigen können?«

»Leider nein. Dafür waren die Angaben der Rezeptionistin zu unpräzise. Glauben Sie mir, Herr Kollege, wir haben den Fall gemeinsam mit dem Landeskriminalamt immer wieder recherchiert, und zwar in alle Richtungen.

Der Anruf im Hotel ging von einem Prepaidhandy aus. Der Anrufer war also nicht zu ermitteln. Die Kraftfahrzeugermittlung führte mangels Kennzeichen ins Leere. Die Kreditkarte war, wie gesagt, gestohlen. Eine Täterermittlung blieb erfolglos. Wir konnten noch nicht einmal herausfinden, wie die Verbindung zwischen Opfer und Täter zustande gekommen ist. Wir konnten auch nicht beweisen, dass die Täter die Provision von zweihunderttausend Euro erhalten haben. Diese mordenden Betrüger kamen und gingen wie Phantome. Es tut mir leid, dass wir ihnen nicht weiterhelfen können, aber wir mussten schließlich den Fall als ungelöst zu den Akten legen.«

»Haben Sie trotzdem vielen Dank für Ihre Bemühungen, Herr Kollege.« Dietzel legte ernüchtert den Hörer auf.

Er überlegte, ob es Sinn machte, wenn die jetzt vorhandenen Phantombilder der Rezeptionistin im Hagener Hotel vorgelegt würden. Vielleicht würde sie die Täter von damals darauf erkennen. Immerhin hatte sie sich an unterschiedliche Körpergrößen erinnert. Aber was wäre damit gewonnen? Selbst wenn es die gleichen Täter wären, könnten sie nichts beweisen. Trotzdem beschloss er, den Kollegen in Dortmund die Phantombilder zu schicken. Vielleicht würde die Rezeptionistin sich erinnern. Jede Verbindung zu den Tätern würde am Ende die Verbrechensstrukturen ihrer Vorgehensweise sichtbar werden lassen.

Als Erike Thönes eine halbe Stunde später Dietzels

Büro betrat, leuchteten ihre Augen. »Ich habe eine Spur gefunden. In den Kölner Akten aus dem Jahre 2010 wird eine Luger 08 als Mordwaffe erwähnt, und zwar ermittelt durch ein Projektil, das im Körper des Opfers steckengeblieben ist. Übrigens ein tödlicher Herzschuss.«

Die Oberkommissarin hatte jetzt die volle Aufmerksamkeit ihres Vorgesetzten.

»Und weiter steht in dem Bericht, dass dem Mord ein schwerer Betrugsfall vorausging. Wieder waren es zwei Täter mit orientalischem Aussehen, die nach der Abwicklung eines Kreditgeschäftes den deutschen Kreditnehmer noch in der Hotelgarage erschossen haben. Die Leiche wurde bereits kurz nach der Tat entdeckt. Die Mörder hat man bis heute nicht gefasst. Vor einem Jahr wurde die Akte zu den ungelösten Fällen gelegt.«

»Hat man etwas über die Täter herausgefunden?«

»Offensichtlich nichts Ermittlungsrelevantes. Die Reservierung eines Konferenzzimmers im Intercity-Hotel war durch das Opfer selbst erfolgt und im Voraus bezahlt worden. Die beiden Täter wurden beim Betreten des Hotels nur flüchtig von einer Aushilfe bemerkt, die für die kurzfristig abwesende Rezeptionistin den Empfang im Auge behielt. Zudem war sie in ein ankommendes Telefonat vertieft. Jedenfalls konnte sie die zwei Männer nur unzureichend beschreiben. Allerdings wäre einer der Besucher sehr groß gewesen. Die drei Besucher müssen das Hotel unbemerkt über das Treppenhaus zur Tiefgaage verlassen haben. Die Uhrzeit konnte nicht ermittelt werden.«

»Ist in den Akten etwas über Fingerabdrücke an Tassen oder Gläsern, die im Konferenzraum benutzt wurden, erwähnt?«

»Glatte Fehlanzeige, wie in den anderen Fällen auch. Das Geschirr war längst abgeräumt und in der Spülküche gelandet. Da hatte die Spurensicherung keine Chance. Und die Tatwaffe muss mit großer Wahrscheinlichkeit einen aufgesetzten Schalldämpfer gehabt haben, da sich kein Ohrenzeuge gemeldet hatte.«

»Woher weiß man von einem Kreditgeschäft? Gab es dafür irgendwelche Zeugen?«

»Nur indirekt. Der befragte Bürovorsteher des Opfers wusste, dass sein Chef aus Liquiditätsgründen ein Kreditgeschäft über zwei Millionen Euro abschließen wollte. Mit wem und zu welchen Konditionen wusste er nicht.

Interessant ist noch, dass weitere Ermittlungen ergaben, dass vom Opfer einen Tag vor seinem Tod zweihunderttausend Euro in bar von seiner Bank abgeholt wurden. Dieses Geld ist nie wieder aufgetaucht. Nur deshalb gingen die Kölner Kollegen von einem Betrugsdelikt aus. In meinen Augen eine Hypothese, da keine belegbaren Beweise vorliegen. Wie siehst du das, Wolfgang?«

Dietzel seufzte. »Leider hast du recht. In dem Dortmunder Fall ist es nicht anders. Täter gibt es, aber keine Zeugen. Und wenn es sie gab, starben sie eines gewaltsamen Todes. Das finde ich allmählich zum Kotzen!«, ließ Dietzel seinem Adrenalinandrang freien Lauf.

Selten hatte die Oberkommissarin ihren Chef so frustriert erlebt. »Wenn du einverstanden bist, gehe ich die dritte Akte aus Essen durch. Vielleicht findet sich dort ein Hinweis.«

Wortlos nickte Dietzel. »Wir sprechen morgen darüber, wenn du sie bis dahin durch hast. Ich verlasse heute das Büro früher. Viel Glück!«, fügte er müde lächelnd hinzu.

Jetzt haben wir nicht mehr über die Tatwaffe gesprochen, dachte Thönes. Aber das kann man ja morgen nachholen. Ihre erste Begeisterung über die zweite Erwähnung einer Luger 08 als Tatwaffe hatte sich ohnehin gelegt. Es konnte allenfalls als Muster für das Vorgehen der Täter dienen.

Wieder in ihrem Büro, schlug sie die neue Ermittlungsakte auf. Der Stempel »Ungelöste Fälle« sprang ihr ins Auge. Gerade ein Jahr lag die Akte im Archiv. Schon die ersten Seiten deuteten auf das bekannte Muster hin. »Bekannter Essener Unternehmer von Unbekannten erschossen«, titelte die WAZ, wie sie der Kopie des eingehefteten Zeitungsartikels entnehmen konnte. Auch dieses Opfer war in ein größeres Hotel zur Abwicklung eines Immobiliengeschäfts gelockt worden. Später war es in seinem eigenen Wagen entdeckt worden, getötet durch einen aufgesetzten Genickschuss.

Die Kugel entdeckte die Spurensicherung im Armaturenbrett. Als Tatwaffe kam eine Luger 08 in Frage. Ein von der Bank ausgezahlter Barbetrag in Höhe von dreihunderttausend Euro blieb verschwunden. Besonders tragisch an diesem Fall war, dass das Opfer eine Ehefrau mit drei Kindern hinterließ. Wieder keine Zeugen, keine Fingerabdrücke, keine Phantomzeichnungen. Nur vage Personenbeschreibungen, die von südländischem Aussehen und einem sehr großen Täter sprachen. Eine Tatwaffe, die keiner Person zugeordnet werden konnte, da sie nirgends registriert worden war, da müsste man schon den Mörder auf frischer Tat erwischen.

Und dann stieß Erika doch auf etwas Neues. Die auszahlende Bank hatte die Nummern der Banknoten notiert, und zwar auf ausdrücklichen Wunsch des Opfers, als wäre der Unternehmer irgendwie misstrauisch geworden. Gerettet hatte ihn das allerdings nicht, denn er war den Betrügern trotzdem auf den Leim gegangen. Sicher hatte er nicht mit Betrügern als potentiellen Mördern gerechnet. Vermutlich wollte er im eigenen Wagen mit den Geschäftspartnern zum Notartermin fahren. An Letzteres hatte sich später die verzweifelte Ehefrau erinnert.

»Was sind das bloß für Bestien, die mit gnadenloser Brutalität Menschen umbringen, nachdem sie durch einen gelungenen Betrug an ihre Beute gelangt sind?! Würden sie nicht derart raffiniert ihre Verbrechen inszenieren, müsste man sie für Psychopathen halten. Selbst wenn das Opfer durch Dummheit und Gier am Betrug mitschuldig war, so waren die vermutlich präventiven Mordtaten durch nichts zu rechtfertigen.«

Erika fiel eine Äußerung des französischen Schriftstellers Stendhal aus dessen Roman ROT UND SCHWARZ ein: »Wer die Menschen kennt, der liebt die Tiere.« Sie las weiter in der Polizeiakte und in der ergänzenden Akte des Landeskriminalamtes, welche die Essener Kollegen zu übergeordneten Ermittlungen hinzugezogen hatten. Sämtliche Banken und Polizeidienststellen in Deutschland hatten daraufhin die Registriernummern der sechshundert 500-Euro-Scheine digitalisiert vorliegen. Jeder eingehende 500-Euro-Schein konnte in Sekunden überprüft werden. Erika schüttelte den Kopf, als sie las, dass selbst nach zwei Jahren nicht einmal ein einziger der registrierten Scheine aufgetaucht war. Entweder hatten die Täter zuviel Geld, oder sie hatten den Hinweis im Zeitungsbericht gelesen.

Als sie die Seite umblätterte, gab es doch noch etwas

Neues. Erst drei Jahre nach dem Betrug und Mord an dem Essener Unternehmer tauchten zwei der registrierten 500-Euro-Scheine auf.

Ein Hamburger Familienvater und beamteter Schuldirektor war von einer Floridareise mit seiner Familie zurückgekehrt. Die Rückkehr nach Deutschland musste er wegen Erkrankung eines Kindes vorzeitig antreten. Da er für den länger geplanten Urlaub zuviel Euro in Dollar gewechselt hatte, nahm er in Key West einen Rückwechsel vor. In einer Filiale der Wells Fargo Bank erhielt er neben kleineren Scheinen zwei 500-Euro-Noten, als er seine Restdollar umtauschte. Die Registrierung gesuchter Banknoten war beschränkt auf den europäischen Raum.

Der Schuldirektor fiel bei seiner Hausbank prompt auf, als er die Scheine auf sein Konto einzahlte. Die Beamten eines Streifenwagens holten den erschrockenen und völlig ahnungslosen Familienvater aus der Bank zur Vernehmung auf der Wache ab. Aus den Akten ging hervor, dass die herbeigerufene Kripo drei Stunden brauchte, bis sie die Herkunft der Scheine aufklären konnte.

Aufgeregt schlug Erika die nächsten Seiten auf. Endlich schien sich eine Spur zu ergeben. Offensichtlich hatten die Mörder eine Spur hinterlassen, die bis in die USA führte. Beim Weiterlesen der Akte wurde ihr Gesicht immer länger. Die Essener Kripo und das Landeskriminalamt hatten diese Spur zwar weiter verfolgt, indem sie das Morddezernat für Südflorida in Miami um Hilfe baten. Nach mehreren Monaten war jedoch ein lapidarer Bericht eingetroffen, demzufolge die Wells Fargo Bank den Einzahler der in Deutschland registrierten Banknoten nicht ermitteln konnte. Weitere 500-Euro-Scheine wären nicht mehr eingegangen, so dass vom Sheriff-Office in Key West der Vorgang als nicht ermittelbar zurückgeschickt wurde.

Die Einschaltung von Interpol wäre nur möglich gewesen bei Vorliegen von Phantomzeichnungen der gesuchten Täter. Aber die gab es damals noch nicht. Ohne weitere Ergebnisse war der Vorgang bei den unerledigten Fällen gelandet.

Die Besprechung am folgenden Morgen fand in Dietzels Büro statt. Er hatte Franz Kowalski hinzugezogen. Sie informierten den Leiter des Betrugsdezernats über die Ergebnisse der Kollegen aus Dortmund, Köln und Essen. Kowalski hörte aufmerksam zu. Als Erika aus der Essener Akte berichtete, hakte er ein.

»Hast du mit den Essener Kollegen Kontakt aufgenommen?«

»Noch nicht, Franz. Ich wollte erst deine und Wolfgangs Meinung hören.«

»Also, das Auftauchen der registrierten Euroscheine in Key West, dem südlichsten Zipfel der USA, finde ich zunächst mal aufschlussreich. Das kann darauf hinweisen, dass unsere Täter sogar international aktiv sind. Möglicherweise handelt es sich nicht nur um zwei Personen, sondern um eine regelrechte Bandenbildung. Möglicherweise geht es nicht nur um Mord und Betrug, sondern es kommt noch Geldwäsche hinzu.«

»Es kann aber auch sein«, warf Wolfgang Dietzel ein, »dass die Mörder einen Urlaub im Süden Floridas verbrachten und dabei einige Euros in Dollars umgewechselt haben. So wie später der Hamburger Schuldirektor, nur mit umgekehrtem Rubrum.

Auf ein bandenmäßiges Verbrechen gibt es bisher keinerlei Hinweise. Das gilt auch für die übrigen bisher bekannten Fälle. Ich kann mir allerdings vorstellen, dass es noch eine Reihe weiterer Fälle in Deutschland oder Europa gibt, die ins gleiche Muster gehören. Die sind nur nicht länderübergreifend bekannt geworden. Man hat sie unter Betrug oder Mord ermittelt. Tatsächlich haben wir es mit Serientätern zu tun, die sowohl ins Betrugs- wie ins Mordschema passen. Die bisherigen Ermittlungen nach den Tätern verfolgten vordergründig die Mordspur und vernachlässigten den Betrugsfall.

Frustrierend ist nur, dass keine der Spuren zu einem Ergebnis führte. Wenn es so weitergeht, fürchte ich, dass es uns bald ebenso ergehen wird.«

»Das würde bedeuten, dass die Mörder weiterhin betrügen und töten, bis sie vielleicht irgendwann ihre Gier befriedigt haben. Das kann es doch nicht sein! Warum ermitteln wir nicht selber mit Hilfe unserer Phantombilder in Florida? Die müsste man in jeder Bank und Kneipe in Key West herumreichen. Möglicherweise lassen sich die Täter so identifizieren.«

Die beiden Hauptkommissare schauten ihre Kollegin entgeistert an. Franz Kowalski grinste. »Du solltest eigentlich wissen, dass unsere Arbeit auch unter dem gewissen Kosten-Nutzen-Prinzip steht. Schlag deine Idee mal unserem Oberrat Dr. Krüger vor! Der wird deine Vorstellung von einer Ermittlungsreise nach Florida als indiskutabel zurückweisen, womöglich an deinem Geisteszustand zweifeln. Darüberhinaus müsstest du deine weitere Beförderung auf ungewisse Zeit hinaus vergessen. Das solltest du also ganz schnell abhaken.

Ich schlage vor, wir gehen den Ochsenweg. Was anderes bleibt uns nach meiner Meinung ohnehin nicht übrig. Wir fragen bei sämtlichen Landeskriminalämtern und dem Bundeskriminalamt an, ob weitere Fälle unter unserem Tätermuster bekannt sind. Wir sollten dabei unbedingt den Verdacht auf Serientäter erwähnen. Das wird Bundeskriminalamt und Landeskriminalamt die Profilsuche erleichtern. Die Ergebnisse unserer Anfrage müssen wir dann abwarten und aufs Beste hoffen.«

»Ich stimme dir zu«, erhob sich Wolfgang Dietzel. »Das ist im Moment der einzig gangbare Weg. Machen wir uns an die Arbeit!«

18

Alfons Rodenthal saß entspannt im luxuriösen Besucherzimmer seines Auftraggebers Thomas Wedel. Die Chefsekretärin des millionenschweren Unternehmers hatte dem Besucher im eleganten Outfit Kaffee und Gebäck auf den imposanten Couchtisch gestellt, wobei die herrliche Onyxtischplatte dessen besondere Aufmerksamkeit fand. Es könne noch ein paar Minuten dauern, bis Herr Wedel sein Telefonat beendet habe.

Der Finanzmakler hatte sich tief in einen der noblen Oxfordledersessel sinken lassen. Wirklich alles vom Feinsten, dachte er und wunderte sich immer noch, dass ein Unternehmer dieses Kalibers den Weg zu ihm gefunden hatte. Zum Glück wusste Wedel nicht, dass er seit zwei Jahren rote Zahlen schrieb. Die hatte er in seinen Jahresbilanzen ein wenig manipulieren müssen. Wofür war er schließlich im früheren Leben Steuerberater gewesen – wenn auch nur mit mäßigem Erfolg!

Die schwere Mahagonitür öffnete sich, und Thomas Wedel kam herein. »Behalten Sie Platz, Herr Rodenthal«, beschied er den servil aufspringenden Besucher. »Sie haben also vor acht Tagen mit den arabischen Finanzinvestoren verhandelt. Was für Leute sind das, und vor allem, sind sie vertrauenswürdig? Wir wollen ja keine Zeit mit unseriösen Partnern vergeuden. Dafür ist unsere Zeit zu kostbar.«

»Da kann ich Sie beruhigen, Herr Wedel. Beide Gesprächspartner in Frankfurt sind Vertreter der ARABES BANK, einer Großbank in Saudi-Arabien. Die Zentrale befindet sich in der Hauptstadt Riad. Herr Kasim al-Waschid ist Finanzdirektor für Finanzierungen im europäischen Ausland. Sein Assistent ist Herr Hadi Samad. Beide Herren machten einen kompetenten und äußerst seriösen Eindruck. Vor allem wirkten sie sehr vertrauenswürdig. Offen gestanden säße ich nicht hier, wenn es anders gewesen wäre. Ich versichere Ihnen, dass wir Geldgeber aus dem nichteuropäischen Ausland besonders intensiv überprüfen, bevor wir sie unseren Klienten empfehlen. In diesem Fall kann ich guten Gewissens eine Empfehlung aussprechen.«

»Das ist bei einem Invest von einhundert Millionen auch eine Mindestvoraussetzung. Schließlich hängt ja auch Ihre Provision vom Zustandekommen des Geschäftes ab. Wie haben Sie denn die Seriosität der Herren konkret überprüft?«

»Ich habe natürlich bei der ARABES BANK in Riad wie auch in der Filiale in Marbella angerufen. Die Telefonkontakte waren Bestandteil der mir überreichten Visitenkarten, wie auch auf den offiziellen Briefkopfbögen ersehbar. Über beide Telefonnummern habe ich mich mit dem Finanzdirektor, Herrn Kasim al-Waschid, verbinden lassen. Er war jedes Mal in der Bank zu erreichen. Einmal wurde ich von der Filiale in Marbella nach Riad weiterverbunden. Später habe ich auf gleiche Weise seine Durchwahl gecheckt. Wenn nicht besetzt war, kam ich jedes Mal durch. Dann habe ich in einer Mail an die aufgeführte Mail-Adresse in Riad und Marbella das Gespräch in Frankfurt bestätigt. Beide Mails gingen raus und wurden zeitnah beantwortet.

Heute Morgen kam von dem Finanzdirektor und einem saudischen Prinzen, der im Vorstand der Bank residiert, eine neue Mail aus Riad. Danach hat die erste Vorprüfung der *Due Diligence* des norddeutschen Bierkonzerns ein positives Ergebnis gebracht. Man avisiert mir das endgültige Ergebnis, verbunden mit einer definitiven Finanzierungszusage in etwa einer Woche.«

Herr Rodenthal strahlte vor Stolz.

»Ich habe dann telefonisch mit der Filiale in Marbella gesprochen, wo ich Herrn Kasim al-Waschid erreichen konnte. Er hat mir auf meine diskrete Nachfrage vertraulich versichert, dass er es nach einer ersten positiven *Due-Diligence*-Stellungnahme noch nie erlebt habe, dass ein Kreditantrag gescheitert sei.«

Jetzt lächelte auch Thomas Wedel. »Das hört sich fast schon so an, als müsse ich Ihnen und mir gratulieren. Diese Saudis scheinen wirklich im Geld zu schwimmen. Ist wohl auch der einzige Sport, den sie betreiben.«

Der Unternehmer grinste übers ganze Gesicht. Rodenthal lächelte pflichtschuldig mit. Eigentlich kannte er den blöden Witz schon im Schlaf.

Rodenthal räusperte sich diskret. »Da gibt es noch eine Besonderheit bei den Kreditkonditionen, die ich Ihnen nicht verschweigen darf. Zins- und Tilgung entsprechen nahezu den Leistungskonditionen einer deutschen Großbank. Die Saudis verlangen darüber hinaus eine Avalprovision in Höhe von 2,5 Prozent der Kreditsumme. Darüber war auch nicht zu verhandeln, was ich natürlich versucht habe. Ich darf hinzufügen, dass solche Provisionen teilweise auch von europäischen Banken als sogenanntes Disagio verlangt werden. Die Höhe ist allerdings in den meisten Fällen verhandelbar.«

»Ich ahnte doch, dass es noch eine Kröte zu schlucken gibt«, brummte Wedel, ohne seine gute Laune zu verlieren. »Aber was soll's, die Hauptsache ist ja die Kreditsumme von einhundert Millionen Euro, die mir meine Hausbank für diesen Deal verweigert hat. Ich denke mal, das wird ihnen noch leidtun.« Der Unternehmer schien ein wenig rachsüchtig zu sein.

Es klopfte an die Bürotür. An der Sekretärin schoben sich zwei Herren vorbei.

»Na, da sind Sie ja endlich, meine Herren. Eigentlich sind wir schon am Ende unseres Gespräches.«

Thomas Wedel stellte seinen Justitiar Dr. Berger sowie den Finanzdirektor seines Unternehmens, Herrn Semmerling, vor.

Bevor diese Platz nahmen, entschuldigten sie wortreich ihre Verspätung mit tausend Erklärungen über einen Verkehrsunfall, der ihr Eintreffen im Büro solange verzögert habe.

»Schon gut, meine Herren. Herr Rodenthal wird so freundlich sein, Sie noch einmal über die Einzelheiten zu informieren.«

Er schaute dabei den Finanzmakler an, der eilfertig zustimmte. »Das ist wirklich kein Problem. Die Zeit habe ich mitgebracht.«

In kurzen Sätzen erklärte Rodenthal die wesentlichen Punkte des vorgesehenen Deals mit den Saudis. Immer wieder betonte er die Seriosität seiner Verhandlungspartner. Er wies darauf hin, dass die ARABES BANK in Riad mit ihren europäischen Filialen laut Internetauskunft zu den größten Geschäftsbanken im arabischen Raum zähle. Mehrmals habe er mit der Bank in Riad wie auch in Marbella telefoniert. Anschließend berichtete er vom positiven Ergebnis der ersten *Due-Diligence*-Prüfung sowie dem äußerst erfreulichen Telefonat mit Finanzdirektor Kasim al-Waschid.

Der überschlanke Justitiar Dr. Berger, ein weißhaariger, älterer Herr mit klugen Augen, unterbrach. »Haben Sie über diese Vorentscheidung etwas Schriftliches?«

»Das habe ich in der Tat. Hier ist die Mail von heute Morgen, auf die sich mein Telefonat bezog, Gezeichnet ist sie vom Finanzdirektor und einem Mitglied des Vorstands.« Er reichte Dr. Berger das Papier.

Der las und prüfte die Mail sorgfältig. »Ich kann daran nichts Auffälliges finden, außer dass hier noch keine definitive Kreditzusage erfolgt ist.«

Er reichte das Papier an Finanzdirektor Semmerling weiter, einem subalternen Typ mit schmalem kahlen Pferdeschädel. Der las ebenfalls sorgfältig den Inhalt und gab das Papier Rodenthal zurück. »Wenn der Inhalt mit Ihrem Telefonat korreliert, dann ist tatsächlich mit einer endgültigen Kreditzusage zu rechnen – natürlich mit allem Vorbehalt.«

»Ich war noch nicht ganz fertig, meine Herren«, fuhr Rodenthal fort. »Sie sollten wissen, dass die ARABES BANK bei ausländischen Partnern eine Avalprovision von 2,5 Prozent der Darlehenssumme berechnet. Die sollen in Vorkasse gezahlt werden.«

Dr. Berger meldete sich. »Eine Avalprovision als Vorkasse zu leisten, halte ich für bedenklich. Dieses sogenannte Disagio ist bei solchen Summen nicht ungewöhnlich, wobei man über die Höhe streiten kann, aber für einen noch nicht ausgezahlten Kredit eine finanzielle Vorleistung zu erbringen« – er schüttelte bedenklich den Kopf –, »davon rate ich unbedingt ab.«

»Was sagen Sie dazu, Herr Semmerling?«

Semmerling hatte die plötzlich auftretenden Wolken auf der Stirn seines Arbeitgebers bemerkt. »Nun ja, im Prinzip haben sie recht, Herr Dr. Berger. Diese Finanzierung über die enorme Summe von einhundert Millionen Euro muss vielleicht unter dem Aspekt des finalen Ergebnisses gesehen werden. Nicht zu vergessen die eigene Interessenslage. Schließlich handelt es sich noch um ausländische Kreditgeber, die nach ihren systemimmanenten Statuten verfahren.

Ich möchte es mal vorsichtig ausdrücken. Nach orientalischen Regeln ist in diesem Kulturraum eine Bakschischzahlung nicht unüblich. Ohne dass ich das gutheißen möchte.

Wir kennen das ja auch aus Geschäften mit türkischen Partnern. Die erwartete Zahlung eines Bakschisch – in Südamerika heißt es *mordida* – macht in den meisten Fällen ein Geschäft erst möglich.« Thomas Wedel lächelte wieder, was sein Finanzdirektor aufatmend registrierte.

Auch Makler Rodenthal, der bei Dr. Bergers Kommentar einen trockenen Hals bekommen hatte, nickte nachhaltig.

Dr. Berger insistierte jedoch weiter. »Wie soll denn solch eine Vorableistung des Kreditnehmers formal geregelt werden? Kein Unternehmer gibt sein Geld in fremde Hände, ohne dass eine juristische Absicherung erfolgt. Als Justitiar dieses Hauses muss ich auf solchen Präluminarien ohne Abstriche bestehen!«

Finanzmakler Rodenthal war jetzt gefordert. Er wusste plötzlich, wen er überzeugen musste. Dieser Dr. Berger schien eine harte Nuss zu sein, die nicht so einfach zu knacken war.

»Aber selbstverständlich soll und muss die Transaktion juristisch abgesichert sein. Die Bank wird genauso wenig irgendetwas bezahlen wie Sie, Herr Wedel, ohne dass die Verträge zuvor notariell beglaubigt wurden. Dafür steht ein spanisches Notariat in Marbella bereit. Der beauftragte Notar wird den Kreditvertrag über einhundert Millionen Euro unterzeichnen und siegeln und ebenso die Belastung des Grundbuches mit der Darlehenssumme vornehmen. Nach Unterzeichnung der Verträge durch beide Vertragsparteien und den Notar wird die Bank die Auszahlung vornehmen. Die Grundbuchauszüge werden vom Notar zuvor elektronisch eingesehen beziehungsweise kopiert und als Anlage am Vertrag angeheftet. Das ist im europäischen Spanien nicht anders als in Deutschland.«

Dr. Berger blieb hartnäckig. »Den Kreditverträgen kann ich unter diesen Prämissen zustimmen. Ich habe allerdings noch nicht gehört, wie die sogenannte Avalprovision von immerhin 2,5 Millionen Euro abgesichert ist und wie sie ausgezahlt wird.«

Jetzt kam Alfons Rodenthal ins Schwitzen. In Gedanken an seine eigene fest eingeplante Provision beschloss er, dieses Prozedere ein wenig zu schönen, und entschied sich für die einfache Wahrheit.

»Die Vertreter der Bank erwarten eine Barauszahlung der Avalprovision. Diese wird vom Notar nicht bestätigt. Das Geld wird aber im Notarbüro übergeben, und zwar erst nach Unterzeichnung der Darlehensverträge. Damit ist die Bank im Obligo über einhundert Millionen Euro zugunsten Herrn Wedels. Und da der Vertrag im europäischen Spanien unterschrieben wird, unterliegt er europäischem Recht. Anders wäre es vermutlich, wenn der Vertrag in Riad unterschrieben würde. Ich kann da keine Sicherheitslücken entdecken.«

Unternehmer Wedel und Finanzdirektor Semmerling nickten zustimmend. Der eine, weil ihn die Gier nach seinem Brauereikonzern trieb. Der andere, weil er das Wohlwollen seines Chefs nicht strapazieren wollte. Mit Ehefrau und zwei Kindern brauchte er den Job. Und letztendlich waren Rodenthals Ausführungen nachvollziehbar.

»Trotzdem frage ich nochmals nach, Herr Rodenthal. Warum kann der Notar die Barauszahlung an die Bankvertreter nicht notariell bestätigen?«

»Ich sagte es schon, weil diese es so wollen, aus was für Gründen auch immer.« Er beschloss, aufs Ganze zu gehen. »Natürlich kann Herr Wedel auf Ihrer Forderung bestehen. Das würde aber den Verzicht auf den einhundert Millionen Kredit bedeuten. Das haben mir die Bänker klar zu verstehen gegeben. Dafür liegt dann die Verantwortung bei Ihnen beziehungsweise der Entscheidung Herrn Wedels. Ich würde dann fairerweise die Bank in Marbella anrufen, um Ihre Ablehnung des Kreditgeschäftes mitzuteilen, bevor die sich noch mehr unnütze Arbeit machen.« Bei diesen Worten blickte er seinen Auftraggeber unverwandt an.

»Nun mal nicht so voreilig, Herr Rodenthal!«, blaffte dieser ihn an. »Hier entscheide immer noch ich, und ich habe mich für die Annahme des Kreditangebotes entschieden. Ich denke, Herr Berger wird meine Entscheidung mittragen. Darüber hinaus werden sie mich zu dem Geschäft nach Marbella begleiten und die Richtigkeit der Verträge kontrollieren.«

Dr. Berger nickte widerstrebend und etwas unwillig.

19

»Das hat echt gut getan. Ich habe gar nicht gewusst, wie sehr ich das Training vermisst habe. Du bist besser in Form als ich, aber das wird sich jetzt ändern!« Freundschaftlich schlug Norbert auf Gunnars Schulter, als sie nach zwei Stunden Karate-Training und anschließendem Duschen aufgedreht den Samurai-Club verließen. Auch die anderen Sportkameraden hatten Norbert mit kräftigem Händeschütteln begrüßt. Am Schluss des Training war es so, als wäre Norbert nie weggewesen.

»Was hältst du von einem Bierchen im Tuffi?«, fragte Norbert. »Ich könnte dir dabei Neues über deinen Fall berichten.«

»Dann spendiere ich ein zweites Bierchen«, stimmte Gunnar zu. »Meiner Dori habe ich ohnehin gesagt, dass es später werden kann.«

Kurz darauf saßen sie im Tuffi. Sogar ihre Nische war noch frei. »Dann spann mich nicht länger auf die Folter. Ich bin echt neugierig.«

Norbert wischte sich genüßlich die Schaumreste des ersten Bierchens von den Lippen. »Wie ich schon erwähnte, habe ich noch gute Kontakte ins Präsidium. Mit einer ehemaligen Kollegin – Oberkommissarin in der Mordkommission, so wie ich früher – bin ich seit Jahren befreundet. Wir haben uns nicht nur bei der gemeinsamen Arbeit gut verstanden. Mit schöner Unregelmäßigkeit gehen wir zusammen aus und bleiben auch danach noch zusammen. Wenn die irren Arbeitszeiten nicht gewesen wären, hätten wir vermutlich bereits geheiratet. Aber was nicht ist, kann ja noch werden«, scherzte Norbert. »Allerdings ist die Situation durch meinen Jobwechsel für uns nicht einfacher geworden.«

Gunnar nickte verständnisvoll.

»Ich habe Erika beim letzten Date nach den Ermittlungen im Fall ›Franzen‹ gefragt und nicht verschwiegen, dass wir befreundet sind. Danach können wir das mit der Luger 08 vergessen. Diese Waffe ist nirgends registriert und damit nicht zu ermitteln, obwohl damit zwei Morde in Köln und Essen begangen wurden. Diese Spur ist leider eiskalt. Immerhin haben die Wuppertaler Ermittler beim Vergleich mit dem Essener Fall ein gleiches Muster wie in deinem Fall erkannt, was zur Zeit aber auch nicht weiterhilft.

Eine weitere Spur ist da viel interessanter. Die Mörder haben doch auch in deinem Fall in Amsterdam den Betrug mit 500-Euro-Scheinen durchgeführt. Zumindest die in deinem Koffer waren echt.«

»Na ja, sie selber hatten in ihrem Koffer ebenfalls echte Scheine, wie ich mich selbst überzeugt habe. Erst danach waren sie irgendwie in Muster ohne Wert getauscht worden.«

»Ist jetzt nicht so wichtig, Jedenfalls sind nach dem weiteren Betrug in Essen mit anschließendem Mord registrierte 500-Euro-Scheine aufgetaucht. Das Opfer hatte sie vor Abhebung von der Bank registrieren lassen. Du wirst nicht erraten, wo die Scheine in den Geldverkehr eingeschleust wurden.«

Gunnar schüttelte den Kopf.

»Ein Hamburger Schuldirektor hat sie beim Umtausch überzähliger Dollars in Euro von einer Bank in Key West erhalten. Erst beim Einzahlen in seiner Hamburger Bank fiel er mit den registrierten Scheinen auf.«

»Sag mal, dieses Key West liegt doch am Südzipfel Floridas? Wie sind die Scheine dorthin gekommen?«

»Wenn wir das Rätsel lösen könnten, hätten wir eine erste heiße Spur.«

»Dann muss die Kripo oder das LKA, von mir aus auch das BKA, nach Florida fliegen und in Key West nach den Einzahlern des Geldes suchen«, sagte Gunnar aufgeregt.

Norbert lächelte bedauernd. »Dem steht leider die Kostenfrage im Wege. Selbst den Häuptlingen im Amt sind für solche Ausgaben die Hände gebunden. Anders sähe es höchstens bei einem Terroranschlag aus. Da bildet die Öffentlichkeit das nötige Druckpotential.«

Gunnar wurde nachdenklich. »Dann wäre das doch ein Fall für deine Privatdetektei?«

»Diese Frage hatte ich schon befürchtet. Vermutlich denkst du dabei an mich?« Gunnar nickte.

»Bevor wir in diese Richtung denken, sollten wir die Chancen und Risiken einer solchen fast weltweiten Ermittlung abwägen – von den Kosten ganz zu schweigen.«

»An die Kosten denke ich zuallerletzt, wenn überhaupt. Schließlich sind die Sicherheit meiner Familie und mein eigenes Leben jeden Einsatz wert«, empörte Gunnar sich.

»Beruhige dich, in dem Punkt hast du natürlich recht. Ich gehe auch davon aus, dass du die wirtschaftliche Belastung tragen kannst. Sprechen wir zuerst über die Chancen eines möglichen Ermittlungserfolges. Immerhin sind die Scheine vor über einem Jahr aufgetaucht. Danach sind keine weiteren der registrierten 500-Euro-Scheine entdeckt worden. Ein reiner Zufall ist nicht unwahrscheinlich.«

»Oder auch nicht. Ich schlage mich täglich zwangsläufig mit dem Thema herum. Nicht zuletzt wegen des fortgesetzten Polizeischutzes. Bin überhaupt neugierig, wie lange die das noch durchhalten. Ist ja auch nicht gerade billig, dieser Tag- und Nachteinsatz. Meine Gedanken kehren immer wieder zu der Frage zurück, ob die mordenden Betrüger nicht irgendwo einen festen Wohnsitz, gewissermaßen ein verstecktes Nest haben, in das sie zwischen den einzelnen Mordtaten zurückkehren können. In einen stillen, aber trotzdem unterhaltsamen Rückzugsort.«

»Du denkst jetzt, das könnte Key West in Florida sein?«

»Warum nicht? Eine erste belegbare Spur wurde doch genau dort gefunden. Oder?«

»Ich muss sagen, du bist ganz schön nachhaltig. Aber bevor wir uns da womöglich in etwas verrennen, sollten wir beide noch eine Nacht darüber schlafen. Ist das okay?«

»Einverstanden, Norbert. Trotzdem danke ich dir, dass du mir davon erzählt und meine Hoffnung nicht sofort zerstört hast, denn die stirbt schließlich erst zuletzt!«

Gunnar zückte seine Brieftasche und rief den Kellner. Als er einen Geldschein herauszog, fiel ein kleiner Zettel mit heraus und auf den Boden. Norbert hatte sich spontan danach gebückt. »Was ist das? Ein Zettel mit einer Handynummer?« Er hatte ein wölfisches Grinsen aufgesetzt.

»Also bestimmt nicht das, was du denkst! Gib den Zettel mal her.« Er zog die Augenbrauen hoch, und plötzlich weiteten sich seine Augen. »Der Zettel ist aus dem Best-Western-Hotel in Amsterdam. Hier steht es ja. Und die Handy-Nummer hatte sich die Rezeptionistin von dem

Anrufer geben lassen, als der den Konferenzraum im Hotel für unsere Geschäftstransaktion reserviert hat. Dann ist das vermutlich die Nummer eines der Mörder. Wie konnte ich das nur vergessen?«, schlug sich Gunnar an die Stirn.

Jetzt hatte er Norberts volle Aufmerksamkeit. »Wir sollten uns wieder setzen. Dann wissen wir sehr schnell, ob es eine direkte Spur gibt. Gib mir mal den Zettel mit der Nummer!«

Er holte sein Handy aus der Tasche und wählte. Auch nach mehrmaligem Versuch meldete sich keiner. Die Leitung blieb stumm. »Die Nummer kannst du vergessen. Die ist längst abgemeldet. Ich möchte wetten, dass sie zu einem Prepaidhandy gehört, einem sogenannten Wegwerf-Handy. Soviel Intelligenz muss man den Gangstern schon unterstellen. Trotzdem gibt es Möglichkeiten, Abhören und Orten einer Person zu ermöglichen, wenn die Handynummer des Betroffenen bekannt ist.«

»Das ist mir neu«, gestand Gunnar.

»Das wird den meisten Handybesitzern so ergehen. Sie sehen nur die Vorteile ihres Mobiltelefons, indem sie damit telefonieren, SMS senden, fotografieren, navigieren und vieles mehr. Andererseits ist bereits mit dem Abschluss des Handyvertrages der Datentransfer in beide Richtungen möglich. Die Registrierung der Adresse, persönlicher Daten und der Kontoverbindung ist Pflicht. Man wird auf diese Weise, wenn du so willst, Mitglied des Überwachungsstaates.

Es ist fortan jede Kommunikations- oder Standortbestimmung möglich. Nicht nur für Behörden, sondern auch für Kriminelle. Das Letztere ist natürlich ein nicht vermeidbarer Kollateralschaden. Das Erste ist dafür unbedingtes Ziel von Sicherheitsbehörden, auch der Polizei. Allein im letzten Jahr wurden von mehreren tausend Behördenmitarbeitern über zwanzig Millionen Bestandsdaten abgerufen.«

»Das ist erschreckend und erinnert mich an den Orwellschen Überwachungsstaat. Da sah und hörte der Große Bruder auch alles mit«, kommentierte Gunnar.

»Und das ist genau der Punkt, denn diese staatliche Schnüffelei ist politisch gewollt.

Der britische Premierminister David Cameron hatte 2015 die Katze aus dem Sack gelassen, indem er sich outete. »Wollen wir in unserem Land Kommunikationsmittel zwischen Menschen erlauben, die wir als Staat nicht lesen können? Meine Antwort auf diese Frage ist: Nein. Wir dürfen das auf keinen Fall erlauben.«

Das bestellte Bier kam. Die Schaumkrone stimmte. Nach einem herzhaften Schluck fuhr Norbert fort. »Wenn du dich fragst, Gunnar, was das alles mit der Handynummer auf deinem Zettel zu tun hat, gebe ich dir jetzt die Antwort: Alles oder nichts.

Die Täter arbeiten mit Prepaidhandys. Die sind immer noch sicherer als Anonymisierungsdienste wie Linkideo, XeroBank mit ihrem Onyx-Programm, WiTopia und viele andere.

Die Schwäche des anonymen Handys ist die SIM-Karte, ohne die kein Handybetrieb möglich ist. Auf ihr werden alle Daten gespeichert wie auf der Festplatte eines Computers. Die persönlichen Daten verlangt der SIM-Card-Provider – er will ja bezahlt werden – vor Freischaltung der Karte auf seiner Website. Dafür gibt es sogar eine gesetzliche Verpflichtung.

Die Täter werden mit Sicherheit eine Prepaidkarte im Supermarkt gekauft haben, unter Angabe einer Fantasie-Identität. Sie könnten anonyme SIM-Karten sogar auf Flohmärkten oder von irgendwelchen Kontaktpersonen erworben haben. Entscheidend ist bei Benutzung eines anonymen Prepaidhandys, dass auch die Kontaktperson ihr eigenes Mobiltelefon über eine Fantasie-SIM-Identität benutzt. Ist dies nicht der Fall, kann die eigene Identität aufgedeckt werden. Dazu braucht man natürlich einen echten Spezialisten.«

»Du sprichst von einem Computer-Hacker! Kennst du einen?«

Norbert musste grinsen. »Wenn ich den nicht kennen würde, hätte ich meinen Job verfehlt. Ich kenne sogar einen MIT-Telefonhacker, der sich Zugang zu allen Telefonaufzeichnungen verschaffen kann. Das wäre allerdings ohne Gerichtsbeschluss illegal und strafbar. Wenn du einverstanden bist, werde ich ihn morgen ansprechen. Er ist übrigens nicht billig, weil er nur auf Erfolgshonorarbasis arbeitet.«

»Und ob ich einverstanden bin! Am Honorar wird es nicht scheitern. Bei Erfolg bin ich gerne großzügig.«

»Dann rufe ich dich morgen an, sobald ich etwas habe.«

Die Freunde tranken ihr letztes Glas leer und machten sich auf den Heimweg.

Norbert hatte sich entschlossen, trotz der späten Uhrzeit den Telefonhacker anzurufen. Er wusste, dass Matthes die halbe Nacht mit seinen Hackerprogrammen experimentierte. Jede neu entwickelte Firewall war eine Herausforderung für den leicht paranoiden Computerfreak.

Matthes meldete sich sofort, als Norbert anrief. »Mensch, Norbert, weißt du, wie spät es ist? Ich bin mitten in der Arbeit!«

Norbert musste schmunzeln. »Deshalb rufe ich ja an. Ich brauche dringend deine Hilfe.«

»Na schön«, resignierte Matthes. »Was ist es diesmal?«

»Ich brauche eine Liste von Anrufen, die von einer bestimmten Handynummer ausgeführt wurden oder dort eingingen. Das Besondere ist, dass es sich um ein Prepaidhandy handelt.«

»Was Leichteres ist dir wohl nicht eingefallen? Hast du wenigstens die Telefonnummer eines der von diesem Handy aus angerufenen Teilnehmers? Das könnte die Sache erleichtern.«

»Die Teilnehmernummer habe ich nicht, aber der Angerufene war das Best-Western-Hotel in Amsterdam. Die Nummer wirst du ja finden.«

Matthes murrte vor sich hin. »Okay, dann gib mir mal die Handynummer des Anrufers.«

Norbert gab sie ihm. »Wie lange wirst du brauchen?«

»Ich muss mich als erstes in mehrere Systeme von SIM-Card-Providern einhacken, um den Teilnehmer zu identifizieren. Aber davon verstehst du zu wenig. Ich rufe dich morgen früh zurück. Garantieren kann ich dir nichts«, fügte er hinzu, bevor er auflegte.

Norbert war zufrieden. Bisher hatte Matthes noch immer Erfolg gehabt. Deswegen hatte er ihn auch seinem neuen Arbeitgeber empfohlen, der für seine verdeckten Ermittlungen immer wieder auf Erkenntnisse aus den gehackten virtuellen Netzwerken angewiesen war.

Norbert kam es vor, als wäre er soeben erst eingeschlafen. Gegen sechs Uhr morgens riss ihn der schrille Ton des Festnetztelefons aus dem Schlaf. Schlaftrunken torkelte er zum Schreibtisch ins Arbeitszimmer und fluchte leise vor sich hin.

»Wer ist dran?«, krächzte er ins Telefon.

»Damit hast du nicht gerechnet, oder? Ich hoffe, ich habe dich nicht geweckt!«, meldete sich Matthes mit unverhohlener Schadenfreude in der Stimme. Du wolltest doch ein schnelles Ergebnis. Ich kann natürlich später nochmal anrufen.«

»Das wirst du schön bleiben lassen. Also was hast du für mich?« Norbert war schlagartig hellwach.

»Wir haben Glück gehabt, dass der Benutzer des Prepaidhandys wohl doch nicht so schlau war, seine Identität gänzlich zu verschleiern. Auf jeden Fall hat er einen kapitalen Fehler gemacht. Er hat sein früheres Handy über einen Internetmarktplatz – in diesem Fall über anonym-phone.de – gegen ein anderes mit einer bereits registrierten SIM-Karte eingetauscht. Das hat er offensichtlich übersehen und ging davon aus, dass das anonyme Handy ebenfalls eine anonyme Handykarte enthalten würde.

Inzwischen hat er übrigens das Handy erneut getauscht, allerdings mit einer nicht registrierten SIM-Karte.«

»Zur Sache, Matthes, was hast du rausgefunden?«

»Nachdem ich mich über das Amsterdamer Telefon einloggen konnte, habe ich diverse Anrufe temporär ermitteln können. Die meisten Anrufe – bis auf einen – wurden auf ein zweites Prepaidhandy geführt. Andere gingen auf spanische Nummern und sogar nach Riad in Saudi-Arabien. Ein Anruf ging allerdings direkt in die USA nach Key

West in Florida. Dort wurde das Hotel Pier House angewählt.

Und zum Schluss, lieber Norbert, kommt das I-Tüpfelchen. Ich habe den Namen des Anrufers herausgefunden.

Er hat eine Gesprächsabrechnung für das registrierte Handy über einen anonymen Bezahldienst auf den Bahamas beglichen. Für mich war deren Server nicht geheim genug.« Matthes kicherte am Ende der Leitung. »Ach ja, der Name. Der Bursche heißt Salim Arafat. Vielleicht ist er mit dem früheren PLO-Chef Jassir Arafat verwandt. Das kannst du selber rausfinden. Und jetzt lege ich mich aufs Ohr.« Damit beendete er das Telefonat.

Norbert musste sich auf das Wesentliche des Gesprächs konzentrieren. Wie jeder Computerhacker wurde auch Matthes von der Befriedigung seiner persönlichen Eitelkeit motiviert. Selbst das Salär spielte eine untergeordnete Rolle. Wie zwanghaft musste er über die zu überwindenden Schwierigkeiten seiner Computerhackerei im Detail berichten, obwohl sich alles im Graubereich der Illegalität abspielte.

Norbert wusste, dass Matthes' Telefon- und Computersystem durch das Anonymisierungsprogramm Onyx auf einen gezielt abwehrenden Hardware-Router gegen Hackerangriffe von außen geschützt war. Das galt auch für sein eigenes Netz. Sonst hätte er die offenen Gespräche über Telefon nicht riskiert.

Norbert hatte sich einige Notizen gemacht. Der Name Salim Arafat war sicher der wichtigste Hinweis, wenn es denn der richtige war. Er wies auf die Herkunft aus Palästina. Das konnte man durch den israelischen Geheimdienst Mossad überprüfen lassen.

Der andere Hinweis schien ihm noch wichtiger zu sein: Das angewählte Hotel Pier House in Key West. Der Name Key West tauchte ein zweites Mal im Zusammenhang der Fahndung nach den Mördern auf. Das wäre einmal zuviel des Zufalls.

Norbert öffnete seinen Computer und suchte im Internet nach dem Pier House. Das Suchergebnis zeigte ihm ein traumhaft romantisches Luxus-Resort unter Palmen am Strand. Der berühmte Mallory Square befand sich in unmittelbarer Nähe.

Traumhaft waren auch die Preise. Nur für eine zahlungskräftige Klientel. Aber dazu dürften die Betrüger und Mörder wohl inzwischen gehören. Norbert ging davon aus, dass die beiden Täter in Key West möglicherweise ihr Urlaubsdomizil gebucht hatten.

Am liebsten hätte er das Hotel direkt angerufen und nach dem Hotelgast Salim Arafat gefragt. Mit etwas Geschick würde er den Aufenthaltszeitpunkt erfragen können. Vielleicht sogar den Namen eines Mitreisenden. Leider musste er diesen Anruf wegen der Zeitdifferenz von sechs Stunden verschieben. In Florida war es jetzt ein Uhr Nachts. Er musste bis vierzehn Uhr Ortszeit Wuppertal noch seine Ungeduld zügeln.

Pünktlich um vierzehn Uhr war Norbert wieder an seinem Schreibtisch. Er hatte das Büro in der Detektei verlassen, um den Anruf von seinem Privattelefon aus zu führen. Wie alle anderen Mitarbeiter hatte er sein Einverständnis gegeben, dass im Betrieb sämtliche Gespräche aufgezeichnet wurden. Das war im Polizeidienst nicht anders und diente im Ernstfall der persönlichen Absicherung.

Norbert wählte das Pier House Hotel an. Der Empfang

meldete sich auf Englisch, was für Norbert mit einer natürlichen Sprachbegabung kein Problem war. Er sagte sein Sprüchlein auf, indem er sich als besorgter Arbeitgeber vorstellte. Sein Mitarbeiter, Herr Salim Arafat, habe wohl versehentlich einen Tresorschlüssel eingesteckt. Das wäre normalerweise kein Problem, aber er wolle sich doch lieber vergewissern. Eine vorbeugende Sicherheitsnachfrage! Er bat um eine Verbindung mit seinem Zimmer.

Es dauerte einige Zeit, bis der serviceorientierte Mitarbeiter die Gästeliste im Computer durchgescrollt hatte.

»Ich bedaure«, kam schließlich die Auskunft, »aber Herr Arafat ist noch nicht angereist. Er hat erst für eine Suite in vierzehn Tagen reserviert. Vielleicht besucht er vor dem Aufenthalt in unserem Hause noch andere Destinationen.«

Norbert bedankte sich und erwähnte, dass er es dann übers Handy versuchen wolle. Er wusste jetzt, was er wissen wollte. Einer der Mörder hatte tatsächlich im Pier House gebucht. Dann dürfte der zweite nicht weit sein. Er hätte Matthes küssen können.

Die neue Entwicklung wollte er schnellstmöglich mit Gunnar besprechen. Die zunächst vage Hoffnung auf eine erfolgversprechende Spur in Key West warf weitreichende Probleme auf.

Jetzt musste seiner Detektei ein offizieller Ermittlungsauftrag erteilt werden. Der konnte nur durch Gunnar erfolgen. Er wählte dessen Nummer.

20

Das Relaxen unter Andalusiens blauem Himmel bei strahlendem Sonnenschein mit Temperaturen um angenehme achtundzwanzig Grad Celsius war einfach schön. Jehuda Finkenstein und Salim Arafat genossen das Ambiente des Luxushotels und nutzten den riesigen Pool für gelegentliche Abkühlungen. Strandspaziergänge und Waten durchs noch immer warme Meerwasser ließen keine Langeweile aufkommen. Ihre private Liebesbeziehung erreichte jede Nacht neue Höhepunkte. Und manchmal sprachen sie sogar über die Beendigung ihrer profitablen mörderischen Beutezüge.

Ihre Konten in der Schweiz und auf den Bahamas waren prall gefüllt. Beide waren Millionäre im zweistelligen Bereich. Nicht, dass einer von ihnen Gewissensbisse oder ihre Entlarvung befürchtet hätte. Schließlich hatte Salim diesen lästigen Zeugen Franzen zum Schweigen gebracht. Weitere Zeugen existierten nicht, und es würde auch in Zukunft keine geben. Das gehörte zu ihrem Geschäftsprinzip.

Seitdem sie vor drei Tagen die endgültige Kreditzusage der ARABES BANK an den Unternehmer Thomas Wedel und eine Kopie an den Finanzmakler Alfons Rodenthal herausgeschickt hatten, hatte sie doch eine gewisse Spannung erfasst. Immer wieder hatten sie die einzelnen Schritte des Betruges geübt und die psychische Spannungskurve analysiert. Der entscheidende Punkt war und blieb der Vertrauensbonus, der durch die Gier des Probanden untermauert wurde. Der bisherige und folgende Verlauf der Transaktion durfte die Vertrauensbasis keinesfalls stören, sonst würde trotz Gier die zeitweise in den Hintergrund entschwundene Ratio die Herrschaft zurückgewinnen. Eine gefährliche Vorstellung mit unabsehbaren Folgen. Deshalb hatten sie die einzelnen Abläufe immer wieder trainiert, wie übende Schauspieler. Jetzt waren sie sich ihrer Rollen sicher und konnten sich zurücklehnen.

Bei Zusendung des Kreditvertrags hatten sie Alfons Rodenthal mitgeteilt, dass man sich nach Ankunft des Unternehmers im Hotel Plaza in Málaga treffen wolle. Dort würde man die Avalprovision von 2,5 Millionen Euro zählen, bevor es dann zum Notariat gehe. Der Geldbetrag würde natürlich erst dort nach Abschluss der notariellen Verträge übergeben.

Jehuda erhob sich aus seinem Liegestuhl am Pool und zog sein T-Shirt über. »Ich gehe mal nach oben, um zu sehen, ob eine Mail aus Deutschland gekommen ist.«

Salim nickte nur. Er war sich ohnehin sicher, dass die Deutschen den Vertrag akzeptieren würden. Zehn Minuten danach war Jehuda wieder zurück und strahlte.

»Ich hab die Bestätigung erhalten.« Er schwenkte die ausgedruckte Mail in der Luft. »Die Deutschen werden am Mittwoch in Málaga landen und bringen das Bargeld mit«, lachte er zufrieden. Er orderte beim vorbeieilenden Kellner eine Flasche Champagner. »Darauf wollen wir anstoßen. Auf uns und auf die Dummen, auf dass sie nie aussterben mögen!«

Nach dem fröhlichen Nachmittag und einem exzellenten Dinner zogen sie sich in Jehudas Suite zurück. Sie wollten nochmals die Details ihrer Operation durchgehen.

»Wann treffen die Deutschen in Málaga ein und mit wie viel Personen?«, fragte Salim.

Jehuda schaute in die Mail. »Sie landen gegen vierzehn Uhr in Málaga. Sie benutzen übrigens keinen regulären Flug, sondern kommen mit einem Privatflieger der World Jet. Vier Personen werden kommen. Der Unternehmer Thomas Wedel, sein Finanzdirektor Semmerling und der Justitiar Dr. Berger sowie der Finanzmakler Rodenthal. Da haben wir es mit einer Menge Aufpasser zu tun.«

»Und mit einer großen Menge Zeugen beziehungsweise Opfern«, warf Salim ein. »Aber auf die Anzahl kommt es nicht an. Sterben müssen sie alle. Kennst du das Firmenlogo der Fluggesellschaft World Jet?«

»Bis jetzt nicht, aber das lässt sich übers Internet herausfinden. Du darfst deinen kleinen Sprengsatz natürlich nicht am falschen Objekt anbringen«, grinste Jehuda.

»Ich hoffe, dass das eine rethorische Bemerkung war«, wandte sich Salim mit seinen eiskalt glitzernden Augen dem Freund zu. Dem lief ein leichter Schauder über den Rücken. Salim hatte sich im Laufe der Jahre zu einem absolut kaltblütigen Killer entwickelt, der beim Beseitigen von Menschenleben keinerlei Grenzen und Emotionen kannte. Zur Gefahrenabwehr arbeitete er wie ein Maschinenroboter.

Eine Killerdrohne in menschlicher Gestalt, dachte Jehuda. Vielleicht sollten sie über den endgültigen Rückzug aus dem Geschäft nochmals intensiver nachdenken. Ihn beschlich der unangenehme Gedanke, dass mit der Anzahl der Opfer auch die Fahndung nach den Tätern ungeahnte

Ausmaße annehmen würde. Umso wichtiger war die Beseitigung sämtlicher Zeugen.

»Wir werden eine Stunde vor Ankunft der Maschine aus Deutschland am Flughafen in Málaga sein. Die Landepiste beziehungsweise die Parkfläche für Privatmaschinen liegt direkt neben der Nationalstraße. Du musst dieses Areal möglichst unauffällig erreichen. Am besten verwandelst du dich in einen Flugzeugmechaniker mit dem üblichen Berechtigungsausweis auf der Brust. Den müssen wir samt Foto noch ausdrucken.

Dazu musst du Brille und Perücke benutzen, um dein Äußeres zu verändern. Auch die Auffüllung der Backen dürfen wir nicht vergessen. Vermutlich wird dich irgendeine Kamera erfassen. Trotz Brille solltest du die Kontaktlinsen tragen. Deine schönen blauen Augen könnten immer noch als Eissee erkennbar sein. Nur den Bart lässt du weg, sonst wirst du womöglich auf dem Flugfeld als Terrorist verfolgt«, scherzte Jehuda. Darüber konnte Salim nicht einmal lächeln.

»Wo willst du den Sprengsatz anbringen?«, fragte Jehuda.

»Die größte Wirkung erzielt er an den Düsen oder unter dem Leitwerk. Im Grunde ist es nicht wichtig. Diese Semtexbombe führt in jedem Fall zum Absturz der Maschine. Wenn sich die Gelegenheit bietet, platziere ich das Ding im Flugzeuginneren. Das hängt davon ab, ob das Flugzeug bewacht wird. Könnte ja sein, dass der Pilot in der Maschine ein Erholungsschläfchen hält.

Wir müssen nur noch einen passenden Overall und einen Werkzeugkoffer besorgen. Das werden wir morgen im Corte Ingles bekommen. Die haben eine umfassende Abteilung für Berufskleidung sowie eine große Werkzeugabteilung. Da fahre ich am besten mit Bart und alleine hin, falls dort versteckte Kameras angebracht sind. Auf welche Höhe soll ich den Zünder einstellen?«

Jehuda überlegte einen Moment. »Wir sollten einen Absturz über dem Stadtgebiet vermeiden. Das würde unabsehbare Folgen an Kollateralschäden verursachen, wie wir in Amsterdam erleben mussten. Die Behörden denken automatisch an einen Terrorakt und sperren sämtliche Fluchtwege. Diese sind in Spanien für uns noch begrenzter. In Amsterdam wurde es schon eng.

Am liebsten wäre mir ein Absturz über dem Meer. Dann würden die meisten Überreste in der Tiefe verschwinden und unauffindbar bleiben. Oft starten die Maschinen nach Deutschland in Richtung See und fliegen nach weitem Bogen zurück übers Festland. Da wir das nicht wissen, stell den Zünder auf fünftausend Meter Flughöhe ein. Das Flugzeug fliegt in jedem Fall über die Sierra Nevada. Die höchsten Gipfel liegen knapp unter fünftausend Metern. Also wird die Maschine über den Bergen der Sierra Nevada in einer unwirtlichen und wenig besiedelten Gegend explodieren.

Bis Trümmerreste oder Leichenteile gefunden werden, vergehen Tage. Das gibt uns reichlich Zeit zum Verschwinden. Wir können in Ruhe nach Sevilla fahren und von dort in die Vereinigten Staaten starten. Noch ein kleines Versteckspiel unterwegs und in wenigen Tagen könnten wir bereits in Key West sein. Natürlich erst, nachdem wir unsere Beute im Steuerparadies Gibraltar auf die Reise geschickt haben.«

»Das hast du wieder mal schön ausgedrückt, Jehuda. Du

musst jetzt nur noch den kleinen Giacomo anrufen und aktivieren. Das Zimmer für ihn muss im Plaza reserviert sein, und er muss den Konferenzraum kennen, den du noch reservieren wirst. Vergiss nicht die lange Tischdecke, die unseren kleinen Zauberer verstecken muss.«

Giacomo war ihr dritter Mann, den sie in Fällen eines Koffertausches einsetzten. Sie hatten ihn vor Jahren in Italien als Hütchenspieler beobachtet, als er mit nicht zu kontrollierender Fingerfertigkeit in Sekundenbruchteilen die weiße Kugel unter den drei Hütchen austauschte. So schnell konnten nicht einmal sie selber die dummen und gierigen Touristen abzocken. Den nur ein Meter fünfzig großen wieselflinken Trickbetrüger konnten sie sofort für lohnendere Einsätze gewinnen. Immer häufiger war er in den letzten Jahren zum Einsatz als Olympia gekommen. Danach verschwand er bis zum nächsten Einsatz wieder nach Italien. Giacomo stellte keine neugierigen Fragen, sondern erfüllte die ihm gestellte Aufgabe. Bisher ohne Versagen.

»Du weißt, dass wir diesmal keinen kompletten Geldkoffer tauschen können, da wir sein Aussehen vorher nicht kennen. Nur der Inhalt muss ausgetauscht werden. Dazu müssen die Anwesenden der anderen Seite abgelenkt werden. Weißt du schon, wie?«

»Dazu habe ich mir in der Tat etwas Besonderes einfallen lassen.«

Am Mittwochmorgen war Unternehmer Wedel schon früh auf den Beinen. Sein Flug startete um neun Uhr fünfzehn vom Münchner Flughafen Franz-Joseph-Strauß. Dem früheren Ministerpräsidenten verdanken die Münchner, dass der nach ihm benannte Flughafen gut dreißig Kilometer östlich der bayrischen Hauptstadt errichtet wurde. So blieben die Stadtbewohner, anders als in Frankfurt oder Düsseldorf, weitestgehend vom Fluglärm verschont.

Aufgrund des frühen Aufstehens konnte Wedel mit Ehefrau Ilse und den Kindern gemeinsam frühstücken, was sonst nur am Wochenende möglich war. Er erzählte ihnen von seinem Geschäftsflug nach Marbella, das der Familie aus früheren Familienurlauben bekannt war. Über den Zweck seiner Geschäftsreise erzählte er nichts. Die Familie hielt er bei seinen Unternehmungen prinzipiell außen vor.

Kurz nachdem die Kinder das Haus verlassen hatten – beide besuchten das örtliche Gymnasium –, meldete sich Werners Chauffeur an der Türklingel, um ihn rechtzeitig zum Flughafen zu fahren. Eine gute Stunde benötigte man schon. Allerdings brauchte Thomas Wedel nicht durch die Massenabfertigung mit ihren Intimkontrollen. Benutzer von Privatjets genossen das Privileg eines separaten VIP-Eingangs und einer sehr oberflächlichen Kontrolle, die sich vordergründig auf die Passkontrolle bezog.

Der Unternehmer gab seiner Frau einen liebevollen Abschiedskuss und bestieg den Mercedes in der Langversion. Im Fond saß bereits sein Finanzdirektor Semmerling, der etwas verkrampft den Geldkoffer auf seinem Schoß hielt.

»Wo ist Dr. Berger?«, fragte Wedel nach kurzer Begrüßung.

»Der hat sich heute morgen krank gemeldet. Er leidet an einer kurzfristig aufgetretenen Diarrhoe. Er wünscht aber guten Flug und ein erfolgreiches Ergebnis.«

»Sie wollen sagen, er leidet an ›Scheißeritis‹, polterte

Wedel ungehalten los. »Und ich kenne auch den Grund! Aber sei's drum! Mit diesen Advokaten ist es wie mit der Zeitung. Hast du keine, bist du nicht informiert. Liest du eine, bist du falsch informiert!«

Semmerling ließ ein vorsichtiges Kichern los. Er wollte seinen Chef bei Laune halten.

»Haben Sie das Geld nachgezählt?«

»Selbstverständlich, Herr Wedel, im Beisein der Finanzbuchhalterin. Ein Tresorwagen der Bank hat pünktlich um acht Uhr die Summe überbracht. Alles ist okay.«

»Na, wenigstens das hat geklappt.« Der Unternehmer nickte zufrieden.

Nach einer knappen Stunde hatten sie den Flughafen in Freising erreicht und trafen auf den Finanzmakler Rodenthal, der sie bereits am *Private Gate* erwartete. Zu dritt passierten sie die Passkontrolle. Den Koffer brauchten sie nicht zu öffnen. Hätte er Sprengstoff enthalten, könnten sie nur sich selber gefährden. Das spielte für die Sicherheitsbehörden keine Rolle.

Als sie auf das Flugfeld traten, hatten sie nach wenigen Schritten ihren Privatflieger erreicht. Am Leitwerk der Cessna Citation strahlte das World-Jet-Firmenlogo. Mit zwei Düsen, einer Höchstgeschwindigkeit von 634 km/h, 2.500 km Reichweite und Platz für sechs Passagiere würde der kleine Düsenjet nicht mehr als vier Stunden bis Málaga benötigen.

Der Pilot, Hans Schneider, ein schlanker Mann über vierzig, begrüßte seine Gäste und half ihnen die kleine Treppe hinauf in die Maschine. Er kannte den Unternehmer Wedel von häufigen Flügen her, die dieser jährlich bei World Jet buchte.

Das Flugzeug war innen geräumiger, als es von außen wirkte. Es besaß nahezu volle Stehhöhe für normal große Passagiere. Nachdem sie in ihren bequemen Ledersitzen Platz genommen und ihre Sitzgurte geschlossen hatten, ließ der Pilot die Düsentriebwerke auf Touren kommen und rollte zur Startbahn.

Nach einigen Minuten Wartezeit erhielt der Privatflieger Starterlaubnis. Pilot Schneider beschleunigte den Schub. Wenige Minuten später waren sie in der Luft. In fünfzehn Minuten würden sie die Reiseflughöhe von 7.620 m erreicht haben. Die drei Passagiere lehnten sich entspannt in den Ledersitzen zurück.

Thomas Wedel hatte die Augen geschlossen und träumte den Traum seines Lebens. Bald würde er als Inhaber einer der absatzstärksten Brauereikonzerne im Verbund mit seinem Getränkefachgroßhandel einen Riesenschritt nach vorne machen. Das Umsatzvolumen könnte die Zwei-Milliarden-Euro-Grenze überschreiten und darüber hinaus. Mit einer einzigen mutigen Entscheidung hätte er den Schritt in die höchsten Etagen deutscher Wirtschaftsunternehmer geschafft. Als autarkes Großunternehmen müsste er keine Konkurrenz fürchten. Und vor allem hätte er das ohne deutsche Bankenhilfe erreicht. Diese Genugtuung ließ ihn lächelnd in den Schlaf gleiten.

Mit ähnlich angenehmen Gedanken, die jedoch von der zu erwartenden Provisionshöhe getragen wurden, war auch Alfons Rodenthal eingeschlafen.

Nur Finanzdirektor Friedrich Semmerling saß schief und verspannt in seinem Sitz. Er spürte nahezu körperlich die Verantwortung für die 2,5 Millionen Euro, die im Koffer auf seinem Schoß ruhten. Er wollte ihn hüten wie seinen Augapfel. Der Gedanke an Dr. Berger ging ihm dabei nicht aus dem Kopf. Auch er glaubte nicht an den Durchfall des Justitiars. Vielleicht lag der mit seiner negativen Einschätzung der geplanten Transaktion richtig. Bange Vorahnungen beschlichen ihn.

21

Jehuda und Salim hatten nach einem opulenten Frühstücksbuffet die Koffer gepackt und ausgecheckt. Den bisherigen Mietwagen hatten sie gegen ein offenes Cabrio Mercedes 500 SL eingetauscht – allerdings bei einer neuen Firma unter anderem Namen.

Die Veränderung ihres Äußeren hatten sie in den Toilettenräumen einer Großtankstelle vor Málaga vorgenommen. Entsprechend ihrem Auftritt in Frankfurt hatten sie sich wieder in Kasim al-Waschid, den saudischen Finanzdirektor der ARABES BANK, und Hadi Samad, seinen Assistenten, verwandelt.

Seit dreizehn Uhr saßen sie an getrennten Positionen in der Ankunftshalle des Flughafens und beobachteten durch die riesigen Fensterfronten die einfliegenden Flugzeuge. Ihr Augenmerk richtete sich auf eine kleinere Düsenmaschine der Firma World Jet, die für vierzehn Uhr angesagt war. Auf telefonische Rückfrage bei der Firma Finanzinvest International hatte ihnen die Sekretärin Rodenthals diese Auskunft gegeben mit dem Hinweis, dass die Herren um neun Uhr fünfzehn in München abgeflogen seien. Sie rechneten mit ihrer Ankunft in Málaga gegen vierzehn Uhr.

Sie hatten ausgespäht, dass die Fluggäste und das Personal der Privatflieger das Flugfeld durch einen Seiteneingang einer ehemaligen Ankunfts- und Abflughalle betraten beziehungsweise verließen. Diese kleinere Halle war nicht in den riesigen Neubaukomplex des Flughafens integriert worden. Man hatte sie für die Abfertigung der wenigen Privatflieger erhalten. Die meiste Zeit war die Halle menschenleer. Jehuda ging davon aus, dass sie kameraüberwacht wurde.

Salim hatte seine Schminksachen und den Overall in einer Werkzeugtasche versteckt. Wenn die Maschine der World Jet eingetroffen war, musste er sich mit seiner erneuten Verwandlungsaktion in den Waschräumen beeilen.

Gegen vierzehn Uhr war es soweit. Eine kleinere Düsenmaschine mit dem leuchtenden Logo der World Jet landete und rollte auf die Halteposition für die Privatflieger vor der Halle. Ein Treppchen wurde herausgeschoben, über das vier Personen das Flugzeug verließen.

Jehuda erkannte den Finanzmakler Rodenthal sofort wieder. Von den beiden anderen Passagieren erkannte er den Unternehmer Thomas Wedel, über den er sich im Internet kundig gemacht hatte. Den anderen kannte er nicht. Trotzdem war er der wichtigste Mann, da er den Geldkoffer trug. Er vermisste den avisierten vierten Mann. Dafür würde es eine Erklärung geben. Er drehte sich nach Salim um. Der war bereits verschwunden.

Als er wieder auf das Rollfeld schaute, sah er einen sehr großen Flugzeugmechaniker mit eingeschweißtem Ausweis auf der Brust und einer Werkzeugtasche in der Hand.

Der Pilot hatte seine Passagiere begleitet. Vermutlich wollte man gemeinsam einen *Café latte* trinken. Das Flugzeug blieb offensichtlich unbewacht mit nicht verschlossenen Türen auf seiner Halteposition stehen.

Salim hatte das Flugzeug erreicht und über die ausgefahrene Treppe die Maschine betreten. Den Rest konnte Jehuda nur vermuten. Er erschrak nicht wenig, als ein mittelgroßer Tankwagen auf die Privatmaschine zuhielt und vor ihr stoppte. Den hatte der Pilot offenbar beim Landeanflug bereits geordert. Die Maschine musste vor dem Rückflug aufgetankt werden. Als der Tankwart die Tankklappe öffnete und den Füllschlauch anschloss, verließ Salim mit größter Selbstverständlichkeit die Maschine und winkte dem Tankwart zu mit den Worten *»Todo esta bien«*. Der Tankwart winkte zurück. Dann bewegte sich Salim zurück zur Ankunftshalle. Jehuda war der Schweiß auf die Stirn getreten. Er verließ die Halle und machte sich auf den Weg in die Tiefgarage, wo ihr neuer Sportwagen parkte. In wenigen Minuten würde der in Hadi Samad rückverwandelte Salim ebenfalls einsteigen. Dann ging es im Hotel um den Clou! Dort würde Giacomo langsam seine Position einnehmen müssen.

Das Hotel Plaza in Málaga hatte eine lange Geschichte. Es zählte zu den Traditionshäusern aus dem 19. Jahrhundert. Es lag am Rande des Alameda-Palmenparks. Über dem Plaza türmte sich der 135 Meter hohe Gibralfaro-Felsen mit den Ruinen einer im 10. Jahrhundert von den Mauren erbauten Festung. Erst 1487 konnten die katholischen Könige im Rahmen der Reconquista die Palastfestung erobern.

Diese Details waren den Tätern wie den Opfern unbekannt. Sie trafen sich in der prachtvollen Empfangshalle des Hotels, nachdem Jehuda sich den reservierten Tagungsraum hatte zeigen lassen und den bereits in Position versteckten Giacomo kurz instruiert hatte.

Alfons Rodenthal machte Geldgeber und Kreditnehmer miteinander bekannt. Offensichtlich waren die Deutschen von den wieder sehr edel gekleideten Orientalen mit ihrem weltgewandten Auftreten beeindruckt.

»Bitte folgen Sie mir doch, meine Herren. Souverän geleitete der Finanzdirektor Kasim al-Waschid die Besucher ins Konferenzzimmer, das mit Blumendekorationen einen festlichen Eindruck machte, entsprechend dem Stil des Hauses. Silberne Kaffeekännchen und Tassen sowie mit allerlei Gebäck aufgefüllte Porzellanschälchen offerierten die Gastfreundschaft des Hauses. Diverse Erfrischungsgetränke ergänzten das hochwertige Arrangement.

»Hatten Sie einen guten Flug?«, erkundigte sich der saudische Finanzdirektor.

»Das kann man wohl sagen«, lachte Thomas Wedel. »Ich habe die meiste Zeit geschlafen und bin gewissermaßen erst beim Landeanflug aufgewacht.«

»Dann sind Sie für unser heutiges Geschäft ja gut vorbereitet. Wollten Sie nicht Ihren Justitiar Dr. Berger mitbringen?«

»Das war so vorgesehen. Leider ist er kurzfristig erkrankt.«

»Wie bedauerlich. Hoffentlich nichts Ernstes?«

»Das glaube ich nicht. Es ist wohl eher eine vorübergehende Unpässlichkeit.«

Inzwischen hatten sich alle mit Kaffee und kalten Getränken versorgt.

Der übergroße Friedrich Semmerling – er überragte noch den gegenübersitzenden Hadi Samad – nippte an seinem Kaffee und beobachtete angestrengt den neben seinem Stuhl auf dem Boden platzierten Geldkoffer. Am liebsten hätte er darauf gesessen. Irgendwie konnte er es kaum abwarten, bis er die Verantwortung für die 2,5 Millionen Euro los wäre.

Alfons Rodenthal machte den Anfang. »Da wir um fünfzehn Uhr dreißig unseren Notartermin in Marbella haben, schlage ich vor, dass wir wie vereinbart die Avalprovision über 2,5 Millionen Euro gemeinsam überprüfen, wenn es Herrn Wedel recht ist.«

»Gewiss doch, deswegen sind wir ja hier. Obwohl das Plaza auch ohne Geschäfte einen Besuch wert wäre.«

Auf Wedels Wink hin legte Semmerling den Koffer auf den Tisch und öffnete ihn. Einen Augenblick starrten alle auf die in Banderolen säuberlich verpackten Geldbündel von 500-Euro-Scheinen. Es waren genau 25 Päckchen zu jeweils einhunderttausend Euro. Mit den Worten »Sie erlauben?« zog der Finanzdirektor der ARABES BANK den Koffer zu sich herüber. Mit geübten Fingern begann er mit seinem Assistenten, die Päckchen zu zählen.

Eine Viertelstunde später hatten beide den Zählvorgang beendet. »Der Betrag stimmt genau. Wir danken Ihnen für das Vertrauen, Herr Wedel. Herr Semmerling sollte den Koffer jetzt wieder in Verwahrung nehmen. Wir erhalten ihn erst im Notariat nach Unterzeichnung der Kreditverträge.«

Erleichtert nahm Semmerling den Geldkoffer wieder entgegen und stellte ihn auf seinen alten Platz. Sie tauschten noch ein paar belanglose Worte aus, bis Kasim al-Waschid mahnte. »Jetzt sollten wir aber aufbrechen!«

Als Finanzdirektor Semmerling automatisch nach dem Geldkoffer griff, zuckte seine Hand zurück. Er stieß einen Entsetzensschrei aus, stieß hektisch den Stuhl zurück und sprang zur Tür hin. Den Koffer hatte er in seiner Panik völlig vergessen. Die übrigen Teilnehmer drängten auf Semmerlings Tischseite. Dann rannten sie ebenfalls Richtung Tür.

Am Geldkoffer vorbei schlängelte sich eine etwa ein Meter lange Schlange mit hochgerichtetem Maul, aus dem sie züngelnd ihre Umgebung prüfte.

Das zutiefst Erschreckende waren die schwarzen Streifen, die ringförmig den leuchtend roten Schlangenkörper ummantelten. »Vorsicht«, rief Kasim al-Waschid, »das ist eine Korallenschlange. Ihr Biss ist tödlich.« Er wies seinen Assistenten an, sofort die Rezeption zu benachrichtigen. Semmerling war schon vorausgerannt. Er spürte bereits förmlich die tödlichen Giftzähne in seinem Fleisch. Dabei musste er an den Spruch »Weiß oder Gelb auf Rot, und du bist tot!« denken. Das hatte er seinen Kindern bei einem Zoobesuch über die Unterscheidung der tödlichen Korallennatter von ihrer völlig harmlosen ungiftigen Schwester erklärt. Selbst für 2,5 Millionen Euro würde er jetzt diesen Unterschied nicht überprüfen wollen.

Die drei im Raum Verbliebenen hatten sich inzwischen mit Stühlen bewaffnet, um eventuelle Angriffe der Korallenschlange abwehren zu können. Der Unternehmer blieb, weil er sein Geld nicht allein lassen wollte. Alfons Rodenthal wollte nicht feige sein. Der Finanzdirektor Kasim al-Waschid blieb, weil er mehr wusste als alle andern.

In einer Zoohandlung Marbellas hatte er nach einer möglichst bunten und giftig wirkenden Schlange gesucht und war schnell fündig geworden. Er kaufte die harmlose San-Diego-Bergkönigsnatter, die eine verblüffende und erschreckende Ähnlichkeit mit der tödlichen Korallenschlange aufwies. Die ungiftige Schwester war auch in Spanien beheimatet.

Seine Mahnung zum Aufbruch war das Stichwort für Giacomo gewesen, der seit geraumer Zeit unter dem Tisch mit seinen bodenlangen Tischtüchern verborgen war. Gleichzeitig hatte Jehuda alias Kasim seinen eigenen Aktenkoffer unauffällig unter den Tisch geschoben. Er enthielt ebenfalls 25 Geldpäckchen mit kopierten 500-Euro-Scheinen, die allerdings nur auf den ersten Blick echt wirkten.

Auf den Geldscheinen lag die bunte Schlange, die Giacomo nach dem Stichwort am echten Geldkoffer freilassen sollte. Danach musste er im Augenblick der erwarteten allgemeinen Panik den Geldkoffer unter den Tisch ziehen, öffnen und das echte Geld gegen die Muster ohne Wert tauschen.

Jehuda war sich sicher, dass sich in Semmerlings Geldkoffer jetzt die Falsifikate und in seinem eigenen die echten Scheine befinden würden. Das konnte er nach dem Spektakel überprüfen.

Inzwischen waren drei Kellner mit Hacken bewaffnet in den Konferenzraum gestürzt. Sie kreisten die Schlange ein und erwischten sie gerade noch, bevor sie unter dem Tisch verschwinden konnte. Einen Moment lang hatte Jehuda die Luft angehalten. Jetzt atmete er wieder normal. Ohne viel Federlesens wurde die Bergkönigsnatter in Stücke gehackt. Ihre noch zuckenden Einzelteile verschwanden zur Entsorgung in einer Plastiktüte. Die Kellner lachten. Sie hatten ihre Pflicht getan.

Ein Rezeptionsmitarbeiter erschien und entschuldigte sich im Namen der Direktion für den erlittenen Schrecken.

Den angebotenen Cognac lehnten alle ab. Der Notar wartete.

Auch Semmerling hatte sich von seinem Schrecken einigermaßen erholt und schämte sich ein wenig für seine Feigheit. Tatsächlich öffnete er kurz den Geldkoffer und warf einen schnellen Blick auf die Geldbündel. Alles schien in Ordnung. Beruhigt machte er den Deckel wieder zu.

Es wurde Zeit zum Aufbruch. Sie mussten in zwei Wagen zum Notariat fahren. Hadi Samad gab Alfons Rodenthal vorsorglich eine Wegbeschreibung, falls man sich im Verkehr verlieren sollte. Thomas Wedel und seine Begleiter stiegen in ihren am Flughafen gemieteten Leihwagen. Der Finanzdirektor der ARABES BANK und sein Assistent fuhren in ihrem zweisitzigen Cabrio voraus.

Bereits an der Abfahrt zur gebührenpflichtigen Autobahn Richtung Marbella/Algeciras verloren sie das Sportcabrio der Banker aus den Augen. Sie waren versehentlich auf der Nationalstraße Richtung Marbella durchgefahren. Sie ahnten noch nicht, dass sie früher oder später ohnehin Opfer eines Versehens geworden wären.

Als sie nach einigem Umherirren das angegebene Notariat an der Plaza Flores erreicht hatten, eilten sie hinein und waren überrascht, dass die Vertreter der ARABES BANK noch nicht angekommen waren. Sie waren noch überraschter über die Auskunft der Notariatsangestellten, dass es keinen Vertragstermin zwischen ihnen und Vertretern der ARABES BANK gebe. »Vielleicht bei einem Notar in einer anderen Stadt«, fügte sie hinzu.

»Das haben Sie uns eingebrockt«, fuhr Thomas Wedel den Finanzmakler an.

»Das kann nur ein Missverständnis sein. Ich rufe sofort in der ARABES BANK an.« Auch nach mehrmaligen Versuchen kam keine Verbindung zustande.

Die freundliche Angestellte hatte gehört, dass sie ein Telefonat mit der ARABES BANK führen wollten. »Das wird nicht möglich sein, Señores. Die ARABES BANK in Marbella ist seit einem Jahr geschlossen. Das Gebäude steht zum Verkauf.«

Alfons Rodenthal wurde leichenblass.

Wedel riss förmlich Semmerling den Geldkoffer aus der Hand, setzte sich in einen Besuchersessel und überprüfte sein Geld. Er wollte es zuerst nicht glauben – sein Verstand setzte regelrecht aus. Aber der Koffer enthielt nur noch Falsifikate anstelle der ehemals echten 500-Euro-Scheine. Wortlos reichte er den Koffer seinem Finanzdirektor zurück. Dieser prüfte ebenfalls und begann zu zittern. Jetzt blickte auch Rodenthal in den Koffer. »Das ist doch nicht möglich, die Banker haben das echte Geld vor unseren Augen gezählt und es wieder in den Koffer getan«, stotterte er hilflos vor sich hin.

»Sie verdammter Idiot, haben Sie es noch immer nicht begriffen? Wir sind abgebrühten Betrügern in die Hände gefallen. Die haben uns nach Strich und Faden abgezockt«, zischte der wutentbrannte Unternehmer den Frankfurter Finanzmakler an. »Aber das wird Folgen für Sie haben. Ich hoffe, dass Ihre Firma gut versichert ist!«

Jetzt begann Rodenthal zu zittern. Ihm war plötzlich klar, dass für den Unternehmer der Verlust eine ärgerliche finanzielle Bagatelle bedeutete. Mehr ein Schlag für sein Ego als ein Schlag ins Kontor. Ihm dagegen stand der Ruin vor Augen, wenn die Versicherung seine Dummheit als grobe Fahrlässigkeit werten würde. Bei 2,5 Millionen Euro hörte der Spaß auf!

»Glauben Sie mir bitte, Herr Wedel. Die Sache tut mir unendlich leid. Ich kann Sie im Moment nur um Entschuldigung für meine Vertrauensseligkeit bitten. Und selbstverständlich stehe ich für den Schaden gerade. Morgen werde ich als Erstes meine Haftpflichtversicherung anrufen.«

Friedrich Semmerling meldete sich zaghaft. »Müssten wir jetzt nicht bei der hiesigen Polizei eine Anzeige gegen die Betrüger stellen?«

Wedel fuhr herum. »Das machen wir morgen früh, aber in Deutschland! Ich habe einmal wegen eines gestohlenen Autos in Spanien eine Anzeige erstattet. Es dauerte länger als drei Stunden, bis die den Vorgang protokolliert hatten. Gehört habe ich von denen nie wieder etwas. Von meinem Auto übrigens auch nicht!«

Der Unternehmer hatte den Vorfall als Pragmatiker schon verdaut. Er schaute auf die Uhr. Es war gerade sechzehn Uhr. »Herr Semmerling, Sie rufen jetzt den Piloten an. Sagen Sie Herrn Schneider, wir sind in einer knappen Stunde am Flughafen. Spätestens um siebzehn Uhr möchte ich auf dem Rückweg sein.«

22

Hans Schneider, der gut aussehende Pilot mit freundlichem Gesicht, empfing seine Passagiere in der Halle für Privatflieger, um sie zum Flugzeug zu geleiten. Angesichts der verkniffenen Miene des Unternehmers und des gar nicht fröhlichen Gesichtsausdrucks der beiden Begleiter verkniff er sich die Frage nach einem erfolgreichen Geschäftsabschluss.

Schweigend ging die Gruppe über das Rollfeld zur Maschine. »Wie lange werden wir für den Rückflug benötigen?«, fragte Thomas Wedel den Piloten.

»Ich habe vorhin den Wetterbericht für unsere Strecke abgefragt. Danach haben wir leichten Gegenwind. Trotzdem werden wir laut GPS kurz vor zweiundzwanzig Uhr in München landen. Wir kommen für die Landung nicht ins Nachtflugverbot hinein.«

»Das ist gut«, brummte der Unternehmer. »Dann werde ich den Chauffeur für zweiundzwanzig Uhr zum Flughafen bestellen.«

Hans Schneider hatte nach der Instrumentenkontrolle die Triebwerke gestartet, als er vom Tower die Anweisung für seine Startposition erhielt. Er rollte langsam los. Als die Maschine ihre Position erreicht hatte, gab der Tower das Signal zum Start frei. Der Pilot schob die Schubhebel nach vorn, und die Cessna Citation hob nach weniger als einer Minute ab. Mit einer Länge von zwölf Metern und einer Spannweite über vierzehn Meter würde sie in dreißig Minuten ihre Reiseflughöhe von gut siebentausend Metern erreicht haben.

Da sie Richtung Meer gestartet waren, flog der Pilot eine Linkskurve und kehrte zum Festland zurück. Von hier ging es geradewegs über die hohen Gipfel der Sierra Nevada in Richtung Pyrenäen. Die Passagiere saßen still und bedrückt in den bequemen Ledersesseln. Für die unter ihnen liegende Landschaft zeigte keiner der Drei ein Interesse. Jeder war in seine Gedanken versunken.

Thomas Wedel rechnete mehrere Spielarten einer Finanzierung des Brauereikonzerns durch, die ihm den begehrten Kauf doch noch ermöglichen könnten. Den Verlust seiner 2,5 Millionen Euro sah er zunächst nur als Kollateralschaden, den ihm dieser verfluchte Rodenthal eingehandelt hatte. Am stärksten wurmte ihn der Gedanke an seine eigene Dummheit und Gier, die der des Finanzmaklers in nichts nachstand. Dieser war zunächst den Betrügern auf den Leim gegangen. Er selber dann dem vorgeführten Rodenthal.

Wedel fühlte sich bis auf die Knochen blamiert. Eine grauenvolle Vorstellung, wenn dieser Vorfall und seine Hintergründe in München die Runde machten. In Gedanken hörte er schon das schadenfrohe Gewieher der Münchner Bussigesellschaft. Das musste unter allen Umständen vermieden werden.

Auch der Gedanke an Ehefrau Ilse war ihm peinlich. Wie sollte er ihr das Ganze möglichst schonend erklären? Aber auf ihr liebevolles Verständnis konnte er zählen, tröstete er sich. Mit dieser beruhigenden Vorstellung sank er in einen tiefen Erschöpfungsschlaf.

Sein Finanzdirektor Semmerling in der anderen Sitzreihe war bereits eingeschlummert. Nach zehn Minuten heftiger innerer Kämpfe über das Ausmaß seiner Schuld im vorliegenden Betrugsfall hatte er sich psychisch soweit exkulpieren können, dass er eigentlich nur die Rolle eines Mitläufers gespielt habe. Schließlich hatte er vor dem Deal ebenso gewarnt wie Dr. Berger, wenn auch vergebens. Vielleicht wäre auch er besser krank geworden. Jedenfalls schien sich sein Chef wieder beruhigt zu haben, denn der wahrhaft Schuldige war natürlich dieser Rodenthal. Und da der Chef das genauso sah, blieb sein eigenes Verhalten ohne Schuldzuweisung, und sein Job blieb ihm erhalten. Mit dieser hoffnungsvollen Erkenntnis fiel er in Morpheus' Arme.

Nur Alfons Rodenthal war noch zu aufgewühlt von dem Geschehen, um Schlaf zu finden. An seiner Schuld hatte er keinen Zweifel. Umso mehr an der Zahlungswilligkeit seiner Versicherung. Er konnte es immer noch nicht fassen, dass er nach jahrzehntelanger Erfahrung im Geschäft diesen Orientalen so viel Vertrauen geschenkt hatte. Aber hätte er persönlich nach Riad oder Marbella reisen müssen, um die Mitarbeiter der ARABES BANK zu überprüfen? Natürlich nicht. Das wäre wohl zuviel verlangt gewesen. Der eigentliche, jetzt im Nachhinein nicht mehr nachvollziehbare Fehler blieb die Akzeptanz einer im Voraus zu zahlenden Avalprovision über 2,5 Millionen Euro.

Gewiss, davon sollten ihm einhunderttausend Euro Vermittlungsprovision gehören, die ihm die Bankvertreter heimlich im Notariat übergeben wollten, und zwar zusätzlich zu der mit Wedel vereinbarten Provision von fünf Prozent. Dieses kleine Nebengeschäft hatte er für sich behalten, aber es hatte zweifelsohne seine Motivation für das Zustandekommen des Deals enorm gesteigert. Wäre er abergläubisch gewesen, hätte er das völlige Misslingen des Geschäfts als Strafe für seine Gier empfunden – war er aber nicht.

Rodenthal holte – nach heimlichem Umsehen – zum dritten Mal seinen kleinen, aber wirkungsvollen Seelentröster aus der Seitentasche seines Jackets und nahm einen kräftigen Schluck. Jetzt endlich schlummerte er ein. Wenig später wurden seine Schnarchgeräusche unüberhörbar.

Der Pilot drehte sich lächelnd zu seinen Passagieren um. Möglicherweise könnte er auch ein Nickerchen einlegen, indem er den Flug auf den Autopilot umstellte. Er wollte damit noch warten, bis die Maschine in fünf Minuten beim Überqueren der Sierra Nevada ihre endgültige Reisehöhe erreicht hatte. Im Augenblick flogen sie in viertausendfünfhundert Meter Höhe.

Paco war mit dem Muli unterwegs zu seinem hoch gelegenen Olivenhain. Seine fünf Hektar große Fläche am Südwesthang der Bergketten der Sierra Nevada lag in über eintausendfünfhundert Metern Höhe und war von keiner Straße erschlossen. Für sein Moped war der serpentinenartig ansteigende Weg zu steil, so dass er das Muli als Transportmittel benutzen musste, das er hier oben immer zum Grasen und für Weitertransporte bereithielt.

Sein Blick schweifte über das zurückbleibende weiße Dorf in den Bergen. Wie würfelförmige Schwalbennester schmiegten sich die weißgetünchten Häuser an die Felshänge. Rudimente noch aus maurischer Zeit, die mit der Requonquista 1492 abrupt zu Ende ging. Trotz der gnadenlosen Verfolgung und Austreibung der Muslime durch die christlichen Rückeroberer hatten nach achthundertjähriger Maurenherrschaft in wenigen vergessenen Dörfern der Sierra maurische Bewohner ihre Existenz erhalten können. Entweder waren sie offiziell zum Christentum übergetreten oder wurden von ihren christlichen Nachbarn geschützt. Pacos maurische Vorfahren hatten zu den Überlebenden im Dorf gehört.

Das Dorf Gaucin mit seinen dreihundert Einwohnern hatte sich in den Jahrhunderten kaum verändert. Außer Telefon und Fernsehen war eine enge, wenig befahrene Straße, die zudem am Dorfeingang endete, die einzige vorhandene Verbindung zur Außenwelt. Der Alcalde und sein Sekretär vertraten das Gesetz in Gaucin. Eine Polizeistation gab es nicht, wie es auch kein Hospital gab. Eine Krankenschwester, die gleichzeitig Hebamme war, versorgte in einer kleinen *ambulancia* die Notfälle der Bewohner im Krankheitsfall.

Erst in der gut achtzig Kilometer entfernten Provinzhauptstadt Granada waren die Errungenschaften der modernen Zeit verfügbar. Vor einigen Jahren war ein Hubschrauberlandeplatz angelegt worden, nachdem bei den immer wieder auftretenden Waldbränden die Feuerwehr den Brandherd viel zu spät erreicht hatte.

Immer wieder trieb Paco sein Muli mit einem Stöckchen zur Eile an. Als er endlich seinen Olivenhain erreicht hatte, blickte er voller Stolz auf die gut tausend Bäume, die wie Perlenschnüre den langen Steilhang zierten. Die Entwicklung der schwarzen Früchte war bereits weit fortgeschritten. Der Gedanke an die Ernte im Dezember verursachte ihm große Vorfreude. Er war selber überrascht, dass das

Silbergrau der Blätter mit den schwarzen Früchten über der roten Erde eine immer wiederkehrende Faszination auf ihn ausübte.

Paco löste die am Geschirr des Mulis befestigte Hacke und begann mit der Auflockerung der Erde. Diese Pflege durch seine Handarbeit erforderte die Wurzelfläche jedes Baumes. Er begann mit dieser mühsamen Baumpflege täglich erst am späten Nachmittag, wenn die Tageshitze nachgelassen hatte.

Als er nach einer Stunde schweißtreibender Arbeit den tönernen Wasserkrug zum Trinken ansetzte, blickte er nach oben und entdeckte die Düsenmaschine, die über den hohen Bergketten lautlos heranschwebte. Wie ein von der Abendsonne in weißes Licht gehüllter großer Vogel.

Sekundenbruchteile, bevor er das Explosionsgeräusch wahrnahm, sah er den rotgoldenen Feuerball am Himmel und das Zerbersten des Flugzeuges. Was gerade noch ein fliegendes Objekt am Himmel war, hatte sich wie von Zauberhand in seine Einzelteile aufgelöst, die als sich drehende Feuerpunkte wie ein Meteoritenregen zur Erde stürzten.

Paco konnte nicht erkennen, ob menschliche Körper dazugehörten. Die Entfernung war zu groß, und die Einzelteile waren zu klein. Grauen überfiel ihn, als er an die Insassen des Flugzeugs dachte, von denen mit Sicherheit keiner den tödlichen Absturz aus dieser Höhe überleben konnte. Vermutlich waren sie bereits durch die Explosion zu Tode gekommen, zumindest hoffte er das.

Wie gebannt betrachtete er das Niedergehen der Flugzeugtrümmer, bis nichts mehr zu sehen war. Der Himmel war blau und leer. Die Abendsonne leuchtete wie zuvor, als wäre nichts geschehen.

Paco wischte sich über die Augen. Eine kurze Sekunde lang glaubte er, einer Halluzination erlegen zu sein. Doch sein Entsetzen über die abgestürzte Maschine war zu real. Selbst das Muli schrie und stand mit zitternden Flanken da. Er wusste, dass er jetzt etwas unternehmen musste. Die Aufschlagstelle der niedergegangenen Flugzeugtrümmer dürfte nach seiner Schätzung in mehreren Kilometern Entfernung liegen. Hilfe würde er nicht leisten können – bei was auch! Überlebende konnte es nicht geben.

Er schwang sich auf sein Muli und trieb es eilig zurück zum Dorf. Der Alcalde musste benachrichtigt werden. Er würde wissen, was zu tun ist.

Am nächsten Morgen wimmelte es im Dorf von Mitgliedern mehrerer Suchmannschaften, die mit Kletterausrüstung in den Bergen rings um Gaucin nach eventuellen Überlebenden und den Wrackresten suchten. Hubschrauber kreisten in geringer Höhe über der Absturzstelle auf der Suche nach Überresten. Schon am zweiten Tag der Suche ergaben die ersten Untersuchungen der weit verstreut gefundenen Wrack- und Leichenteile, dass die Absturzursache eine Explosion gewesen sein musste. Die von der Guardia Civil hinzugezogenen Sprengstoffexperten aus Madrid konnten an bestimmten Metalltrümmern die braunen Reste von verbranntem Semtex nachweisen. Die weiteren Ermittlungen wurden von der Kriminalpolizei und dem Staatsschutz übernommen.

Nachdem die gefundenen Leichenteile und Papiere auf deutsche Opfer hinwiesen, kamen die Ermittler folgerichtig auf die vermisste Cessna Citation, die in München nie angekommen war. Die Familien der vier Opfer wurden benachrichtigt und erhielten psychologischen Beistand.

Die internationale Presse berichtete von einem rätselhaften Absturz der deutschen Maschine in den Bergen bei Granada. Die bisherigen Ermittlungen wiesen auf eine Explosion an Bord des Privatfliegers hin. Ansonsten tappten die Ermittler im Dunkeln. Auch die Hinweise auf den Sprengstoff Semtex als Ursache für die Explosion gaben keine Antwort auf die Beweggründe für den mörderischen Anschlag.

23

Justitiar Dr. Berger hatte lange mit sich gerungen, ob er nach Lektüre der Absturzmeldung mit dem schrecklichen Ende des Unternehmers und seines Finanzdirektors sein Wissen der Polizei mitteilen sollte. An den Tatsachen konnte keiner mehr etwas ändern. Er hatte der Ehefrau Ilse und den beiden Kindern persönlich sein Beileid ausgedrückt und war tief erschüttert angesichts des untröstlichen Schmerzes der Familie über den erlittenen Verlust. Ähnlich erging es ihm nach der Kondolation bei den Hinterbliebenen der Familie Semmerling.

Schließlich gewann sein Pflichtbewusstsein die Oberhand. Er machte einen Termin mit dem ihm aus gemeinsamen Studienjahren bekannten Staatsanwalt Herbert Obermeier.

Gegen fünfzehn Uhr führte ihn die Sekretärin ins geräumige Büro des Staatsanwaltes. Er war überrascht, einen zweiten Besucher vorzufinden. Obermeier war etwa fünfundfünfzig Jahre alt. Die Schmisse auf beiden Seiten der Kinnpartie wiesen ihn als ehemals aktiven Burschenschaftler aus. Die Schmucknarben passten zu seiner imposanten Erscheinung.

Obermeier stellte den zweiten Anwesenden als Kriminalhauptkommissar Georg Wickert vor. »Ich habe gewissermaßen präventiv Herrn Wickert dazugebeten, da wir als Juristen keine Ermittler sind. Und nach dem, was du mir am Telefon angedeutet hast, ist ein Fachmann sicher erforderlich. Herr Wickert ist Leiter der Mordkommission.«

Der jüngere Mann um die vierzig Jahre musterte den Justitiar durchdringend mit seinen wasserhellen Augen und begrüßte ihn mit kräftigem Händedruck. Ein harter Typ mit breiten Schultern, dachte Dr. Berger.

»Es hört sich skurril an«, begann der Justitiar, »aber ohne meine nachhaltigen Darmprobleme in der Nacht hätte ich ebenfalls zu den Opfern des Absturzes gehört. So hatte ich mich am Morgen krankgemeldet und die Teilnahme an dem Spanienflug abgesagt. Eine höhere Fügung hat mich gerettet. Aber ich will über den Grund für den Flug berichten.«

Er erzählte alle Details über die geplante Übernahme eines Brauereikonzerns durch Thomas Wedel, die Finanzierungsprobleme mit deutschen Banken und über das Finanzierungsangebot der saudischen ARABES BANK. Er erwähnte die Rolle des Finanzmaklers Alfons Rodenthal in Frankfurt und der zwei Vertreter der ARABES BANK, die das Angebot eines Einhundert-Millionen-Euro-Kredits vorgelegt hatten.

Dr. Berger legte Kopien der vorbereiteten Kreditverträge auf den Tisch.

»Die Verträge wollte Thomas Wedel im Beisein unseres Finanzdirektors Semmerling und des Finanzmaklers am letzten Mittwoch in Marbella unterzeichnen. Sie hatten mit den Vertretern der Bank um fünfzehn Uhr dreißig einen Termin in einem Notariat in Marbella vereinbart.«

»Bis dahin hört sich das Ganze durchaus schlüssig an«,

unterbrach der Hauptkommissar. »Was hat denn Ihr Misstrauen geweckt?«

»Sie haben recht, Herr Wickert. Bis dahin hatte ich auch keine Zweifel. Zumal der Finanzmakler – wie er uns später in München glaubhaft versicherte – mehrmals telefonischen Kontakt mit der Zentrale der ARABES BANK in Riad wie auch deren Filiale in Marbella gesucht hatte.

Ich bekam erstmals Bedenken, als die Zahlung einer Avalprovision über 2,5 Millionen Euro durch den Kreditnehmer erwähnt wurde. Und diese Forderung wurde noch undurchsichtiger, da die Provision im Notariat ohne Mitwirkung des Notars in bar an die beiden Bankvertreter übergeben werden sollte.«

Staatsanwalt Obermeier und Kriminalhauptkommissar Wickert wechselten erstaunte Blicke. »Moment, Helmut, bei dieser Forderung wäre ich auch misstrauisch geworden. So wie ich es verstanden habe, hat zuerst dieser Finanzmakler aus Frankfurt diese Avalprovision der Bank erwähnt. Mit welcher Begründung und vor allem, warum die Forderung nach einer Barauszahlung? Das hört sich schon fast nach Geldwäsche an.«

»Nach der Version Rodenthals ging es wohl eher um ein Bakschisch an die beiden Bankvertreter. Nicht viel anders als bei den Großkonzernen, die im Kampf um globale Produktionsaufträge riesige Bestechungsgelder, also versteckte Provisionen, bezahlen. Gelegentlich fliegt mal einer auf.

Jedenfalls dachte ich an so etwas und sagte das auch Herrn Wedel. Der allerdings setzte sich über meine Einwände hinweg und bestand auf meiner Begleitung bei diesem Geschäft.«

»Wurde der Betrag in Höhe von 2,5 Millionen Euro in bar mit nach Marbella genommen?«, fragte Georg Wickert.

»Soviel ich weiß, hat unsere Finanzbuchhalterin am Morgen vor dem Abflug im Büro Herrn Semmerling den Betrag in bar ausgezahlt. Beide haben die Quittung unterschrieben.«

»Dann bleibt die Frage, wo ist das Geld geblieben?«

Dr. Berger zuckte mit den Schultern. »Ich gehe mal davon aus, dass den Saudis des Geld übergeben wurde. Man müsste im Notariat in Marbella nachfragen.«

»Haben Sie die Adresse?« Der Justitiar gab sie ihm.

»Können Sie mir auch die Namen der beiden Bankvertreter nennen?« Der Hauptkommissar schrieb sich die Namen auf, die ihm Dr. Berger nannte.

»Haben Sie eine Vermutung, was hinter der Sache steckt, nicht zuletzt vor dem Hintergrund des gewaltsamen Absturzes der Maschine des Unternehmers und seiner Begleitung? Wenn Sie, Dr. Berger, ebenfalls mitgeflogen wären, gäbe es keinerlei Zeugen für die Transaktion ihres Chefs. Ohne Ihre Informationen hätten wir von den Hintergründen des Geschehens nichts erfahren. Jetzt haben wir erstmals Hinweise auf ein Verbrechen und das mögliche Motiv für einen geplanten Absturz des Flugzeugs. Wir werden als erstes die Kollegen in Spanien informieren. Wenn wir deren Antwort haben, muss das Bundeskriminalamt in Wiesbaden miteinbezogen werden.

Und Sie, Herr Staatsanwalt, werden dann die undankbare Aufgabe haben, die Presse über ein noch ungelöstes Kapitalverbrechen zu informieren.«

»Das habe ich befürchtet«, brummte Hubert Obermeier und schaute auf seine Uhr. »Ich glaube, Helmut, du hast uns eine Menge offener Fragen mitgebracht, auf die wir jetzt eine Antwort finden müssen. Ich weiß deine Offenheit zu schätzen. Und Danke für deinen Besuch. Wir werden dich auf dem Laufenden halten.«

24

Erika Thönes schmiegte sich in Norbert Francks Arme. Ihre langen blonden Haare bündelten sich auf seiner muskulösen Brust, die sich bei jedem Atemzug regelmäßig auf und ab bewegte. Er schlief noch den Erholungsschlaf nach der langen Liebesnacht, in der er sie wiederholt zum Orgasmus gebracht hatte. Sie lächelte bei dem Gedanken, dass die Sexualwissenschaftler wohl recht hatten mit der Behauptung, dass Männer nach dem Liebesakt schneller der Erschöpfung erliegen als der weibliche Partner. Das lag wohl in der Natur der Sache.

Verliebt schaute sie auf ihren früheren Partner im Dienst der Wuppertaler Kripo. Wie sehr sie sein Ausscheiden aus dem Polizeidienst bedauerte, merkte sie an den seltener gewordenen Stunden des Zusammenseins. Viel zu oft befand er sich jetzt auf auswärtigen Ermittlungsreisen, die meistens nur sporadische Treffs an freien Wochenenden ermöglichten. Seine längeren Abwesenheiten erweckten in ihr ein sehnendes Ziehen, das immer häufiger den Wunsch nach einer festen Bindung durch eine Heirat auslöste. Trotzdem wollte sie diese Frage nicht selber zur Sprache bringen. Das musste schon von ihm kommen.

Spielerisch kitzelte sie mit ihren Haaren seine markanten Wangenknochen.

Norbert wachte auf. »Ich glaube, ich habe voll durchgeschlafen. Du warst ganz schön anspruchsvoll heute Nacht«, grinste er.

»Nur deinen Wünschen entsprechend«, lachte Erika. »Wenn wir zusammen frühstücken wollen, musst du jetzt hoch. Während du frische Brötchen besorgst, bereite ich das Frühstück vor.«

»Einverstanden«, seufzte Norbert. Tatsächlich freute er sich auf das gemeinsame Frühstück, das ihn manchmal etwas wehmütig an seine viel zu früh verstorbene Ehefrau Ulla erinnerte. Aber sechs Jahre Witwer waren eine lange Zeit, und Ulla würde mit einem neuen Glück für ihn sicher einverstanden sein. Eigentlich wäre es an der Zeit, mit Erika über eine Eheschließung und gemeinsame Zukunft zu sprechen, bevor er die Vierzig überschritten hatte. Er würde nochmal darüber nachdenken.

Sie hatten das Frühstück hinter sich und genossen die besinnliche folgende Stunde, die Erika gerne ihre Dampfplauderstunde nannte. Norbert rauchte genussvoll die erste von sechs bis acht Zigaretten am Tag, die er sich auch als Kampfsportler gönnte. Da müsse man vorher die Autoabgase und Emissionen der gesamten luftverpestenden Industrie abschaffen, bevor er seinen bescheidenen Zigarettenkonsum stoppte. Außerdem hatte er kürzlich erst gelesen, dass Zigarettenrauch keine krebserzeugenden Viren enthalte. Und Lungenkrebs wurde wie alle anderen Krebserkrankungen durch Viren ausgelöst. Deshalb wiesen auch die neuesten Statistiken der ARC Agency for Research on Cancer keine sinkenden Krebserkrankungen auf, was aufgrund der reduzierten Raucherzahlen normalerweise hätte der Fall sein müssen.

Erika unterbrach die Dampfplauderei mit einem ernsten Thema. »Wir wissen Neues zum Fall Gunnar Franzen.«

Norbert wurde sofort aufmerksam.

»Du hast doch bestimmt in der Presse über den Flugzeugabsturz des Münchner Unternehmers Thomas Wedel gelesen. Explosion an Bord, kein Motiv erkennbar und kein Täter in Sicht. Also alles schwebend unsichtbar. Tatsächlich hat sich jetzt das Wiesbadener Bundeskriminalamt eingeschaltet, in Zusammenarbeit mit den spanischen Ermittlern sowie Europol und Interpol für die Personenfahndung.«

»Dann sind sie ja alle in trauter Disharmonie beisammen«, lästerte Norbert. »Ich erinnere mich noch zu gut an den peinlichen Skandal in 2012. Das Bundeskriminalamt hatte eine Software zum Ausspähen von Computerdaten eingesetzt. Mit Hilfe eingeschleuster Trojaner – man nannte sie passenderweise ›Staatstrojaner‹ – konnte man zum Beispiel Mail- und Chatprogramme überwachen. Später kam durch einen Zufall heraus, dass das BKA mittels seiner ›Staatstrojaner‹ auch Telefonsexmitschnitte speicherte.«

»Dann darf man die Aufgabe nicht in Männerhände geben. Die sind da eben anfälliger als Frauen!«, lachte Erika.

»Da bin ich mir nicht so sicher«, grinste Norbert zurück. »Aber erzähl mal weiter.«

»Wir haben über das Landeskriminalamt gestern die bisherigen Ermittlungsergebnisse erhalten. Danach ist dem Flugzeugabsturz in der Sierra Nevada ein außergewöhnlicher Betrug vorausgegangen, der es in sich hat. Es ging um 2,5 Millionen Euro.

Wolfgang Dietzel und ich haben uns sofort mit Franz Kowalski vom Betrugsdezernat zusammengesetzt. Das von uns bereits zugrunde gelegte Muster – Betrug mit anschließender Zeugenbeseitigung – wird durch den Münchner Fall eindeutig bestätigt. Leider ist die bisherige Täterfahndung entsprechend dem Muster ebenfalls negativ. Dabei war die spanische Polizei nicht untätig geblieben. Sie hat mehrere Kellner eines Luxushotels in Málaga als Zeugen aufgetan, die Täter und Opfer anhand von Fotos beziehungsweise Phantomzeichnungen identifiziert haben. Weiter wurde eine Angestellte eines Notariats in Marbella ermittelt, die mit den Opfern gesprochen hatte, als diese zu einem offensichtlich fingierten Notartermin erschienen waren. Die Täter als vorgebliche Vertragspartner einer arabischen Großbank waren natürlich nicht erschienen.

Nach dem Vorfall im Hotel ist die Kette unterbrochen. Die Täter sind wie Phantome verschwunden, obwohl das BKA von den Spaniern neue Phantombilder der Täter erhalten hat, die unseren aus Amsterdam nur sehr entfernt gleichen. Die Täter haben vermutlich eine neue Maskierung benutzt.«

»Du sprichst von einem Vorfall in diesem Hotel in Málaga«, unterbrach Norbert.

»Die Geschichte ist skurril und doch aufschlussreich. Stell dir vor, die Täter haben doch tatsächlich eine tödliche Korallenschlange eingesetzt, die ihre Opfer in Panik versetzt hat, so dass mehrere Kellner zu Hilfe gerufen wurden, um das tödliche Reptil zu beseitigen. Die haben die Schlange erwischt und getötet. Es stellte sich später heraus, dass es sich keineswegs um eine tödliche Korallenschlange handelte. Die Täter hatten die leicht verwechselbare, aber harmlose Berg-Eidechsennatter eingesetzt. Die spanische Polizei hat sehr schnell die Zoohandlung ausfindig gemacht, in der einer der Täter die Schlange gekauft hatte. Angeblich fürs Mäusejagen.«

»Bleibt die Frage, aus welchem Grund die Täter die Schlange eingesetzt haben?!«

»Auch die Frage ist geklärt. Laut Aussage eines Dr. Berger, der im Unternehmen Wedels als Justitiar tätig ist, hatte der Unternehmer einen Geldkoffer mit 2,5 Millionen Euro bei sich, welche die Täter als Vertreter der saudischen ARABES BANK für ein zugesagtes Einhundert-Millionen-Euro-Darlehen als Avalprovision erhalten sollten – und zwar in bar.«

»Du meinst, die haben erneut das Spiel der Olympia nach HOFFMANNS ERZÄHLUNGEN inszeniert, indem der Kofferinhalt ausgetauscht worden ist?«

»So muss es gewesen sein, denn dafür gibt es jetzt sogar einen Augenzeugen.«

Erika hatte leuchtende Augen bekommen. »An der Schweizer Grenze zu Frankreich am Genfer See hat die Schweizer Kantonpolizei einen Geldschmuggler erwischt. Ein auffallend kleiner italienischer Staatsbürger aus Palermo mit Namen Giacomo Farese hatte einhunderttausend Euro Bargeld im Auto versteckt, die er beim Grenzübergang nicht angegeben hatte. Die Herkunft des Geldes konnte und wollte er nicht erklären. Dummerweise steckte das Geldbündel noch in der Banderole einer Münchner Bank. Der erste Anruf der Zöllner bei der Bank ergab, dass die Scheine registriert waren und zum Auszahlungsbetrag von 2,5 Millionen Euro an den Münchner Unternehmer Thomas Wedel gehörten.

Als man den kleinen Italiener mit diesen Fakten und dem Mord an mindestens vier Personen beim gewaltsamen Flugzeugabsturz konfrontierte, ging er in die Knie und plauderte sein Wissen aus.

Über den Aufenthalt der Täter wusste er wohl tatsächlich nichts. Er kannte sie nur unter den Namen Levy und Nadal. Er hielt sie für Palästinenser oder Israelis. Im Übrigen hatte er bereits mehrmals für sie die Olympia mit Erfolg gespielt. Wie oft und bei welchen Gelegenheiten er in ihre Rolle geschlüpft ist, konnte oder wollte er nicht sagen. Aber das werden die Münchner Ermittler beziehungsweise das BKA noch herausfinden. Dorthin wird er zur weiteren Vernehmung überstellt werden.«

Sie holte Luft und blickte Norbert erwartungsvoll an. Der war einigermaßen überrascht angesichts der Fülle neuer Erkenntnisse.

»Ich bin fast sprachlos über deine Neuigkeiten in so kurzer Zeit. Da hat aber Kommissar Zufall gehörig mitgespielt. Das Entscheidende bleibt trotzdem ein Fahndungserfolg nach den Tätern. Der fehlt bis heute. Aber selbst wenn man sie stellt, wird es über eine Anklage wegen Betruges nicht hinausgehen. Und bereits das ist nur wegen dieses Zeugen Giacomo möglich. Für die Morde gibt es keine überlebenden Zeugen, außer meinem Freund Gunnar Franzen. Und den packt langsam die Verzweiflung. Ich habe ihm übrigens meine Hilfe versprochen.«

»Und wie soll die aussehen?«

»Darüber wollte ich noch mit dir sprechen, denn womöglich bin ich auf deine Mithilfe angewiesen.«

»Du vergisst dabei hoffentlich nicht, dass ich beamtete Oberkommissarin der Wuppertaler Kripo bin. Schon für die Mitteilung der bisherigen Ermittlungsergebnisse an dich könnte ich meinen Job riskieren. Vergiss das bitte nicht bei deinen Planungen.«

»Wie könnte ich das vergessen, ich war schließlich lange genug bei dem Haufen. Ich kenne das System zu genau. Im Moment kann ich dir ohnehin nur sagen, dass ich die Ermittlungen als Privatdetektiv im Auftrag unserer Firma weiterführen will. Dazu müsste ich allerdings nach Florida fliegen.«

»Und dort willst du ganz allein als deutscher Privatdetektiv mal so eben auf Gangsterjagd gehen? Ich fürchte, du landest selber hinter Gittern – und zwar schneller, als du denkst.«

Erika war ernstlich entsetzt über soviel Naivität. Sie wusste aus ihrer Arbeit, dass amerikanische FBI-Agenten mit Zustimmung des Bundeskriminalamtes in seltenen Fällen bei Ermittlungen beratend hinzugezogen wurden. Meistens als sogenannte Profiler. Vom umgekehrten Fall, dass deutsche Ermittler in den USA zur Mithilfe bei einer Verbrechensermittlung gestellt wurden, hatte sie noch nie gehört.

Norbert lächelte. »Natürlich arbeite ich als deutscher Ermittler in Florida nicht allein. Unsere Detektei arbeitet international und führt weltweit Ermittlungen durch. In Florida haben wir in Miami ein Partnerbüro. Die statten mich mit einem Ausweis für amerikanische Privatdetektive aus. Der gilt natürlich nur temporär, also für höchstens sechs Monate. Danach kann er verlängert werden. Selbst eine Genehmigung für das Tragen einer Waffe kann unser Büro bereitstellen. Und wenn ich Hilfe bei Ermittlungen benötige, wird mir ein amerikanischer Kollege zur Seite gestellt.

Im Übrigen ist in den USA eine Zusammenarbeit von ›Privatschnüfflern‹ und offiziellen Ermittlern nichts Ungewöhnliches. Die meisten amerikanischen Privatdetektive kommen aus dem System, waren also vorher selber als Sheriff oder Kripoermittler tätig. Wer als Sheriff nach fünf Jahren als Wahlbeamter nicht wiedergewählt wird, ist seinen Job los und muss sich in der privaten Sicherheitsbranche umsehen. Von wegen Beamtenstatus auf Lebenszeit.

Also mach dir keine Sorgen. Ich dachte bei deiner Hilfe auch mehr an neue Informationen aus euren Ermittlungen.«

»Die werde ich dir selbstverständlich auch weiterhin geben. Wofür gibt es Mailverkehr! Trotzdem mache ich mir Sorgen um dich, die ich mir lieber hier um dich machen würde. Ich hoffe, du verstehst das!«

»Aber ja, Liebes. Mir geht es nicht anders, wenn wir getrennt sind. Darüber wollte ich ohnehin mit dir reden. Trotzdem könnte ich deine Sorgen schon jetzt etwas mildern, wenn wir das im Liegen besprechen.«

Lächelnd zog er Erika in Richtung Schlafzimmer.

25

Jehuda Finkenstein und Salim Arafat hatten ihr Endziel Key West, den südlichsten Punkt der USA, erreicht. Sie saßen in Captain Tony's Saloon und genossen ihre Frozen Margaritas.

Sie fühlten sich wohl in dieser Straßenbar in der Greene Street, die von 1933 bis 1937 als Stammkneipe Hemingways galt. Hier war seine »Tankstelle«, damals noch unter dem Namen Sloppy Joe's Bar. Hier erzählte der berühmte Schriftsteller inkognito seine abenteuerlichen Geschichten und schrieb später: »Man hält mich für einen Rauschgiftschmuggler oder Schnapshändler.«

Jehuda und Salim fühlten sich von dem tropischen Key West noch aus einem weiteren Grund angezogen. Neben San Francisco war auf dieser karibischen Insel der Lebenskünstler und Abenteurer eine beträchtliche Schwulenkolonie entstanden, die jedes Jahr im Dezember ein International Gay Arts Festival zelebrierte.

An den übrigen Tagen des Jahres tummelten sich über drei Millionen Touristen auf der Insel und verbreiteten Partylaune. Key West hatte sich schon vor Jahren mit dem hedonistischen Anspruch »Überall ist Disneyland« in einen kommunalen Vergnügungspark verwandelt. Den beiden Mördern gefiel das aus verschiedenen Gründen. Im exklusiven Hotel The Pier House direkt am Meer mit Pool und Privatstrand hatten sie eine Suite für zwei Personen bezogen, was hier als normal galt und keine neugierigen Fragen provozierte.

Sie hatten sich unter ihren richtigen Namen einquartiert, da sie bei der Immigration am Flughafen in Miami nicht mit ihren falschen Namen auffallen wollten. In ihren echten Pässen waren bereits diverse Einreisestempel in die USA vermerkt. Außerdem waren sie sich sicher, dass ihr Doppelleben nicht auffliegen konnte, da ihre Verbrechen anonym waren. Alle belastungsfähigen Zeugen waren beseitigt. Wer sollte ihnen da gefährlich werden? Sie fühlten sich entspannt und sicher.

Ihre letzte Beute hatten sie in zwei Tranchen über die spanisch-britische Grenze zur Kronkolonie gebracht, der britischen Steueroase Gibraltar. Eine Kontrolle hatte nicht stattgefunden. Sie wurden wie alle Touristen durchgewinkt.

In der NatWest Bank waren sie aufgrund früherer Transaktionen bekannt und konnten ihr Bargeld problemlos auf ihr Konto einzahlen. Später würde es endgültig in die Banktresore in der Schweiz und auf den Bahamas transferiert werden. Von hier bis nach Key West war es ein fliegerischer Katzensprung.

Vertraulich legte Jehuda seinem jüngeren Partner den Arm um die Schulter. »Hast du schon einmal ans Aufhören gedacht? Gewissermaßen an einen vorgezogenen Ruhestand? Nach all den überstandenen Gefahren und Risiken einer Entdeckung könnte ich mir ein neues Leben in Frieden und Sicherheit ohne Ängste ganz gut vorstellen. Außerdem sind unsere Bankkonten gut gefüllt. Finanziell haben wir für den Rest unseres Lebens ausgesorgt.«

Überrascht blickte Salim seinen Mentor an. »Das hört

sich ja an, als wärst du alt geworden. Trotzdem würde ich deine Frage mit Ja beantworten. Denn ich glaube nicht daran, dass unser bisheriges Glück endlos ist. Wenn wir es aufgebraucht haben, wird man uns erwischen. Deshalb stimme ich zu, uns rechtzeitig aus dem Geschäft zurückzuziehen. Bist du wegen deiner Ausstiegsüberlegungen so lange vor dem historischen *conch house* stehengeblieben, das in der Southard Street zum Verkauf steht?«

»Du kennst mich wirklich sehr gut, Salim. Dieses kleine romantische Holzhaus liegt in Old Town und wurde laut Maklerbeschreibung im 19. Jahrhundert von Schiffszimmerleuten gebaut, die auf die Verwendung von Nägeln verzichtet haben. Vielleicht gehört es sogar zu den Conch-Häusern der ersten englischen Siedler, die 1820 von den Bahamas hierher gesiedelt sind und ihre Holzhäuser von dort komplett nach Key West verschifft haben. Die ersten Siedler hier waren übrigens Spanier. Sie nannten die Insel Cayo Huesco, die Insel der Knochen. Sie hielten die hier lebenden Calusa-Indianer für Kannibalen.«

»Du hast dich ja richtig eingelesen«, staunte Salim.

»Wenn wir hier ansässig werden wollen, sollte man ein wenig über die Insel wissen. Wie gefällt dir denn dieses *conch house?«*

Salim überlegte kurz. »Wenn du so fragst, kannst du mit meiner Zustimmung rechnen. Die Hoffnung auf ein eigenständiges Palästina habe ich ohnehin aufgegeben. Meine frühere Heimat wird kurz über lang in einem Großisrael aufgehen. Den Kampf haben wir jetzt schon verloren. So wie ich dich kenne, hast du bestimmt schon mit dem Makler von Caldwell Banker telefoniert. Was soll es überhaupt kosten?«

Jehuda lächelte. »Du hast recht. Der Preis inklusive Möblierung soll bei vierhundertfünfzigtausend Dollar liegen. Das Grundstück ist etwa vierhundert Quadratmeter groß. Das Beste ist, dass das Haus frei ist. Nach Abschluss des Kaufvertrages und Zahlung des Kaufpreises könnten wir sofort einziehen.«

»Jetzt würde es mich nicht wundern, wenn du auch das schon organisiert hättest.«

»Du hast es erneut getroffen. Wir können morgen den Kaufvertrag beim Real Estate Broker abschließen, wo der Verkäufer bereits unterschrieben hat. Dann können wir anschließend bei der Title Insurance Company einen bankbestätigten Scheck über vierhundertfünfzigtausend Dollar abgeben. Die Gesellschaft beantragt den *title deed,* die Umschreibung im Grundbuch auf unseren Namen, und wir sind Eigentümer des Anwesens.«

»Deine Schnelligkeit macht mich langsam sprachlos. Warst du dir meiner Zustimmung so sicher?«

»Im Prinzip ja, denn bisher hast du alle meine Entscheidungen akzeptiert, und zwar zu unser beider Vorteil.«

Salim grinste. »Jetzt hast du es getroffen. Und wann können wir einziehen?«

»Spätestens übermorgen, wenn das Haus noch einmal grundgereinigt ist.«

»Ich glaube, ich fange an, mich auf das Haus zu freuen. In dem tropischen Garten hinter dem Haus kann man unter den Palmen bestimmt herrlich relaxen. Und das Leben aus dem Koffer hat ein Ende. Wann ist der Termin morgen?«

»Um elf Uhr beim Makler und anschließend bei der Title Insurance. Die haben ihre Büros im selben Gebäude. Danach erhalten wir die Schlüssel und können alles überplanen oder so lassen, wie es ist. Ich habe einen Satz Bestandspläne des Hauseigentümers erhalten. Die schauen wir uns im Hotel an.«

Jetzt hatten selbst die sonst so eiskalten Augen Salims ein frohes, fast warmes Glitzern bekommen. »Dann wollen wir das kommende Ereignis mal begießen.« Sie bestellten zwei weitere Frozen Margaritas.

Am Tag der Vertragsunterzeichnung und der Schlüsselübergabe packten die beiden Mörder ihre Koffer und zogen ins eigene Haus um. Salim, der das Gelände bis dahin nur von der Straße aus gesehen hatte, war begeistert. Zunächst wollten sie alles so lassen, wie es war. Bis auf das Schlafzimmer. Hier sollte ein gemeinsames Kingsize-Bett aufgestellt werden, in dem sie sich beide nach Bedarf entfalten konnten. Ein Namensschild an der Haustür kam natürlich nicht in Frage. Aber das war im ganzen Land nicht üblich.

26

Norbert hatte mit Gunnar Franzen und dem Chef der Privatdetektei International Investigation GmbH einen Termin vereinbart. Das Treffen sollte um achtzehn Uhr im Büro des Unternehmers stattfinden, da der Mörder immer noch frei herumlief. Die Bedrohung für Gunnar war nach wie vor latent vorhanden.

Seine Mitarbeiter hatten das Büro bereits verlassen, als die Besucher pünktlich eintrafen. Norbert stellte seinen Chef Jürgen Lorenz vor, ein kantiger Mann von 53 Jahren, der ihn mit wachsamen Augen musterte. Er war nur wenig kleiner als Gunnar.

Gunnar wusste von Norbert, dass Jürgen Lorenz vor Jahren als Hauptkommissar beim Landeskriminalamt ausgestiegen war. Nach über zwanzig Jahren als Beamter hatte ihm das eine beträchtliche Abfindung eingebracht. Glücklich verheiratet und mit drei Kindern gesegnet, wollte er bewusst aus dem aktiven Polizeidienst ausscheiden, um sein Familienleben in ein ruhigeres Fahrwasser zu steuern. Hinzu kam der Anreiz, beim Aufbau einer inzwischen international aufgestellten Privatdetektei mitzuarbeiten.

Gunnar umarmte seinen Freund, und sie setzten sich. Jürgen Lorenz stellte kurz seine Firma und deren Ermittlungsschwerpunkte vor, die in viele Staaten der Welt führten. Gunnar war beeindruckt, auch über die Höhe der Ermittlungskosten, die Lorenz ebenfalls erwähnte.

»Um es auf den Punkt zu bringen, Herr Franzen. Wir arbeiten zwar nicht immer erfolgreich. Umsonst arbeiten wir jedoch nie. Ich will Ihnen auch nicht verschweigen, dass ich das Auffinden des Mörders und weiterer Täter in Ihrem Fall für äußerst schwierig, wenn nicht sogar für aussichtslos halte. Zumal der oder die Täter sich möglicherweise im Ausland befinden.

Doch will ich ihnen auch die positiven Aspekte nennen. Ihr Freund Norbert hat ja bereits etwas ermittelt, was meine ursprüngliche Beurteilung des Falles in ein günstigeres Licht rücken könnte. In Key West hat er durch seinen Anruf im Pier House Hotel den Namen eines der Täter erfahren, eines gewissen Salim Arafat. In Verbindung mit dem vagen Hinweis auf die 500-Euro-Noten haben wir jetzt eine echte Spur. Hier können wir ansetzen.

Das heißt im Klartext, dass ich einen Auftrag in Ihrer Sache annehme, da er aufgrund der neuen Erkenntnisse in Key West einen positiven Ansatz hat. Wären Sie damit einverstanden, Herr Franzen?«

»Natürlich bin ich einverstanden. Denn seit gut drei Wochen sitze ich – ebenso meine Familie – wie auf heißen Kohlen. Meine schon regelmäßigen Anrufe in Amsterdam und bei den Wuppertaler Ermittlern haben nichts Positives erbracht, abgesehen von hinhaltenden Vertröstungen. Denen werde ich allmählich nur noch lästig.

Glauben Sie mir, Herr Lorenz, ich werde jede Ermittlung mittragen, und selbstverständlich Ihre finanziellen Kosten. Lassen Sie mir Ihren Vertrag über die Auftragserteilung hier, dann haben Sie ihn morgen unterschrieben zurück.

Eine Bedingung habe ich allerdings. Ich werde Norbert in die USA begleiten, nicht weil ich den Ehrgeiz habe, Detektiv zu spielen – da gibt es Berufenere –, aber ich kenne Florida und Key West. In den letzten Jahren war ich mit meiner Familie mehrmals dort. Glauben sie mir, die Abenteuerlust meiner Kinder hat nicht viel Unentdecktes zurückgelassen.«

»Ihr Freund Norbert hatte so etwas bereits angedeutet. Begeistert bin ich nicht, aber ich kann ihre Motivation nachvollziehen. Sie fahren dann als reine Privatperson und genießen keinerlei Privilegien wie Herr Franck. Der ist durch unser Zweigbüro in Miami als beauftragter Privatermittler gedeckt und versichert. Wenn Sie ihn begleiten, setze ich voraus, dass Sie sich seinen Anweisungen unterwerfen und in keinem Falle eigene Ermittlungen anstellen. Damit würden Sie sich, Ihrem Freund und der Sache Schaden zufügen. In dem Fall würde unsere Firma sofort alle Ermittlungen einstellen und den Auftrag stornieren. Ich muss Ihnen das in aller Deutlichkeit sagen, Herr Franzen.«

»Dem kann ich nur zustimmen, denn, wie gesagt, ich bin und werde kein Privatdetektiv. Wann kann es denn losgehen?«

»Wenn Sie den Vertrag unterschrieben haben, besorge ich die Flugtickets nach Miami. Der nächste Flug geht in zwei Tagen mit Air Berlin.«

Abends hatte Gunnar seiner Dori viel zu erklären, bis sie ihre Zustimmung gab. Den Kindern sagten sie, es ginge um das geplante Ferienhaus in Bonita Springs.

Es wurde ein tränenreicher Abschied, als er zwei Tage später mit Norbert zum Flughafen in Düsseldorf aufbrach.

Nach neunstündigem Flug landeten sie wohlbehalten in Miami. Beim Verlassen des klimatisierten Flughafengebäudes traf sie die feuchte Schwüle mit Temperaturen über dreißig Grad wie ein Klimaschock.

Ein Taxi brachte sie in die 16. Straße zum Büro der International Investigation Inc. Dort begrüßte sie *office manager* John Mac Govern mit breitem Grinsen. Er war von der deutschen Zentrale bereits informiert über Norberts Mission und die Begleitung Gunnars, der für eine Identifizierung der Mörder nötig war.

Mac Govern, ein freundlicher mittelgroßer Mann mit offensichtlichem Hang zu Fast Food, übergab dem deutschen Kollegen den temporär gültigen *Private-Detective-Identify*-Ausweis und eine Pistole Walther PPK mit dazugehörigem Gürtelholster, die er versteckt unter dem Hemd tragen konnte, das bei diesen Temperaturen locker über der Hose hing.

»Denk immer daran, dass du die Waffe ausschließlich zur Gefahrenabwehr einsetzen darfst. Damit ist eine Selbstverteidigung bei Bedrohung von Leib und Leben gemeint. Wenn du gegen diese Regel verstößt, landest du unweigerlich im Knast.

Ich kenne aus früheren gemeinsamen Zeiten den Sheriff von Key West. Er ist ein umgänglicher Mann, der euch weiterhelfen kann. Ich hab euch bei ihm avisiert. Meldet euch bei *chief* Ben Johnson und grüßt ihn von mir.

Ich habe im Pier House zwei Zimmer auf eure Namen gebucht – zunächst mal für eine Woche. Habt ihr die beiden Verdächtigen bis dahin nicht gefunden, sind sie vermutlich auch nicht dort.

Mit dem Chef habe ich abgesprochen, dass ihr euch

jeden zweiten Tag in meinem Büro meldet. Wir wollen ja nicht, dass ihr verloren geht«, lachte er. »Und wenn ihr Unterstützung braucht, meldet euch sofort. Entweder komme ich selber oder einer unserer Mitarbeiter.«

Er übergab ihnen Schlüssel und Papiere für den vorgesehenen Leihwagen sowie die Hotelvoucher und wünschte viel Glück.

Fünf Minuten später saßen die beiden Freunde im gemieteten Continental Town Car mit getönten Scheiben und waren dankbar für die ausgezeichnet arbeitende Aircondition.

Das Navigationsgerät führte sie über die vierspurige Interstate 95 aus der weitläufig besiedelten Metropole am Atlantik heraus auf die US 1, die ab Homestead über 217 Kilometer bis Key West führte.

»Diese Strecke bin ich bereits ein paarmal mit meiner Familie gefahren«, erzählte Gunnar, der am Steuer saß. »Ab Key Largo wird der Highway 1 zum berühmten Overseas Highway. Der führt dann 113 Kilometer über dreiundvierzig Brücken bis nach Key West. Nur so konnten die vielen Inseln für den Tourismus erschlossen werden.

Davor konnten die Keys nur per Boot erreicht werden. Allerdings gab es seit 1912 eine Eisenbahnverbindung zwischen Key West und Miami. Die hatte der Eisenbahnkönig Henry Flagler gebaut. Damit war ihm mit dem Bau der elf Kilometer langen Seven Mile Bridge auf 546 Betonpfeilern ein technisches Wunderwerk gelungen. Die Gewalt der tropischen Wirbelstürme hatte er allerdings unterschätzt. 1935 fegte ein gewaltiger Hurrikan große Teile der Strecken und Brücken ins Meer, einschließlich eines kompletten Zuges.«

Gunnar machte seinen Freund auf die Meilensteine *(mile markers)* am Fahrbahnrand aufmerksam. In Key Largo, mit dem *mile marker 1,* hielt Gunnar an. »Hier lade ich dich zum Kaffee ein. Außerdem muss ich dir etwas zeigen. Sagt dir der Name Key Largo etwas?«

»Eigentlich weniger.«

»Du bist ein Kulturbanause. Dieser Ort hieß früher Rock Harbor, bis hier 1948 der Gangsterfilm KEY LARGO von John Houston mit Humphrey Bogart und Edward G. Robinson gedreht wurde. Nach dem Namen dieses Kultfilms hat man die Stadt umbenannt.«

Nach dem Kaffee führte Gunnar seinen Freund zum nahegelegenen Dock, an dem das Originalboot »African Queen« aus dem gleichnamigen Film festgemacht war. »Ein weiterer Kultfilm mit Humphrey Bogart und Katharine Hepburn. Mit dem Boot werden heute Touristentouren unternommen. Mit meiner Familie habe ich eine mitgemacht. Ganz schön spannend mit diesem alten Eisenkahn, der von zehntausend Nieten zusammengehalten wird.«

Danach fuhren sie weiter über die nicht enden wollende Brückenstrecke. Irgendwie hatte die Fahrt einen unwirklichen Charakter angenommen, als führe man auf vier Rädern durch das Blau der sich endlos zu beiden Seiten der Brücken erstreckenden Wasserflächen, nur unterbrochen von unzähligen Inselchen, unter deren karibischem Palmengrün vereinzelte Luxusanwesen versteckt waren. Wie auf Perlenschnüren reihten sich die Eilande aneinander. Die meisten waren unbewohnt.

Sie fuhren bereits in den orangerot leuchtenden Sonnenuntergang, als sie Key West nach fast fünf Stunden erreichten. Schnell gerieten sie in das quirlige Leben und den endlosen Autostrom, der die kleine Insel überflutete. Mit 5,5 Kilometer Länge und etwa 1,5 Kilometer Breite war sie nur ein winziges Eiland. Im 19. Jahrhundert war sie ein Piratenzentrum für sogenannte *wreckers,* die Frachtschiffe auf die vorgelagerten Riffe lotsten und ausplünderten.

Gunnar zeigte auf die historischen Conchhäuser und die im Kolonialstil errichteten Holzhäuser, während sie im schleichenden Verkehr durch die Duval Street fuhren.

Sie erreichten das Pier House am Anfang der Duval Street und fühlten sich nach Verlassen des Wagens augenblicklich wie in einem tropischen Resort am Meer. Die Hektik der Duval Street war verschwunden. An der Rezeption erhielten sie ihre Zimmerschlüssel. Beide Zimmer lagen nebeneinander.

Vorbei an blühenden Hibiskus-, Oleander- und stark duftenden Jasminbüschen gelangten sie auf plattierten Wegen wie über einen tropischen Dschungelpfad zu ihrer Hotelresidenz, einem karibisch anmutenden Herrenhaus im typisch spanischen Kolonialstil.

Nach dem Bezug ihrer Zimmer wollten sie beim Essen und einem Drink das weitere Vorgehen auf ihrer Mörderjagd besprechen. Gunnar hatte das ihm bekannte Blue Haven vorgeschlagen, das Seafood-Spezialitäten in tropischem Ambiente servierte. Im dazugehörenden Garten hatte sich vor über siebzig Jahren der Schriftsteller Hemingway Box- und Hahnenkämpfe angesehen.

Norbert war begeistert von den frischen *stone crabs* und den frittierten Conch-Muscheln, die als *conch fritters* zu den Spezialitäten der Insel zählten. Sie begossen das Ganze mit einem Buttercup, einem speziellen Cocktail aus Wodka, Kahlúa, Amaretto, Kokosmilch und Sahne.

»Langsam kann ich verstehen, warum du dir in Florida ein Ferienhaus kaufen willst«, stöhnte Norbert mit wohligem satten Gefühl. »Und regelmäßig nach Key West zum Schlemmen und Relaxen. Gar nicht übel, was du dir vorgenommen hast. Auf jeden Fall hättest du schon mal einen regelmäßigen Lieblingsgast«, lachte er.

Dann wurde er ernst. »Während du noch im Zimmer warst, habe ich mich an der Rezeption nach einem Bekannten mit Namen Salim Arafat erkundigt. Der war tatsächlich hier, und zwar mit einem Bekannten. Und der, darauf würde ich wetten, ist der zweite Mann des Mörderduos.«

»Hast du seinen Namen herausbekommen?«, unterbrach Gunnar aufgeregt. »Hab ich tatsächlich, hat mich aber einen Hunderter gekostet. Zuerst sperrte sich der Rezeptionist. Er schaute mich so merkwürdig an.«

»Vielleicht hielt er dich für einen Schwulen und befürchtete ein Eifersuchtsdrama«, lachte Gunnar.

»Das ist gar nicht so abwegig, da sich herausstellte, dass Salim mit dem anderen Gast in einer Suite gemeinsam übernachtet hat. Wie gesagt, der Hunderter zerstreute seine Bedenken. Der zweite Mann heißt Jehuda Finkenstein.«

»Dann gehe ich eine zweite Wette ein, dass dieser Mann der Levy Goldstein ist, dem ich meine zweihundertfünfzigtausend Euro ausgehändigt habe. Wenn ich ihn sehe, erkenne ich ihn genauso wieder wie diesen Salim. Sind die beiden noch als Gäste hier?«

»Das leider nicht. Sie sind vor drei Tagen ausgezogen. Wir haben sie knapp verpasst. Aber ich bin ja noch nicht fertig. Auf meine Nachfrage nach dem Verbleib der Gäste fiel dem Mann an der Rezeption noch etwas ein. Diesmal nur gegen einen Fünfziger. Er hatte mitbekommen, wie der Größere der beiden nach dem Schlüssel für das Haus fragte.«

»Das hört sich an, als wären die beiden umgezogen, vermutlich in ein Ferienhaus. Dann hätten wir ein Stück Arbeit vor uns. Ich weiß, dass in Key West unzählige Ferienhäuser an Touristen vermietet werden.«

»Vielleicht besteht noch eine bessere Möglichkeit, hier weiterzukommen. Morgen früh nehmen wir zuerst Kontakt mit Sheriff Ben Johnson auf. Ich könnte mir vorstellen, dass nicht nur Hotelgäste, sondern ebenfalls die Touristen in Ferienwohnungen irgendwo registriert werden. Auch für diese Gäste muss möglicherweise eine Art Kurtaxe an die Gemeinde abgeführt werden. Das kann der Sheriff bestimmt eruieren, zumal wir ihm die Namen der Gesuchten nennen können. Wichtig ist nur, dass diese Gangster nicht abgereist sind, sondern nur ein anderes Quartier bewohnen.«

Am nächsten Morgen befanden sie sich auf dem Weg ins Sheriff-Office. Zuvor hatten sie bei strahlendem Sonnenschein ein opulentes amerikanisches Frühstück auf den offenen Seeterrassen des Hotels genossen, mit unvergleichlichem Blick auf die türkisblauen Wasser des Golfs von Mexiko. Gunnar hatte seiner Dori telefonisch seine Ankunft in Key West mitgeteilt. Norbert hatte bereits mit Wuppertal telefoniert.

Sheriff Ben Johnson residierte in der Greene Street in einem typischen *conch house,* dessen Fassade originalgetreu restauriert worden war. Die unübersehbare US-Flagge an der Außenfront wehte leicht im Wind einer frischen Brise vom Golf.

Ben Johnson war ein mittelgroßer Mann in den Vierzigern mit vollem dunklen Haar. Das Hemd der tropischen Khakiuniform spannte sich über seinem ansehnlichen Bauch, was durch den strammen Revolvergurt mit Waffe im Holster noch unterstrichen wurde. Auf der Brust prangte der blitzende Sheriffstern seines Countys.

Er empfing die beiden Deutschen freundlich und bat sie in sein Büro. Beim Durchqueren des Großbüros nickten ihnen vier anwesende Deputys aufmerksam zu. Vermutlich waren sie ebenfalls informiert über das Auftauchen zweier *Germans,* die nicht als Touristen, sondern auf der Suche nach Verbrechern in Key West waren.

In fünfzehn Minuten hatten sie dem Sheriff die ganze Geschichte erzählt, die er mit Sicherheit schon von Miami erfahren hatte. Sie nannten ihm die Namen der Gesuchten, die sie im Hotel erfahren hatten, und erwähnten ebenso den Hinweis des Rezeptionisten auf ein eventuell gemietetes Ferienhaus.

»Leider konnte ich dem Mann nicht unsere Phantombilder zeigen. Das wäre an der dicht besuchten Rezeption zu auffällig gewesen. Außerdem habe ich nach Bekannten und nicht nach Gesuchten gefragt«, erwähnte Norbert.

»Kann ich die Bilder haben?«, fragte Ben Johnson.

Norbert gab sie ihm mit dem Hinweis, dass beide Mörder professionelle Verwandlungskünstler seien, die ihr Äußeres immer wieder verändert hätten.

»Okay, guys, ich habe eure Geschichte gehört und bin beeindruckt. Möglicherweise sind diese Gangster noch in meinem County. Ich werde euch bei der Suche helfen. Das habe ich meinem alten Kumpel Mac Govern versprochen. Aber ihr haltet mich auf dem Laufenden, und wenn

ich ›Stopp!‹ sage, meine ich das auch so. Das heißt, keine eigenständigen Verfolgungsjagden oder Festnahmen. Dafür bin ausschließlich ich zuständig. Und auf keinen Fall irgendwelche Schießereien«, mahnte er mit Blick auf Norberts Waffe unter dem Hemd. »Als Ausnahme gilt nur der Fall von Selbstverteidigung.«

Gunnar wollte etwas wissen. »Eine Frage, Sheriff, wenn wir oder ihre Deputys die Gangster aufstöbern, und die flüchten über den Overseas Highway als einzige Landverbindung aus Key West, werden sie diese Verbindung rechtzeitig sperren können?«

»Oh boy«, grinste Ben Johnson, »wenn das so einfach wäre. Vor meiner Zeit als Sheriff hat die Polizei auf der Fahndung nach Illegalen und Drogendealern den Highway mit Straßensperren und Kontrollpunkten abgeriegelt. Das war 1982. Daraufhin kochte die Volksseele unserer Geschäftsleute, Lebenskünstler und Freiheitssuchenden hoch und gipfelte in der Gründung einer unabhängigen ›Conch Republic‹. Dann verkündeten sie ihren Austritt aus der Amerikanischen Union und erklärten Washington D.C. den Krieg. Das Spektakel wurde nach wenigen Wochen beendet und war vielleicht auch nicht ganz ernst gemeint. Trotzdem blieb es für die Polizeibehörde eine bleibende und mahnende Erinnerung. Der damalige Sheriff wurde jedenfalls nicht wiedergewählt und verlor seinen Job.

Tatsächlich residiert in Key West noch immer ein Generalsekretär der Conch Republic, der für hundert Dollar Pässe ausstellt. Eine echte Touristenattraktion!

Im Übrigen glaube ich weniger an eine Flucht über den Landweg. Das ist viel zu riskant. Da sind die Wasserwege viel interessanter und erfolgversprechender. Aber so weit sind wir ja noch nicht. Trotzdem solltet ihr die schönen Seiten unserer Insel nicht übersehen«, verabschiedete er die beiden.

»Scheint ein umgänglicher Typ zu sein«, sagte Gunnar, als sie wieder draußen waren. »Aber wo fangen wir mit unserer Suche an?«

»Am besten beginnen wir dort, wo etwas los ist. Wenn Finkenstein und Arafat als Touristen in Key West sind, werden sie wie alle anderen die Insel-Highlights sehen wollen. Wir brauchen uns nur in ihre Rollen zu versetzen.«

»Dann fangen wir mal mit Hemingways Lieblingsbar, dem Captain Tony's Saloon, an. Die liegt nämlich hier in der Greene Street.«

Als sie sich der Bar näherten, hörten sie schon von Weitem die Livemusik. Beim Eintreten durch die weit geöffnete Tür mussten sie sich erst an das Dämmerlicht einer dunklen Piratenkneipe gewöhnen, bevor sie das Innere des Raumes erkennen konnten. Alle Barhocker am Tresen, den Ernest Hemingway zwischen Schreiben und Fischen frequentiert hatte, waren besetzt. Das Gleiche galt für die Tische. An den Wänden klebten Tausende von Visitenkarten der Besucher, die eine Erinnerung zurücklassen wollten. Dazwischen hingen Fotos und Zeitungsausschnitte über den berühmten Literaturnobelpreisträger.

Gunnar und Norbert bildeten am Tresen mit weiteren Besuchern eine zweite Reihe und bestellten den Hausdrink, einen Pirate's Punch. Dabei schauten sie sich unauffällig um und musterten die Anwesenden. Alle schienen den karibischen Melodien des Musikers Jimmy Buffett zu lauschen, der hier sein *hangout* hatte. Nach einer halben Stunde wussten sie, dass keiner der Gesuchten anwesend war, und verließen die Bar. Sie blinzelten mit den Augen, als sie ins gleißende Sonnenlicht traten.

»Dann auf in die Duval Street, in die nächste Lieblingskneipe des Dichters, ins Sloppy Joe's«, führte Gunnar seinen Freund. Diese früher als Midjet Bar bekannte *drink hole* war zwar riesengroß, aber nicht weniger überlaufen als Captain Tony's Saloon. Die Wände waren auch hier mit Erinnerungen an Hemingway geschmückt. Dazu kamen präparierte Hochseefische, angeblich vom Schriftsteller selbst gefangen.

Nach einer Frozen Margarita in der zweiten Reihe am Tresen wussten sie, dass sich auch hier unter den Gästen keiner ihrer Gesuchten befand.

»Also in dieser Kneipe sind sie auch nicht. Vielleicht sollten wir es mal am Strand versuchen«, meinte Gunnar. »Jedenfalls werde ich in der Hitze keinen Drink mehr nehmen. Sonst musst du mich ins Hotel tragen!«

Norbert lachte. »Was wir machen, ist gewissermaßen ein Pflichtsaufen zur Erfüllung unserer Aufgabe. Ich schlage vor, wir setzen uns in einen der Conch Tour Trains und erholen uns während der Rundfahrt. Die fährt laut Aushang an allen interessanten Punkten der Insel vorbei. Sie startet hier in der Duval Street und fährt durch die Altstadt an den meisten Restaurants, Straßencafés und Boutiquen vorbei. Da können wir Hunderten ins Gesicht sehen. Und möglicherweise spaziert sogar einer der Mörder zufällig aus einem der Ferienhäuser heraus, an denen wir ebenfalls vorbeikommen.«

»Jetzt machst du dich lustig über mich«, bemerkte Gunnar leicht gekränkt.

»Nicht die Bohne, denn eine gezielte Observation ist

nicht möglich, ohne dass wir den Aufenthaltsort der Gesuchten kennen. Uns bleibt im Moment nichts anderes übrig, als eine Suche im Heuhaufen und dabei auf Kommissar Zufall zu hoffen. Vermutlich bringt es nichts, außer dass wir die örtlichen Gegebenheiten näher kennenlernen. Das kann auf jeden Fall nicht schaden.«

Bald saßen sie in einem offenen Trolleywagen in wohltuendem Schatten und ließen sich durch die Straßen fahren. Entspannt betrachteten sie die Müßiggänger aus aller Welt, bunte Homo-Pärchen und extrovertierte Hippies, die an den bunten Holzhäusern mit ihren zahllosen Geschäften vorbeiflanierten. Über Lautsprecher in den Wägelchen erfuhren sie viel Wissenswertes über die Insel, die über ein Jahrhundert Treffpunkt von Piraten, Strandräubern, Schatzsuchern und Schmugglern war.

»Ein kosmopolitischer *melting pot«*, kommentierte Gunnar, »in dem sich die Verbrecher wunderbar verstecken können.«

Spannend wurde es, als sie das Mel Fisher Museum in der Greene Street passierten. Sie erfuhren viele Details über den berühmtesten Schatzsucher der Welt.

»Im Jahre 1622«, schallte es aus den Lautsprechern, »brach eine Flotte von 28 spanischen Galeonen aus Havanna nach Spanien auf, vollgeladen mit Silber, Gold und Perlen sowie vielen weiteren Kostbarkeiten. In einem gewaltigen Hurrikan sanken das Flagschiff ›Nuestra Señora de Atocha‹ und die ›Santa Margherita‹ mit 550 Menschen und Schätzen im Wert von zwei Millionen Golddukaten. Die Spanier fanden kurz darauf das Wrack der ›Santa Margherita‹, konnten aber nur ein Drittel der Ladung bergen.

1969 begann der passionierte Taucher und Schatzsucher Mel Fisher mit der Suche nach den gesunkenen Galeonen auf den Riffen in der Straße von Florida. Nach jahrelangem erfolglosen Bemühen stieß sein Team 1980 auf die Überreste der ›Santa Margherita‹ und konnte in wenigen Tagen 2.700 Goldmünzen bergen. Später hoben sie weitere Ladungen an Gold, Silber, Schmuck und Edelsteinen im Wert von über zwanzig Millionen Dollar.

Erst am 20. Juli 1985 entdeckten die Schatztaucher vor den Matecumbe Keys das Wrack der ›Atocha‹. 16 Jahre nach Beginn seiner Schatzsuche barg Mel Fisher aus den Laderäumen einen Schatz mit dem unglaublichen Wert von heute vierhundert Millionen Dollar.«

Angesichts dieser Summen ging ein Aufstöhnen durch die Reihen der Passagiere, und auch die beiden Deutschen hatten fasziniert zugehört. Der Trolley musste langsamer fahren und schließlich halten, weil ein Pulk von Besuchern das Mel Fisher Museum verlassen hatte und die Straße überqueren wollte. Die Fußgängerampel zeigte auf Grün.

Plötzlich krallte sich Gunnars Hand unkontrolliert um Norberts Arm. »Ich glaub, ich hab ihn gesehen. Dahinten geht er! Ich muss hinterher!«

Norbert machte seinen Arm frei. »Wen hast du gesehen?«

»Verdammt, ich hab diesen Nadal gesehen! Diesen verfluchten Mörder, der mich nicht erwischt hat.«

Gunnar war voller Erregung aufgesprungen und begann, die seitliche Sicherheitskette am Sitz zu lösen, als der Zug wieder anzog. Er fiel mit einem Ruck zurück auf seinen Sitz. Jetzt konnte er nicht mehr abspringen. Er wäre unter den Gegenverkehr geraten. Im selben Moment war der Mörder von der zurückbleibenden Menge verschlungen worden oder in eine Nebenstraße abgebogen.

Erst beim Stopp an der nächsten Ampel konnten sie das Wägelchen verlassen. Gunnar rannte zurück bis zum Mel Fisher Museum und warf einen Blick in die abgehenden Nebenstraßen und Gäßchen. Den großen muskulösen Mann mit den eisblauen Augen entdeckte er nicht wieder.

»Bist du sicher, dass es Salim Arafat alias Nadal war, den du gesehen hast?«, fragte Norbert, der ihm atemlos gefolgt war.

»So sicher wie das Amen in der Kirche! Diesen Satan in Menschengestalt erkenne ich noch auf hundert Metern wieder. Dafür habe ich ihm zu lange in Todesangst in die Augen geblickt.«

»Kann es sein, dass er dich ebenfalls erkannt hat?«

»Woher soll ich das wissen. Ausschließen kann man das nicht.«

»Ist er deshalb vielleicht so plötzlich abgetaucht, oder ist er einfach nur von der Menge mitgezogen worden?«

»Ich weiß es nicht, auch wenn du zehnmal fragst!«, entgegnete Gunnar leicht genervt.

»Beruhige dich, Gunnar, ich frage aus gutem Grund, denn wenn dieser Mörder dich wiedererkannt hat, bist du in großer Gefahr. Und diesmal trägst du keine kugelsichere Schussweste.«

»Da hast du wohl recht«, kam die etwas kleinlaute Antwort. »Ich bin einfach zu aufgeregt. Wir hätten ihn kriegen können. Sollen wir das jetzt schon dem Sheriff melden?«

»Ich habe noch eine andere Idee. Zuerst wollte ich alle vermietbaren Ferienhäuser abklappern, was aber viel zu viel Zeit beansprucht hätte. Stattdessen benutzen wir unseren WLAN-Zugang im Hotel und laden die einschlägigen Ferienangebote auf unseren Laptop. Dann fragen wir telefonisch nach unseren Bekannten. So könnten wir sie finden.«

Im Hotel angekommen, schlossen sie ihren Laptop an und begannen mit der Suche nach Angeboten von Ferienhausvermietungen. Beim ersten Scrollen erschienen gut hundert Angebote von einschlägigen Rental-Firmen auf dem Monitor.

Diese Anzahl hatten sie nicht erwartet. Sie mussten sich die Arbeit teilen. Zum Glück hatte jeder seinen eigenen Laptop mitgenommen. Minuten später saß jeder auf seinem Zimmer und fragte die zuvor nach Buchstaben aufgeteilten Firmen nach der Anwesenheit ihrer Bekannten Salim Arafat und Jehuda Finkenstein.

Nach mehreren Stunden erfolglosem Wählen, Fragen und Auflegen waren beide gleichermaßen frustriert. Sie entschlossen sich zum Besuch des in unmittelbarer Hotelnähe liegenden Mallory Square, um die allabendliche *sunset celebration* zu erleben. Dieses traditionelle Happening auf dem riesigen Platz am Pier zelebrierte im letzten Licht der Sonne den abendlichen Sonnenuntergang. Eine jahrmarktähnliche Atmosphäre mit Straßenmusikanten, Akrobaten, Feuerschluckern, Jongleuren und Lebenskünstlern jeglicher Couleur lockte die Menschen jeden Abend zu Tausenden an.

Beide waren fasziniert vom Bild eines Dreimasters, der mit vollen Segeln am Horizont direkt den rötlichen Sonnenball zu durchqueren schien. Ein unvergessliches Erlebnis für alle Besucher. Ein anschließender Restaurantbesuch sollte den aufregenden und auch anstrengenden Tag in karibischer Inselatmosphäre etwas geruhsamer ausklingen lassen.

Gegen Mitternacht kehrten sie gut gelaunt ins Pier House zurück, und jeder ging einigermaßen bettmüde in sein Zimmer.

Gunnar suchte nach dem Lichtschalter, als eine heisere Stimme aus der Dunkelheit zischte: »Das Licht bleibt aus. Bewegen Sie sich nicht, sonst sind Sie schneller tot als vorgesehen.«

Gunnar erstarrte in seiner Bewegung. Die tödliche Stimme hatte er sofort wiedererkannt, auch wenn er die große Gestalt im Dunkeln nur schemenhaft erkennen konnte. Lähmende Angst überfiel ihn. Das würde also das Ende sein. »Was wollen Sie?«, brachte er stockend heraus.

»Eigentlich nicht viel, nur ihr Leben«, ertönte die gefühllose Stimme, die Gunnar eine eisige Gänsehaut verursachte. »Zuvor beantworten Sie einige Fragen. Von Ihren Antworten hängt es ab, ob Sie einen leichten oder schweren Tod erleben werden. Die Befähigung dafür dürfen Sie mir unterstellen.« Ein hämisches Kichern kam aus dem Dunkel.

Jetzt wusste Gunnar, dass sein Tod alternativlos war. Keine Sekunde zweifelte er an der unbedingten Entschlossenheit des Mörders. Fieberhaft rasten seine Gedanken auf der Suche nach einer Lösung, einer Möglichkeit des Entkommens.

»Kommen Sie ein wenig näher«, winkte ein langer, schwarz glänzender Pistolenlauf und dirigierte ihn auf eine Stelle in Richtung Balkon, so dass er in das diffuse Licht einer Gartenlaterne geriet.

»So ist es besser, Herr Franzen. Der sind Sie doch, nicht wahr?«

Gunnar nickte mit trockenem Hals.

»Antworten Sie mit ja oder nein«, kam der leicht gereizte Befehl.

»Ja«, antwortete Gunnar.

»Haben Sie mich in der Stadt erkannt?«

»Ja.«

»Sind Sie wegen mir hier?«

»Ja.«

»Sind Sie allein hier?«

Gunnar zögerte kurz. Was konnte dieser Salim Arafat wissen?

»Nein.«

»Ihr Glück, das war die richtige Antwort.«

Gunnar atmete auf. Er hatte sich unmerklich auf den Mörder zubewegt. Die Distanz betrug etwa drei Meter. Zu weit für einen schnellen Fußkick. Vorher würde ihn die tödliche Kugel erreicht haben. Vielleicht einen Meter weiter, rechnete er sich eine Chance aus, wenn auch nur eine geringe.

»Bewegen Sie sich nicht weiter«, kam ihm die Stimme des Mörders zuvor. »Noch ist es nicht soweit. Wie haben Sie in der Tiefgarage überlebt?«

»Ich hatte eine Schussweste an. Deshalb habe ich überlebt, obwohl Sie mich dreimal voll erwischt hatten.«

»Das habe ich nicht gewusst. Hätte ich aber annehmen müssen wegen ihres Polizeischutzes. Ab sofort arbeite ich nur noch mit Kopfschüssen. Weshalb sind Sie in Key West?«, fragte er weiter.

»Ich war auf der Suche nach Ihnen.«

»Jetzt haben Sie mich ja gefunden. Oder besser, ich habe Sie gefunden.« Wieder das hämische Kichern aus dem Dunkeln. »Wie sind Sie auf Key West gekommen?«

»Ich habe ihr Handy hacken lassen. Darauf befand sich ein Telefonat mit diesem Hotel. Dieser Spur bin ich gefolgt.«

Eine kurze Pause folgte. Der Mörder war offensichtlich überrascht. »Ist Ihr Begleiter ein Hacker?«

»Ja.«

»Wie heißt er, und warum begleitet er Sie?«

Wieder zögerte Gunnar kurz. Was konnte der Mörder wissen?! Aber eine Nachfrage an der Rezeption vor ihrer Rückkehr ins Hotel hätte ihm den Namen ohne weiteres verraten können.

»Norbert Franck«, antwortete er. »Er begleitet mich als guter Freund und will mir helfen.«

»Das hat ja wohl nicht geklappt, nicht wahr? Aber um ihn werde ich mich später kümmern. Es scheint, als hätten Sie sich den leichten Tod verdient. Der Lauf der Pistole hob sich.

Gunnar wollte einen letzten Versuch wagen und konzentrierte sich auf sein rechtes Sprungbein. Mit einem Kick des linken Fußes wollte er die rechte Hand mit der Waffe erreichen.

Er kam nicht mehr dazu. Urplötzlich zerbarst die Zimmertür, und Norbert flog mit einer Hechtrolle in die Dunkelheit. Gleichzeitig bellte seine Walther-PPK-Pistole auf, und das Mündungsfeuer erhellte kurz den Raum.

Salim Arafat reagiert schnell und schwenkte seine Luger 08 in Richtung Angreifer. Zweimal ertönte ein trockenes »Plopp«. Die Kugeln schlugen an der Stelle ein, wo

Norbert aufgekommen war. Er hatte sich sofort zur Seite abgerollt und schoss erneut auf den Schatten des Schützen im Dunkeln. Auch er traf nicht.

Wie von Geisterhand war Salim Arafat zusammengesunken, als ihn Gunnars Kick mit voller Kraft in der Kniekehle des rechten Beines traf. Näher war er nicht herangekommen.

Die Pistole hatte er trotzdem in der Hand behalten, und der Lauf wanderte erneut in Gunnars Richtung. Der brachte sich mit einem Satz hinter das Bett in Sicherheit.

Es machte noch zweimal »Plopp«, und Gunnar spürte das Geschoss Millimeter neben seinem Kopf im Holzwerk des Bettes einschlagen. Der zweite Schuss sollte Norbert in Schach halten, der seine Position erneut gewechselt hatte.

Dann hatte sich der Schütze auf den Balkon gerettet und war mit einem Sprung in die Tiefe verschwunden, die vom ersten Geschoss des Hotelzimmers etwa drei Meter betrug. Kurz darauf hörte man das Aufheulen eines Motors, und ein Fahrzeug entfernte sich mit quietschenden Reifen. Der Mörder war entkommen.

Umsonst spähten Gunnar und Norbert in die Dunkelheit. Das Fahrzeug fuhr ohne Licht. In einigen der zum Parkplatz gelegenen Hotelzimmer ging das Licht an, und aufgeregte Stimmen wurden laut.

Von der Rezeption erschien der Nightauditor und leuchtete mit seiner Taschenlampe zu ihnen hoch. Norbert und Gunnar winkten ihn nach oben. Dann schalteten sie das Licht im Zimmer an. Es sah aus wie auf einem Schlachtfeld.

Der Nightauditor, ein älterer Mann, zuckte zurück und weigerte sich näher zu treten. Da er keine Verletzten sah, ging er zur Rezeption zurück, um die Polizei abzuwarten, die er bereits bei den ersten Schüssen alarmiert hatte.

»Wir gehen am besten in mein Zimmer. Denn hier ist jetzt ein Tatort, den die Polizei sperren und untersuchen wird. Nimm vorsichtshalber alle deine Sachen mit zu mir, sonst hast du morgen nichts mehr zum Anziehen und musst die Zähne mit den Fingern putzen.«

Norbert wusste aus Erfahrung, dass erst einmal sämtliche Gegenstände requiriert wurden. Die Freigabe konnte dann Tage dauern. Das würde hier nicht anders sein. Er half Gunnar beim oberflächlichen Packen des Koffers, und sie verließen den Tatort.

Minuten später fuhren zwei Polizeiwagen mit blinkendem Blaulicht auf den Parkplatz. Vier Deputys sprangen aus den Fahrzeugen und wurden vom Nightauditor aufgehalten, der sie kurz informierte. Dann eilten sie ins erste Obergeschoss zum Tatort, wo Gunnar und Norbert ihnen entgegentragen.

Norbert zeigte seinen amerikanischen Ausweis als deutscher Privatdetektiv, der temporär in Florida ermitteln durfte. Seine Waffe wurde sofort sichergestellt. Er verdankte es wohl dem Wiedererkennen durch den leitenden Deputy, dass er einer sofortigen Festnahme entging.

So konnten sie den Tathergang ausführlich schildern und glaubhaft machen, dass Norbert seine Pistole nur zur Selbstverteidigung benutzt hatte. Schließlich glaubten die Beamten ihnen, nahmen alles zu Protokoll und warteten auf die Spurensicherung. Gleichzeitig gaben sie eine Fahndung heraus, nach verdächtigen Fahrzeugen und Personen Ausschau zu halten.

Jehuda hatte etwas vor der Hoteleinfahrt auf der Duval Street geparkt, die nach Mitternacht nur noch wenig belebt war. Der Autoverkehr war fast zum Erliegen gekommen, so dass er den Wagen im Halteverbot geparkt hatte. Ihren Mietwagen hatten sie zurückgegeben und sich einen japanischen Lexus gekauft.

Der Vormittag war, so rekapitulierte Jehuda, für ihn und Salim sehr hektisch verlaufen. Salim war, wie er ihm berichtet hatte, unterwegs, um einige Kleinigkeiten fürs Haus zu kaufen. Erst zwei Stunden später war er zurückgekehrt. Seine übliche *coolness* war ihm verlorengegangen, was Jehuda sofort aufgefallen war.

»Du siehst aus, als sei dir der Leibhaftige begegnet« hatte er gefrotzelt.

»Ich hab ihn gesehen.«

»Wen hast du gesehen?«

»Nicht den Leibhaftigen, aber einen, der ihm von der Schippe gesprungen ist, und zwar schon zum zweiten Mal. Dieser Gunnar Franzen ist in Key West samt einem Begleiter. Und ich bezweifle, dass das ein Zufall ist.«

Jehuda war aufgesprungen. »Bist du ganz sicher? Vor allem aber, hat er dich wiedererkannt?«

»Zweimal positiv ! Er hat mich an einer Ampel in einer Menschenmenge entdeckt, die gerade die Straße bei Grün überqueren wollte. Ich sah, wie er aus dem Conch-Train-Wagen herauswollte. Das gelang ihm nicht schnell genug, als die Ampel auf Grün umsprang und der Trolley weiterfuhr.

Da hatte ich mich schon klein gemacht und war die Duval Street hochgelaufen. In einer Boutique hab ich mich versteckt. Von dort konnte ich beobachten, wie Franzen und sein Begleiter an der nächsten Ampel eilig den Wagen verließen und die Straße zurückliefen. Sie kamen im Laufschritt an der Boutique vorbei, haben mich zum Glück aber nicht bemerkt. Ich bin ihnen dann unauffällig gefolgt. Sie gingen zu ihrem Hotel, und das ist tatsächlich das Pier House. Vor wenigen Tagen hätten wir ihnen dort über den Weg laufen können. Trotzdem«, hatte Salim bemerkt, »hätte ich gerne gewusst, ob das alles ein Zufall ist, oder ob mehr dahinter steckt.«

»Das sollten wir herausfinden«, hatte Jehuda geantwortet. »Ist es ein Zufall, halten wir uns solange bedeckt, bis die beiden wieder abgereist sind. Wenn nicht, müssen wir etwas unternehmen. Sonst können wir unser Domizil in Key West vergessen.«

»Nein, das siehst du ganz falsch. Dieser Franzen hat mich erkannt und wird keine Ruhe geben, bevor er mich nicht zur Strecke bringt, und damit auch dich. Wir haben keine Wahl, der Kerl muss verschwinden, und zwar sofort. Ich werde mich heute Abend darum kümmern.

Und so war der Plan entstanden, das Opfer Franzen in seinem Hotelzimmer endgültig zu erledigen. Den zweiten Mann wollte Salim anschließend ebenfalls beseitigen. Da würden sie besser kein Risiko eingehen, und den unbekannten Zeugen gleich mit für immer ausschalten.

Nun war alles anders gekommen. Jehuda hatte die lauten Pistolenschüsse ohne Schalldämpfer gehört und wusste sofort, dass etwas schiefgelaufen war. Salim war stark humpelnd ins wartende Auto gesprungen, und sie fuhren beschleunigt die Duval Street entlang. Erst nach zweihundert Metern schaltete Jehuda die Scheinwerfer an. Gerade noch rechtzeitig, um den zwei Polizeiwagen mit wechselndem Blaulicht nicht aufzufallen.

Minuten später erreichten sie ihr verstecktes Haus in der Greene Street und fuhren den Lexus in die Garage. Dann musste Salim berichten. Zuvor hatte er ein kaltes Tuch um sein rechtes, stark angeschwollenes Kniegelenk gewickelt.

»Hier hat der Hundesohn mich mit einem Kick erwischt. Scheint ganz so, als wäre er ein Karatekämpfer. Werde ich mir merken müssen für die nächste Begegnung. Im Übrigen haben wir den zweiten Mann offensichtlich unterschätzt. Gerade als ich abdrücken wollte, um diesen Franzen endgültig unter die Erde zu bringen, bricht der andere regelrecht durch die geschlossene Tür und schießt auf mich.

Er hat mich mit zwei Schüssen nicht getroffen, ich ihn leider auch nicht, da Franzen mich am Knie erwischt hatte. Vielleicht ist dieser andere eine Art Bodyguard. Jedenfalls hatte er eine Waffe, die er zu benutzen wusste. Das müssen wir ab jetzt berücksichtigen.«

»Da hast du ja nochmal richtig Glück gehabt, dass dir nichts weiter passiert ist«, seufzte Jehuda erleichtert. »Ein Rätsel bleibt es trotzdem, wie diese Deutschen auf unsere Spur in Key West gekommen sind.«

»Das Rätsel habe ich lösen können. Bei meiner nachhaltigen Befragung gab Franzen an, sein Begleiter habe mein Handy gehackt und sei auf mein Telefonat mit dem Pier House gestoßen. Und ich dachte immer, dass Prepaidhandys absolut sicher sind.«

»Das ist mir auch neu, dass man Anrufe über solche Handys verfolgen kann. Sollten wir uns baldmöglichst kundig machen und etwas einfallen lassen«, sagte Jehuda. »Trotzdem bin ich sehr froh, dass dir nichts Ernstes geschehen ist.« Liebevoll strich er ihm übers Haar. »Aber kommen wir auf das Kernthema zurück. Entweder wir verlassen fluchtartig die Insel, oder wir erledigen die beiden lästigen Quälgeister, bevor sie uns zu nahe kommen.«

»Zunächst sollten wir uns auf Franzen konzentrieren. Das ist der gefährlichste Zeuge für unseren Coup in Amsterdam. Der andere kommt später dran. Hast du schon einen Plan, Jehuda?«

»Als erstes werden wir uns ein wenig verändern, damit wir nicht auf Anhieb erkannt werden. Zum Glück habe ich den Schminkkoffer mitgenommen. Die weitere Frage ist, wie kommen wir an die beiden heran, nachdem das Hotel mit Sicherheit ausscheidet. Schließlich müssen wir davon ausgehen, dass die Polizei die Schießerei untersucht beziehungsweise inzwischen den zweiten Schützen sucht.«

»Da wird sie bei den Zehntausenden von Touristen auf der Insel lange suchen müssen. Es wäre reiner Zufall, wenn sie ohne Fotos auf uns stoßen würde. Trotzdem sollten wir der Sache schnellstmöglich ein Ende machen. Entwerfen wir zuerst den Plan.«

Den halben Vormittag verbrachten Gunnar und Norbert im Sheriff-Büro mit Sheriff Ben Johnson. Das ausführliche Protokoll hatte er gelesen und auch den Bericht der Spurensicherung. Alle Fakten stimmten mit den Aussagen der beiden Deutschen überein. Die Projektile beider Waffen hatte man sichergestellt. Zwei konnte man sofort Norberts Walther PPK zuordnen. Die anderen waren zur

Überprüfung im Zentralregister an das FBI geschickt worden. Die bisherige Suche nach verdächtigen Personen und Fahrzeugen war mangels konkreter Hinweise ergebnislos geblieben.

»Ich muss zugeben«, sagte Ben Johnson, »ihr hattet verdammt viel Glück. Auch die Benutzung der Pistole ist durch das Gesetz gedeckt. Ein eindeutiger Fall von Selbstverteidigung. Trotzdem hat die nächtliche Schießerei viel Wirbel gemacht. Heute Morgen standen bereits die Pressefritzen vor der Tür, und ich hatte alle Mühe, die Geschichte etwas abzuwiegeln. Trotzdem werden sie berichten und euch interviewen wollen. Natürlich mit Foto und so.

Ich habe mir erlaubt, euch ein neues Quartier zu besorgen. Ab sofort wohnt ihr im Hotel Eden House in der Fleming Street. Eure Sachen habe ich bereits rüberbringen lassen. Im Pier House seid ihr ausgecheckt, und die Rezeption ist verdonnert, eure Namen zu vergessen. Das geschieht alles zu eurer Sicherheit. Es soll aber auch unter den Touristen in der Stadt das Aufkommen von Unsicherheit verhindern. Gibt es dazu irgendwelche Fragen?«

Ben Johnson schaute den beiden scharf in die Augen. Diese beeilten sich, ihre Zustimmung zu geben.

»Okay, Leute. Ich sehe, wir haben uns verstanden. Trotzdem muss ich euch warnen. Eine zweite Schießerei wird es in meiner Stadt nicht geben. Da vergesse ich auch den Notwehrparagraphen. Die Ruhe in meiner Stadt hat absolute Priorität. Wir leben hier vom Tourismus, und den dürfen und wollen wir nicht behindern.

Denkt immer daran bei euren weiteren Ermittlungen, sonst habt ihr in Key West keine Zukunft mehr. Ich müsste euch umgehend ausweisen.« Dann gab er Norbert seine Waffe zurück und verabschiedete die beiden mit einem *»Good luck«.*

Mit ihrem gemieteten Lincoln fuhren Gunnar Franzen und Norbert Franck ins Old Town zum Eden House und inspizierten den Inhalt ihrer Koffer. Es fehlte nichts.

»Dann schlage ich vor, dass wir unsere Suche nach den Gangstern in den Ferienhäusern fortsetzen«, sagte Norbert. Sie schlossen ihre Computer an und setzten die gestrige Suche fort – anrufen, fragen, auflegen.

Als sie gut zwei Stunden später die restlichen Rental-Makler abgefragt hatten, stand ihnen der Frust auf die Stirn geschrieben.

»Irgendwo müssen diese Verbrecher doch abgeblieben sein. Auf dem Campingplatz werden sie wohl nicht Ferien machen. Danach sehen die nicht aus.«

»Oder doch!«, meinte Norbert. »Wir wollen auch das überprüfen.«

Dreißig Minuten später wussten sie, dass auf den beiden *camping grounds* keine der gesuchten Personen registriert war. Jetzt waren sie ratlos.

»Ich rufe meinen Kollegen in Miami an. Vielleicht kann uns John Mac Govern weiterhelfen. Außerdem muss ich mich ohnehin wieder melden.«

Mac Govern meldete sich sofort. Die Neuigkeiten von den Ereignissen der letzten vierundzwanzig Stunden in Key West waren ihm bereits grob bekannt, da ihn Sheriff Ben Johnson informiert hatte.

»Da unten habt ihr ja ein ganz schönes Fass aufgemacht. Zum Glück seid ihr heil herausgekommen. Selbst mein alter Kumpel Ben Johnson war von deinem Sprung durch die Tür schwer beeindruckt. Er hatte wohl geglaubt, die neuen Deutschen wären alles Weicheier. Übrigens liegt mir die Rechnung des Pier House für die zerstörte Tür und die Beschädigung der Möbel bereits als E-Mail vor. Danach muss wirklich was los gewesen sein.

Okay, wie kann ich euch helfen? Deswegen rufst du doch an, oder?«

»Du liegst richtig. Wir kommen einfach auf der Suche nach dem Verbleib der Gangster nicht weiter. Alle Ferienhäuser und sogar die Campingplätze haben wir telefonisch erfolglos abgefragt. Aber irgendwo auf Key West müssen die doch untergekommen sein!«

Norbert glaubte durchs Telefon zu spüren, wie John Mac Govern seine Hirnmasse ventilieren ließ. Nach einer schier endlosen Pause meldete er sich wieder.

»Wenn die Burschen in keiner Ferienwohnung erfasst sind, bestehen noch zwei Möglichkeiten. Entweder sie sind bei guten Freunden untergekommen, oder sie sind selbst zu Eigentümern einer Immobilie geworden. An gute Freunde glaube ich weniger. Solche Typen haben im Allgemeinen keine guten Freunde. Also bleibt nur die zweite Alternative. Sie haben in Key West etwas gekauft. Das könnte sogar mit den aufgetauchten und in Deutschland registrierten 500-Euro-Scheinen zusammenhängen.

Ich werde Ben Johnson anrufen, der soll die Grundbuchregister auf Neueintragungen überprüfen. Ansonsten rate ich euch bei der weiteren Jagd auf die Mörder zur Vorsicht. Viel Glück!«

»Ich glaube, im Moment können wir nichts weiter tun, als abzuwarten. Vielleicht kommt der Sheriff weiter und serviert uns die beiden auf dem Silbertablett«, kommentierte Gunnar mit mutloser Stimme.

»Was hältst du davon, wenn wir das Hemingway House besichtigen. So ein bisschen Kultur kann nicht schaden, wenn wir schon einmal hier sind. Außerdem hast du schon einmal zufällig einen der Verbrecher entdeckt. Stell dir vor, dieser Finkenstein oder Arafat sind Literaturfans und wir begegnen ihnen im früheren Domizil des Literaten.«

»Da bin ich zuerst mal froh, dass du deine Waffe wieder hast. Die hat uns im Pier House vermutlich das Leben gerettet. Also gut, ein wenig Bildung und Ablenkung ist immer gut.«

Nach einer Viertelstunde Fußweg durch den Strom der flanierenden Touristen erreichten sie das Ernest Hemingway House und Museum in der Whitehead Street. Bereits 1851 war das reizvolle im spanischen Kolonialstil erbaute Haus entstanden. Eines der wenigen Steinhäuser in Key West. Hier lebte der berühmte Schriftsteller von 1928 bis 1940 und schrieb Weltliteratur mit seinen Romanen WEM DIE STUNDE SCHLÄGT und SCHNEE AM KILIMANDSCHARO.

Hemingway liebte die Keys und holte zahllose junge Künstler nach Key West, die in ihm ihren Mentor suchten. Dazu zählten Schriftsteller wie Tennessee Williams, der von 1949 bis 1983 in Key West lebte und starb. Hemingway verließ die Keys, nachdem der Bau des Overseas Highway erste Touristenströme heranlockte, und ließ sich auf Kuba nieder. Hier schrieb er DER ALTE MANN UND DAS MEER und verewigte darin seine in Key West entstandenen und gelebten Emotionen. Heute würde er über die Keys den Roman ÜBERALL IST DISNEYLAND schreiben.

Gunnar und Norbert lösten ein Besucherticket und schlossen sich einer Führung an. Sie wurden an Originalmöbel, kostbares Geschirr und Jagdtrophäen aus Afrika herangeführt. Auf einer alten Underwood-Schreibmaschine, die auf dem Schreibtisch des Dichters stand, soll er seine beiden Romane geschrieben haben. Nebenbei erfuhren sie so banale Dinge, wie dass der erste und damals einzige Swimmingpool im tropischen Garten des Dichters erbaut wurde. Seine zweite Frau Pauline hatte ihn während einer der Reisen ihres Mannes für zwanzigtausend Dollar bauen lassen. Als Hemingway zurückkam, soll er ihr einen Penny gegeben haben mit dem Kommentar: »Hier, nimm den letzten Penny, den ich noch besitze.« Pauline ließ den Penny im Garten einzementieren, wo er während des Rundgangs besichtigt werden konnte.

Norbert kommentierte im Wuppertaler Dialekt: »Dat motse allet glöwen!« Gunnar Franzen musste kräftig lachen.

Die Führerin ihrer Gruppe zeigte auf den gegenüberliegenden Leuchtturm aus dem Jahre 1847. »Er ist engverbunden mit der Geschichte der *wreckers,* die vollbeladene Frachter mit Hilfe falscher Leuchtsignale auf die Riffe lockten und ausraubten. Wenn Sie die 88 Stufen bis zur Aussichtsplattform schaffen, haben Sie einen hervorragenden Blick auf den Garten hier!«

Im Übrigen wimmelte es in Haus und Garten von Katzen, die allesamt Nachkommen von Hemingways Lieblingskatzen seien, beteuerte die Führerin.

Gunnar nahm eine der Siamkatzen auf den Arm und streichelte sie hinter ihren Ohren, was dem Tier ein wohliges Schnurren entlockte. Er hob sie in die Höhe, um sie Norbert zu übergeben.

In derselben Sekunde zerplatzte der buschige Kopf der Katze in seinen Händen. Blut und Hirnmasse spritzten über Gunnars Gesicht. Der Rumpf des Tieres zuckte konvulvisch zwischen seinen Händen.

Norbert reagierte als Erster. Mit harter Hand riss er seinen geschockten Freund zu Boden und rollte mit ihm hinter die Deckung eines mächtigen Tropenbaumes.

Er hatte vor der Übernahme der Katze automatisch hochgeschaut und auf der Aussichtsplattform des Turmes eine Bewegung gesehen, die auf das Zielen mit einer Waffe hinwies. Der Treffer auf die Katze sagte ihm sofort, auf wen gezielt wurde. Er reagierte sekundenschnell, wie er es als Polizist gelernt hatte.

Gunnar muss unter der besonderen Obhut eines Schutzengels stehen, dachte Norbert. Die Kugel hätte ihn unweigerlich in die Stirn getroffen, wenn sie nicht vom Kopf der Katze abgelenkt worden wäre.

Offensichtlich hatte der Schütze noch einen weiteren Schuss abgefeuert. Der hatte zwar getroffen, aber den Falschen. Hinter dem Baum verschanzt sahen sie ihre Besucherführerin mit einem Aufschrei zusammensinken. Ihre rechte Schulter färbte sich rot. Einige Besucher zogen die mittlerweile Bewusstlose unter das Verandadach in Deckung.

Norbert sprang auf und raste geduckt hinter Büschen und Bäumen zum Gartentor, welches als Ausgang gekennzeichnet war. Er lief auf die Straße zum gegenüberliegenden Leuchtturm, wo auch der Eingang lag. Dort musste der Schütze jeden Moment herauskommen.

Mit einem Satz sprang Salim Arafat aus der Tür auf den Bürgersteig, sah Norbert auf sich zukommen und lief leicht humpelnd die Whitehead Street entlang in südliche Richtung.

Aus gleicher Richtung raste rückwärtsfahrend ein PKW heran, dem Norbert in letzter Sekunde durch einen Sprung auf den Bürgersteig ausweichen konnte. Dann stoppte der Lexus abrupt seine Rückwärtsfahrt. Der Schütze sprang ins Fahrzeug, das sich mit hohem Tempo entfernte. Schnell war der Wagen Norberts Blicken entschwunden. Die Gangster waren erneut entkommen. Norbert kehrte zurück ins Hemingway House zu seinem Freund, der sich mittlerweile auf einem Terrassenstuhl erholte.

»Wir können hier nicht weg, bevor die Polizei kommt«, sagte er. »Der Sicherheitsdienst lässt vorher keinen Zeugen aus dem Haus. Du kannst dich also ruhig hinsetzen. Hast du den Schützen gesehen?«

»Den hätte ich sogar noch erwischt, wenn der Fluchtwagen nicht plötzlich aufgetaucht wäre. Der war schneller als ich, nachdem er den Flüchtenden aufgenommen hatte. Immerhin konnte ich das Nummernschild mit dem Florida-Kennzeichen H348VI erkennen. Das Automodell war möglicherweise ein silberfarbener Lexus. Die Polizei wird anhand des Kennzeichens die Eigentümer ermitteln. Wenn es kein Leihwagen ist, dürfte der Wagen auf einen der Gesuchten zugelassen sein.«

Aus der Ferne hörten sie die auf- und abschwellenden Töne von mehreren Polizeisirenen. Sheriff Ben Johnson stand eine böse Überraschung bevor.

Jehuda war stinksauer auf seinen Freund und Lebensgefährten. Noch im Auto ließ er seinem Frust freien Lauf.

»Verdammt, was machst du für Mist, Salim. Beinahe hätte uns der Freund dieses Franzen erwischt. Hast du den wenigstens erledigt?«

Salim wand sich. »Der muss sieben Leben haben wie eine Katze. Obwohl ich die erwischt habe.«

»Willst du sagen, dass dein Opfer erneut davongekommen ist? Das wäre dann das dritte Mal. Ich fass es nicht.«

»Ich weiß. Es hört sich verrückt an. Tatsächlich hat ihn eine Katze gerettet. Die hielt er in der Sekunde hoch, als ich abdrückte. Deshalb hab ich die Katze erwischt, und nicht das Zielobjekt. Tut mir echt leid, aber gegen solche Zufälle habe ich keine Chance.«

»Hast du keine Zeit für einen zweiten Schuss gehabt?«

»Hatte ich. Der ging aber daneben, weil dieser Norbert Franck seinen Freund in Deckung stieß. Der war reflexartig schnell. Dummerweise wurde stattdessen eine Frau getroffen. Ich kann von Glück sagen, dass ich noch gerade rechtzeitig aus dem Leuchtturm herausgekommen bin. Hoffentlich hat dieser Franck nicht das Kennzeichen erkannt. Dann sitzen wir in der Falle.«

»Wenn er es erkannt hat, ist es das falsche. Ich habe nicht ohne Grund gestern eines der vielen Fantasiekennzeichen gekauft, die viele Autofahrer vorne montieren, obwohl oder gerade weil auf der Frontseite eines Fahrzeugs ein Nummernschild nicht gesetzlich vorgeschrieben ist. Ich hatte vorsichtshalber die beiden Kennzeichen vertauscht. Das falsche hinten, das richtige vorn. Bei einer Kontrolle hätten wir immer noch auf einen bedauerlichen Fehler hinweisen können. Aber was nutzt die schönste Planung, wenn du wieder versagt hast. Auch wenn du es Zufall nennst. So viele Zufälle gibt es gar nicht.«

Jehuda war echt sauer, und Salim konnte es ihm nicht verdenken. »Immerhin habe ich es ungesehen bis auf die Aussichtsplattform des Leuchtturms geschafft. Kein Mensch hatte mich bis dahin gesehen. Selbst die Beschattung der beiden Opfer verlief problemlos. Und wenn nicht diese verdammte Katze gewesen wäre … Aber du hast natürlich recht. Ohne Ergebnis war alles umsonst.«

»Und wie umsonst!«, fauchte Jehuda, der seine unterdrückte Wut nicht länger zügeln konnte. »Durch dein erneutes Versagen verlieren wir alles, was wir gerade erst angefangen haben, uns in Key West aufzubauen. Wir werden das Haus aufgeben müssen, ebenso diesen Wagen. Alle Annehmlichkeiten, an die ich mich bereits gewöhnt habe. Unser Traum vom Neuanfang in Key West ist geplatzt – alles war für die Katz!« Jehuda überfiel ein hysterisches Lachen, als er die Doppeldeutigkeit seines Wortspiels erkannte.

»Hast du verstanden, Salim. Im wahrsten Sinne des Wortes war alles für die Katz. Für die Katze, die du anstelle von Gunnar Franzen erschossen hast.«

Salim verkniff sich eine Antwort angesichts der nicht zu widerlegenden Fakten.

»Wir müssen verschwinden, uns unsichtbar machen, und zwar sofort. Hast du verstanden, Salim?«

Salim nickte. »Können wir vorher noch zum Haus fahren, um Geld und einige Sachen für unsere Flucht zu holen? Ich bräuchte auch noch die Reservemagazine für meine Luger 08.«

»Zuerst fahren wir zweimal langsam die Southard Street entlang und beobachten unser Haus, ob sich etwas verändert hat oder uns am Ende bereits ein Polizeiwagen erwartet. Ist dies nicht der Fall, gehst du hinein. Mach den Tresor leer und pack das gesamte Geld und die Papiere in die kleine Reisetasche. Den Inhalt des Schminkkoffers gibst du ebenfalls in die Tasche. Wer weiß, wofür wir den noch brauchen.«

»Was ist mit Kleidungsstücken?«

»Bleibt alles an Ort und Stelle. Wenn eine Untersuchung durch die Polizei stattfinden wird, soll es so aussehen, als wären wir nur mal kurz aus dem Haus. Das verschafft uns einen Vorsprung, den wir vielleicht noch brauchen. Außerdem können wir uns überall neu einkleiden.«

»Weißt du denn schon, wohin wir verschwinden?«

»Im Prinzip ja. Die Einzelheiten werden sich ergeben. Erst einmal müssen wir schnellstens von der Insel runter, und zwar über den Wasserweg. Den Landweg über den Highway 1 können wir vergessen. Eine einzige Straßensperre genügt für unsere Festnahme.

Ich werde dich gleich vor unserem Haus absetzen. Du erledigst alles wie besprochen. Dann setzt du dich in den Conch Train und fährst bis zur Flagler Street. Von dort gehst du die hundert Meter bis zum Yachthafen. Hier erwarte ich dich auf einem Boot, das ich dort chartern werde. Ab sofort heißen wir wieder Joseph Güldenberg und Amir al-Wasir. Vergiss also nicht, deinen neuen Pass einzustecken. Jetzt weißt du, warum ich meine diversen Pässe für Notfälle immer bei mir trage.«

»Was geschieht mit dem Wagen?«

»Den werde ich auf einem öffentlichen Parkplatz abstellen. Für uns ist er nutzlos.«

Jehuda fuhr zweimal langsam an ihrem Haus vorbei. Es war nichts Ungewöhnliches zu entdecken. Die Luft war rein. Er ließ Salim aussteigen. Er selber fuhr weiter zum Yachthafen.

27

Nachdem er den Lexus abgestellt hatte, schlenderte Jehuda zum Pier und schaute die Aushänge mit den Charterangeboten an. Verschiedene Boote waren noch im Angebot. Von ihrer Größe her waren es auch die teuersten. Da man in Florida für das Benutzen einer Yacht keinen Bootsführerschein benötigt, war das Chartern eines Bootes problemlos möglich.

Er entschied sich für eine Pursuit OS 255 Offshore, über die er irgendwann in einer Bootszeitschrift einen positiven Bericht gelesen hatte. Die Yacht war knapp neun Meter lang und im Bug mit einer kleinen Kabine für zwei Personen ausgestattet. Dazu gehörten eine Kochgelegenheit und ein Bad mit Dusche und WC. Der Steuerstand war überdacht. Neben Kompass und GPS besaß er einen Tiefenmesser, der bei der Fahrt über Riffe und Sandbänke unentbehrlich war.

Jehudas Entscheidung für dieses Boot fiel, als der freundliche Vermieter auf die zwei mächtigen Außenborder am Heck zeigte und erklärte: »Die beiden Yamaha-Motoren bringen jeder 570 PS. Damit können Sie eine Geschwindigkeit von 45 Knoten erreichen. Dann allerdings geht der Spritverbrauch sofort in die Höhe. Wenn Sie eine Fahrgeschwindigkeit von etwa zwanzig Meilen einhalten, kommen Sie gut 350 Meilen weit. Wie lange wollen Sie die Yacht mieten?«

»Mein Freund ich wohnen im Paradise Inn und wollen zu den Dry-Tortugas-Inseln rausfahren. Wir wollen das Fort Jefferson besichtigen und auch zu den Marquesas Inseln rüberfahren.«

»Da haben Sie sich ja viel vorgenommen. Die Fahrt zu den Tortugas schaffen Sie in etwa drei Stunden. Es sind 65 Meilen, die Sie mit der Yacht bewältigen müssen. Für weite Strecken hat das Boot einen Autopiloten und ist für Rauwasserfahrten mit zwei Trimmklappen ausgestattet. Bevor Sie losfahren, müssen Sie natürlich den Wetterbericht lesen. Bei Sturm sollten Sie die Fahrt verschieben. Haben Sie denn Erfahrung mit Motoryachten?«, fragte der Bootsverleiher etwas misstrauisch.

»Ich besitze seit fünfzehn Jahren einen deutschen Bootsführerschein und bin solche Strecken im Mittelmeer häufig gefahren. Sogar mit kleineren Booten.«

Jehuda zeigte den Bootsführerschein, der auch seinem jetzigen deutschen Pass entsprach.

Der Bootsvermieter war sichtlich beruhigt. Und als Jehuda die hohe Miete für eine Woche bar bezahlte, nachdem er den Chartervertrag unterzeichnet hatte, machte er ein höchst zufriedenes Gesicht.

Zweckmäßigerweise grenzte an sein Charterbüro ein Shop für Schiffsausrüstung einschließlich Verpflegung, den er nachhaltig empfahl. Außerdem gab er Jehuda eine Kurzeinführung in die Funktionen des Bootes und zeigte ihm die Rettungswesten und eine Box mit Leuchtpistole und Leuchtraketen für den Notfall.

»Im Übrigen«, sagte er, »ist das Boot unsinkbar. Es hat ausgeschäumte Doppelwände. Selbst wenn Sie damit über ein Riff kratzen, kann es zwar volllaufen, aber nicht sinken.

Notfalls sitzen Sie dann im Wasser oder auf einer von zwei Hälften«, lachte er. »Ausprobieren sollten Sie es trotzdem nicht«, fügte er ernster werdend hinzu. Dann übergab er die Bootspapiere und die Schlüssel sowie eine große Seekarte der Keys.

Jehuda schrieb gerade eine Liste über die wichtigsten Einkäufe, als Salim mit praller Reisetasche auftauchte. Er zeigte diesem die wichtigsten Dinge im Boot. Dann schickte er ihn einkaufen. Er hatte reichlich Konserven und Mineralwasser aufgeschrieben. Zusätzlich hatte die Pursuit einen eigenen Trinkwassertank von 200 Litern.

Als Salim mit vollen Einkaufstüten zurückkehrte, brachten sie alles in den reichlich vorhandenen Staufächern und einem kleinen Kühlschrank unter. Dabei erzählte Jehuda von dem Gespräch mit dem Bootsverleiher und der geplanten Fahrt zu den Dry-Tortugas-Inseln.

»Liegen die nicht im Süden?«, fragte Salim.

»Sie liegen im Westen, aber wir fahren trotzdem nicht dahin«, grinste Jehuda. »Ich habe einfach eine falsche Spur gelegt.«

»Und was hast du tatsächlich vor?«

»Wir fahren natürlich nach Norden. Für heute habe ich eine Zwischenstation auf Little Palm Island vorgesehen. Das ist eine kleine Palmeninsel östlich von Key West im Atlantik. Eine kleine abgeschiedene Insel ohne Polizeistation, dafür aber mit einer kleinen Hotelanlage, die laut Reiseführer aus fünfzehn palmwedelgedeckten Hütten besteht. Es gibt weder Telefon noch Fernseher, aber ein sicheres Plätzchen, das nur mit dem Boot erreichbar ist. Dort werden wir heute die erste Nacht verbringen, bevor es morgen weiter nach Norden geht.«

»Wie weit ist es bis dahin?«

»Das sind nur 28 Meilen, die wir mit etwas Speed in einer Stunde schaffen sollten. Außerdem lernen wir die Yacht dabei näher kennen.«

Jehuda kannte sich tatsächlich mit Booten aus. Als er noch als Agent beim Mossad tätig war, gehörte Bootsmanövrierkunde mit zum Ausbildungsprogramm. Das Wesentliche hatte er behalten. Dafür hatte Salim von der Seefahrt keine Ahnung und – er hatte Angst vor der Seekrankheit.

Gegen siebzehn Uhr ließ Jehuda die PS-starken Motoren an und kontrollierte den Fluss der Wasserkühlung. Salim machte die Anlegeleinen und das Ankertau los. Dann gab Jehuda auf die beiden Außenborder etwas Gas, und die Seehawk fuhr mit schwacher Kiellinie aus dem Hafenbecken.

Danach war die *idle speed* von zehn Meilen aufgehoben, und Jehuda ließ die Yamaha-Motoren aufbrüllen. Im Nu hatten sie das Hafenbecken weit hinter sich gelassen und tauchten in die leichten Wellen einer schwachen Brise ein.

Jehuda hatte das GPS-Gerät nicht eingeschaltet. Er wusste, dass er darüber jederzeit geortet werden konnte. Dann hätte er seine Fluchtroute auch gleich veröffentlichen können. Er hatte den Kompasskurs nach Angaben auf der Seekarte eingestellt und steuerte strikt nach diesem Kurs. Den *depth sounder* hatte er bei vier Metern belassen. Sie fuhren zunächst noch im Atlantik mit über einhundert Meter Tiefe.

Salim hatte die Beine auf der Rückbank ausgestreckt und empfand das Gleiten über die tiefblaue Wasserfläche nicht als unangenehm. Eine Stunde war noch nicht vergangen, als das tropische Eiland am Horizont schemenhaft auftauchte. Einige Segelyachten kreuzten vor der winzigen Insel, und die Boote mehrerer Hochsee-Angler schaukelten auf dem Wasser. Jehuda hatte die Motoren gedrosselt und hielt Distanz zu den übrigen Schiffen. Er hatte durchaus nicht vor, auf der Insel zu landen, obwohl Salim gerne in einem der Hotelpavillons übernachtet hätte.

»Verstehst du nicht, dass wir auf der Flucht sind? Vermutlich sind wir die beiden Deutschen losgeworden, aber der Sheriff von Key West hat ganz andere Möglichkeiten als die beiden.

Dank deiner Treffsicherheit«, spottete er, »hast du eine unbeteiligte Frau getroffen und vielleicht sogar getötet. Da wird der Sheriff nicht in seinem Office sitzenbleiben. Sobald er unsere richtigen Namen erfährt, hat er über die Immigration am Flughafen in Miami auch unsere richtigen Fingerabdrücke. Wir sind also zu identifizieren. Deshalb werden wir vorläufig nicht mehr offiziell in die USA einreisen können. Die Ausreise dürfte dagegen mit falschem Pass und gefälschtem Aussehen relativ problemlos sein. Es ist daher unablässlich, dass unser Verschwinden aus Key West keine Spuren hinterlässt. Wir sind wie ein Phantom gekommen und werden als Phantom wieder verschwunden sein.

Und da ich dich nicht verlieren will, Salim«, fügte er milde hinzu, »musst du vor Augen haben, dass dich viele Jahre in amerikanischen Gefängnissen oder sogar die Todeszelle erwarten, wenn du die Frau getötet hast. Und deshalb werden wir unter keinen Umständen auf Little Palm Island anlegen. Wir werden in der Dunkelheit zum Strand fahren. Ich werde den Buganker runterlassen und am Heck den Wurfanker im Meeresboden versenken. In der Kabine werden wir ein kaltes Abendbrot zu uns nehmen und anschließend das Doppelbett testen. Morgen werden wir noch vor Sonnenaufgang die Anker einholen und uns auf den Weg nach Norden machen.

Wenn man bereits auf der Suche nach uns ist, wird man im Süden bei den Dry Tortugas Inseln beginnen. Der Sheriff ruft mit Sicherheit die Küstenwache zu Hilfe, und die setzt nicht nur Schnellboote, sondern auch Hubschrauber ein. Deshalb müssen wir morgen unbedingt die tausend Inseln am Big Pine Key erreichen. Dort können wir uns – wenn es nötig wird – wochenlang verstecken. Da wird auch aus der Luft jede Überwachung zur Suche nach der Stecknadel im Heuhaufen.«

»Ich hab deine Absicht verstanden. Aber wie soll es dann weitergehen? Irgendwo müssen wir doch wieder an Land gehen.«

»Das werden wir auch. Mit dem Boot will ich parallel zum Landweg, dem Highway I, im Schatten der Keys bis Plantation Key fahren. Das sind etwa achtzig Meilen, für die wir gut vier Stunden brauchen. Von Plantation Key aus fahren wir über die Florida Bay nach Nordwesten bis Flamingo, dem südlichsten Zipfel der Everglades. Hier werden wir uns vom Boot trennen und mit einem Leihwagen Richtung Miami verschwinden. In zwei Tagen werden wir wieder festen Boden unter den Füßen haben.«

Jetzt hatte Salim alles verstanden und konnte es kaum erwarten, endlich wieder aufs Festland umzusteigen. Das leichte Schaukeln in der Dünung machte ihm bereits zu schaffen. Eine lange Nacht lag vor ihm.

Plötzlich war der Frieden im altehrwürdigen Hemingway House unter den tropischen Kokospalmen, Tamarinden- und Guavenbäumen einer lärmenden Unruhe gewichen. Die aufgeschreckten Siamkatzen rasten unkontrolliert durch Haus und Garten, die Besucher drängten sich im Flur vor dem Hauseingang.

Sheriff Ben Johnson stürzte mit fünf Deputys ins Haus. Hinter ihm sprangen zwei Sanitäter aus einem Ambulanzwagen und drängten mit einer Trage durch die verschreckten Besucher. Sie kümmerten sich um die bewusstlose Fremdenführerin, hoben sie vorsichtig auf die Trage und fuhren mit Blaulicht und Signalhorn zurück in die Klinik.

Im Garten stieß der Sheriff auf die beiden Deutschen und riss die Augen weit auf. »Ihr schon wieder. Hat die Schießerei etwas mit euch zu tun?«

»Leider, Sheriff, aber wir sind unschuldig daran«, sagte Norbert. »Und selber geschossen habe ich auch nicht.«

Er berichtete Ben Johnson das Geschehene und teilte ihm auch das erkannte Kennzeichen mit.

»Habt ihr den Schützen und den Fahrer erkannt?«, fragte der Sheriff.

Beide mussten verneinen. Gunnar hatte gar nichts gesehen, außer den Treffer auf die Katze. Norbert hatte den Täter und auch den Fahrer nur von hinten gesehen.

Der Sheriff gab sofort die Fahndung nach dem gesuchten Fluchtfahrzeug aus. Dann forderte er die Spurensicherung an. Die Aussichtsplattform des Leuchtturms sollte untersucht werden.

»Was glaubt ihr denn, wer auf euch geschossen hat?«

»Das liegt auf der Hand. Der Gleiche, der schon im Pier House auf Gunnar gewartet hat. Vermutlich dieser Salim

Arafat. Die Größe passt auf ihn, und außerdem hat er leicht gehumpelt. Mein Freund Gunnar hatte ihn nachts im Hotelzimmer mit einem Fußkick erwischt.«

Die Deputys hatten die wartenden Besucher nach eventuellen Beobachtungen befragt. Einige hatten auf der unteren Terrasse den Kopf der Katze wegfliegen sehen. Andere hatte zwei Schüsse gehört und gesehen, wie nach dem zweiten Schuss die Fremdenführerin getroffen wurde und plötzlich umfiel. Keiner hatte zufällig zum Leuchtturm hochgeschaut. Keiner hatte einen Schützen gesehen.

Ein Beamter vom Spurensicherungsteam kam vom Leuchtturm herüber. »Die haben wir auf der Aussichtsplattform gefunden.« Er gab Ben Johnson einen Asservatenbeutel, in dem zwei Geschosshülsen eingetütet waren. »Die Hülsen entsprechen einem Parabellumprojektil 9 mm. Die Kugeln dürften in der Außenwand des Hauses stecken, falls es Durchschüsse waren. Bei der Katze ist das sicher.«

»Kann das Kaliber zu einer Luger 08 gehören?«, fragte der Sheriff.

»Auf jeden Fall, aber da müssen wir die Bestätigung der ballistischen Untersuchungen abwarten. Ich werde jetzt die Wände und das Holz absuchen.«

Ben Johnsons Handy klingelte. Er nahm das Gespräch an. Dann huschte ein zufriedenes Lächeln über sein Gesicht. »Das war ein Anruf vom Zentralregister des Grundbuchamtes. Eure Verfolger sind jetzt lokalisiert. Sie haben tatsächlich in der Southard Street ein altes *conch house* gekauft. Es liegt ein Antrag auf Eigentumsübertragung für die neuen Besitzer vor, einen Jehuda Finkenstein und einen Salim Arafat. Das sind doch die Namen der Gesuchten?!«

Norbert und Gunnar konnten es kaum glauben. Hatte John Mc Govern doch den richtigen Riecher gehabt und seinem alten Kumpel in Key West den entscheidenden Tip gegeben.

»Ihr könnt gleich mitfahren«, lud Sheriff Johnson die beiden Deutschen ein. »Wenn wir sie erwischen, brauche ich euch ohnehin für die Identifizierung.«

In weniger als fünf Minuten hatten sie die Adresse in der Southard Street erreicht. Auf Sirene und Blaulicht hatte man verzichtet, um das Wild nicht aufzuschrecken. Ben Johnson ging mit einem Deputy und den Deutschen zur Haustür, ein anderer Beamter schlich sich zur Hintertür. Alle drei hatten ihre Waffen gezogen.

Ben Johnson zog die Fliegengittertür leise auf und drehte den Haustürknopf. Die Haustür war nicht verschlossen. Er stieß sie auf und sprang mit erstaunlicher Wendigkeit in den Raum. Der Deputy und die Deutschen folgten ihm.

Es herrschte gespenstische Stille. Das Haus war leer. Nachdem sie auch die oberen Räume durchsucht hatten, war offensichtlich, dass die Vögel ausgeflogen waren. Die Frage war nur, wohin?!

Enttäuscht verließen sie das Haus, nachdem der Sheriff einen Beamten im Haus postiert hatte, falls die Gesuchten doch zurückkehren sollten. Sie saßen wieder im Wagen, als über Sprechfunk die Zentrale mitteilte, dass der gesuchte Wagen gefunden worden war.

»Das ging aber schnell«, meinte Norbert.

»So groß ist Key West nicht, dass ein gesuchtes Fahrzeug lange unentdeckt bleibt«, grinste der Sheriff. »Wir müssen zum Yachthafen. In einer Nebenstraße der Flagler Street ist der Lexus abgestellt.«

Nach kurzer Fahrt, diesmal mit Sirene und Blaulicht, erreichten sie den Ort. Ein Polizeiwagen wartete bereits.

Das Fahrzeug war verschlossen. Norbert erkannte den Fluchtwagen sofort wieder. Auch wenn das hintere Kennzeichen falsch war, hatten die Streifenbeamten anhand des richtigen vorderen Nummernschildes den Wagen identifiziert.

»Die wollten wohl besonders schlau sein«, grinste der Deputy, der den Wagen entdeckt hatte. »Dabei handelt es sich um einen ganz alten Hut.«

»Mit ihrem Wagen sind sie aber nicht geflohen. Haben wohl erkannt, dass sie über den Highway nicht weit gekommen wären«, stellte der Sheriff lakonisch fest. »Bleibt eigentlich nur der Seeweg. Ihr klappert alle Bootsvermieter am Pier ab, ob zwei Burschen ein Boot gechartert haben. Nehmt die Phantomzeichnungen aus meinem Wagen mit. Vielleicht erkennt sie einer.« Dann wandte er sich an die Deutschen. »Wir werden mal einen Blick auf die Yachten an ihren Liegeplätzen werfen. Es ist nicht auszuschließen, dass sie sich noch im Hafen auf einem Boot befinden.«

Etwa dreißig kleinere und größere Motor- und Segelboote lagen an den einzelnen Stegen. Nach einer guten Stunde hatten sie alle durch. Immer wieder hatten sie einzelne Skipper nach zwei Männern gefragt, die kürzlich den Hafen verlassen hätten. Sie erhielten nur verneinende Antworten. Keinem war etwas aufgefallen, was auch nicht verwunderlich war, da im Hafengebiet ein stetes Ein- und Auslaufen von Booten stattfand.

Übers Handy rief einer der drei Deputys an. Sie wären im Silver Yacht Charter fündig geworden. Sie eilten herüber zu einem älteren Holzhaus mit einem Hinweisschild auf dem Dach.

»Sie sind Mr. Silver, der Eigentümer des Geschäfts?«, fragte der Sheriff den untersetzten wettergebräunten Mann, der zur Bestätigung nickte. »Mein Deputy hat Ihnen die Phantombilder der zwei Gesuchten gezeigt, und Sie haben die Männer wiedererkannt?.«

»Nur einen der beiden, dem ich das Boot vermietet habe. Eine zweite Person habe ich nicht gesehen. Allerdings sprach Mr. Güldenberg von einem Freund, der etwas später komme. Den habe ich aber nicht mehr gesehen, da die Seahawk plötzlich ausgelaufen war. Aber Mr. Güldenberg wollte noch Vorräte in unserem Shop nebenan einkaufen. Vielleich haben die etwas gesehen. Meine Frau macht da die Kasse.«

»Es wäre besser, wenn Sie ihre Frau rüberholten, dann gibt es im Laden nicht so viel Unruhe und Fragen.«

»Daran habe ich nicht gedacht. Ich hole sie sofort.«

Frau Silver kam angewatschelt. Stundenlanges Sitzen an der Kasse und Fast Food hatten ihre Spuren hinterlassen. Sie zeigten ihr beide Phantomzeichnungen. Nach kurzem Zögern erkannte sie Salim Arafat als den Kunden wieder, der den halben Laden leergekauft habe. »Er war sehr groß und humpelte etwas. Bezahlt hat er in bar – fast vierhundert Dollar.«

»Hat er etwas gesagt zu Ihnen, zum Beispiel wohin die Reise gehen sollte?«, fragte der Sheriff.

»Nein, der Mann war sehr schweigsam, hat bezahlt und ist gegangen. War mir auch recht, denn der hatte so helle eiskalte Augen, richtig unheimlich.«

»Das ist der Bursche, hinter dem wir her sind. An diesen Augen würde ich ihn jederzeit wiedererkennen«, unterbrach Gunnar aufgeregt.

»Sie haben uns sehr geholfen, Mrs. Silver. Wenn Sie uns dann Ihren Mann nochmal schicken würden«, bat der Sheriff.

»Sagen Sie uns, Mr. Silver, hat der Mieter der Seehawk etwas über sein Fahrtziel gesagt?«

»Das hat er in der Tat. Er wolle mit dem Freund rüber zu den Dry-Tortugas-Inseln. Dort wollten sie das Fort Jefferson besichtigen. Sie wissen doch, die zwischen 1846 bis 1871 erbaute Festung, deren Mauern von Negersklaven in dreißig Jahren Knochenarbeit mit 16 Millionen Ziegeln aufgetürmt wurden. Nach dem Bürgerkrieg wurde sie Staatsgefängnis. Wussten Sie, Sheriff, dass zu den Insassen der Arzt Dr. Samuel Mudd gehörte. Er hatte dem Mörder von US-Präsident Abraham Lincoln, John Wilkes Booth, ein gebrochenes Bein geschient. Dafür wurde er als Mittäter verurteilt.«

Ben Johnson hatte geduldig zugehört. Geschichten erzählen war für die meisten Inselbewohner ein genetisch veranlagtes Vergnügen.

»Kommen wir zurück zu Ihrem Mieter. Hat er noch mehr erzählt?«

»Nach den Dry Tortugas wollten sie noch zu den Marquesas. Deshalb hat er die Seahawk auch für eine volle Woche gechartert. Sagen Sie, Sheriff, weshalb sind Sie hinter den Buschen her? Muss ich mir Gedanken um mein Boot machen?«

»Zuerst müssen wir sie finden. Und um Ihr Boot brauchen Sie sich bestimmt keine Sorgen zu machen«, beruhigte Ben Johnson den besorgten Mr. Silver. Dann traten sie wieder auf den Pier hinaus.

»Was machen wir jetzt, Sheriff?«, fragte Gunnar.

»Heute können wir nichts mehr unternehmen, da es in einer Stunde dunkel ist. Für morgen früh order ich einen Hubschrauber der Küstenwache, der uns zu den Tortugas fliegt. Dafür benötigt der eine gute Stunde. Dabei halten wir die Augen auf und suchen nach der Seahawk.«

»Ich kann mir schlecht vorstellen, dass die beiden Gangster tatsächlich nach den Dry-Tortugas-Inseln unterwegs sind. So blöd können die doch gar nicht sein, dass sie ihr Ziel für ihre Verfolger offenlegen. Ich vermute eher eine falsche Spur, um uns zu täuschen«, insistierte Norbert.

»Das klingt logisch und kann so sein. Kann aber auch sein, dass sie nach unserer Logik unlogisch handeln, um die Verfolger auszutricksen. Darauf müssen wir es ankommen lassen. Seid morgen pünktlich am Yachtclub. Dort starten wir um acht Uhr. Für heute wünsche ich euch noch einen guten Abend, *guys.*«

Die beiden Freunde schlenderten langsam zurück in ihr Hotel. Sie wollten den ereignisreichen Tag an der kleinen Hotelbar im tropischen Garten des Eden Hotels ausklingen lassen und Telefonate nach Deutschland führen.

Der Marinehubschrauber für sechs Passagiere stand zum Abflug bereit, als Sheriff Ben Johnson mit zwei Deputys ankam. Norbert und Gunnar begrüßten die schon bekannten Gesichter, und alle kletterten an Bord.

Der Pilot der Küstenwache ließ den Hubschrauber auf tausend Meter steigen. Dann schwenkte er übers Meer, ging herunter auf zweihundert Meter und flog mit etwa hundertdreißig Stundenkilometern Richtung Westen.

Ben Johnson hatte einen Marinefeldstecher vor den Augen und spähte angestrengt aufs Meer. Seine Beamten sowie Gunnar und Norbert blickten ebenfalls auf die türkisblauen Wasser des Golfs von Mexiko, in der Hoffnung, eine Spur der Seahawk zu entdecken. Motoryachten und Segler waren reichlich unterwegs, aber eine Pursuit mit Namen Seahawk war nicht darunter.

Das war auch wenig wahrscheinlich. Wenn die Gesuchten schon am Nachmittag des Vortages abgelegt hatten, waren sie noch am Abend auf der Insel Garden Key angekommen, einer der Dry-Tortugas-Inseln, auf der das Fort Jefferson errichtet worden war. Es war 1935 zum *National Monument* erklärt worden. Die weiteren der Koralleninseln waren unbewohnt und nur als Brutinseln von Bedeutung. Braune Pelikane, Kormorane und Fregattvögel nutzten die Inseln von März bis Oktober als Brutplätze.

Langsam kreiste der Pilot über den zwei Meter dicken Festungsmauern und setzte schließlich neben dem Bootsanleger auf. Der Sheriff und seine Deputys, ebenso wie Norbert und Gunnar, machten sich auf den Weg in die Festung. Sie trafen auf Besucher aus aller Herren Länder. Nach einer Stunde war klar, dass die Gesuchten nicht darunter waren.

Enttäuscht stiegen sie wieder in den Helikopter. Der Pilot überflog auch die übrigen Koralleninseln, deren farbenprächtige Unterwasserwelt im nur fünf Meter tiefen Küstengewässer von oben zu erkennen war. Auch hier blieb die Suche erfolglos. Eine Seahawk war nicht zu sehen. Sie flogen zurück nach Key West.

»Könnte es nicht sein, dass die Burschen weiter nach

Kuba geflohen sind? Laut Reiseführer sind es nur hundertfünfundvierzig Kilometer dorthin. Vielleicht sind sie direkt von Key West die nur neunzig Kilometer weite Strecke gefahren?!«, fragte Norbert.

»Möglich ist natürlich alles. Aber die Hurrikansaison ist erst Ende Oktober zu Ende. Wenn sie es trotzdem gewagt haben, sind sie für uns unerreichbar verschwunden«, antwortete der Sheriff.

»Wenn wir davon ausgehen, dass die Gangster mit der Yacht doch nach Norden geflohen sind, dehnen Sie dann die Suche nach Norden aus?«, wollte Gunnar wissen.

Der Sheriff kratzte sich nachdenklich am Kinn. »Das fällt dann nicht mehr in mein Ressort. Mein County endet bei Big Pine Key. Ab da beginnt ein neues County, für das Sheriff Adam in Marathon zuständig ist. Und Marathon werden die Gangster längst passiert haben.

Ich werde Adam gleich noch anrufen und ihm den Fall schildern. Er wird sich dann der Sache annehmen. Hoffen wir, dass er mehr Glück hat. Bis zum Festland am Ende der Keys gibt es allerdings Tausende kleine unbewohnte Inseln. Da können sich die Fliehenden im Notfall wochenlang verstecken. Vorräte haben sie laut Mr. Silver genug eingekauft.

Tut mir leid, *guys,* dass ich euch nicht mehr weiterhelfen kann. Auf jeden Fall werde ich euch Sheriff Adam bestens empfehlen. Und grüßt meinen alten Kumpel John Mac Govern in Miami, wenn ihr wieder dort seid.«

Damit hatten Norbert und Gunnar nicht gerechnet. Sie waren wieder auf sich allein gestellt. Sie setzten sich in ein Straßencafé, um ihre Enttäuschung bei einem Bier abzureagieren.

»Ich habe da eine Idee«, begann Norbert. »Wir sind bis jetzt dank des Sheriffs der falschen Spur gefolgt. Und an Kuba glaube ich auch nicht. Da würden sich die beiden Verbrecher auch gar nicht wohlfühlen.

Versetzen wir uns einmal in ihre Lage und ihr bisheriges Verhalten. Kaltblütig und mörderisch haben die ihre Ziele umgesetzt und sind dabei hohe Risiken eingegangen.«

»Das kann ich nur bestätigen. Bin ich doch ein überlebendes Beispiel dafür. Das Risiko der Flucht über den Highway 1 sind sie aus guten Gründen bestimmt nicht eingegangen.«

»So ist es. Aber trotzdem wollen sie unter allen Umständen aufs Festland zurück. Weil sie zu Recht davon ausgehen, dass ihr bisheriges Verbrechen in Key West nur regional verfolgt wird. Dieser Sheriff in Marathon wird andere Sorgen haben, als sich für ein Verbrechen außerhalb seines Zuständigkeitsbereichs ein Bein auszureißen. Dafür wäre dann das FBI zuständig. Für eine Schussverletzung in Key West werden die sich nicht engagieren. Es sei denn, es handelte sich um Mord.«

»Du willst damit sagen, wenn die außerhalb der regionalen Überprüfung des Highways ans Festland gelangen, sind sie aus dem Schneider.«

»Du hast es auf den Punkt gebracht. Ich habe mir gestern am späten Abend die Karte angeschaut. Dort war außerhalb des Highways nur am südlichen Ende der Everglades ein Ort auf dem Festland verzeichnet, an dem eine Landung auf dem Festland möglich ist. Dieser Ort heißt Flamingo. Von dort sind es unter Umgehung des Highways nur sechzig Kilometer bis zur Interstate 95. Die führt direkt nach Miami und anderen Großstädten an der Ostküste.

Wenn die – wie ich vermute – diese Route wählen, fahren sie mit der Yacht parallel zu den Keys bis Plantation Key. Von dort queren sie durch die Florida Bay und gelangen direkt nach Flamingo.

Wenn wir uns nachher im Hotel die Karte ansehen, wirst du erkennen, dass diese Fahrt über die Florida Bay an unzähligen unbewohnten Eilanden vorbeiführt. Dort könnten sie jederzeit ein Versteck finden. Unter diesen mit dichten Mangrovenwäldern bewachsenen Inselchen sind sie kaum zu finden.«

»Okay, ich denke, ich kann deinen Überlegungen folgen. Aber wie wollen wir das verhindern? Müssten wir uns wieder mit einem örtlichen Sheriff in Verbindung setzen und uns auf dessen Hilfe verlassen?«

»Genau das möchte ich vermeiden. Deshalb schlage ich vor – dein Einverständnis vorausgesetzt –, dass wir diesmal auf eigene Faust handeln.

Wenn wir gleich noch im Hotel auschecken, können wir mit dem Wagen in etwa zwei bis drei Stunden in Plantation Key ankommen. Das wäre gegen siebzehn Uhr. Dann machen wir es wie die beiden Verbrecher. Wir mieten ein schnelles Boot, kaufen ein paar Vorräte und fahren Richtung Flamingo. Ich schätze die Strecke auf fünfzig bis sechzig Kilometer. Dafür brauchen wir etwa drei bis vier Stunden. Je nachdem wie spät es wird, können wir immer noch überlegen, ob wir auf Risiko durch die Nacht fahren oder lieber in einem Hotel übernachten.«

»Glaubst du, dieser Jehuda und Salim riskieren eine Nachtfahrt?«

»Das nehme ich mal nicht an, denn beim Durchfahren dieser vielen Eilande kann man schneller auf ein Korallenriff auffahren als einem lieb ist. Auch ich möchte es nur ungern riskieren. Ich glaube auch nicht, dass es nötig ist. Die Seahawk kann heute nicht weiter als bis zur Höhe von Plantation Key gekommen sein. Die Gangster werden dort vermutlich auf einer der Inselchen angelandet sein, um am nächsten Morgen die Fahrt nach Flamingo anzutreten.

Wenn wir sehr früh ebenfalls nach Flamingo starten, sind wir möglicherweise vor ihnen dort. Sonst müssen wir sie verfolgen und überholen. Was hältst du von meinem Plan?«

»Wenn du mit deiner Annahme recht hast, ist er ideal. Wir könnten diese Mörder selber stellen. Trotzdem noch eine Gewissensfrage. Hast du schon einmal ein Boot gesteuert? Ich jedenfalls nicht.«

»Das ist eine berechtigte Frage, Gunnar.« Ein verlegenes Lächeln huschte über Norberts Gesicht. »Aber ich kann dich beruhigen. Ich besitze sogar einen deutschen Bootsführerschein. Den habe ich vor vielen Jahren mit Kollegen während unserer Ausbildung gemacht. Wir waren damals am Zwischenahner Meer im Hotel Fährhaus. Ein tolles Hotel direkt am Seeufer. Die hatten einen Landungssteg mit Motorboot. Mit dem haben wir geübt. Das ist allerdings über zehn Jahre her, und meine Bootserfahrung, ehrlich gesagt, beruht ausschließlich auf der am Zwischenahner Meer gewonnenen. Das ist in jedem Fall mehr, als in Florida für das Chartern eines Bootes erforderlich ist. Was meinst du?«

»Das werden wir morgen erleben. Notfalls sitzen wir auf

einem Riff und müssen Robinson Crusoe spielen«, lachte Gunnar.

Ihre Stimmung hatte sich merklich gebessert. Das morgige Abenteuer könnte endlich die Entscheidung bringen.

28

Jehuda und Salim hatten ihre erste Nacht auf dem Wasser verbracht. Auf dem kleinen Kocher hatten sie Tee zubereitet und Thunfischdosen geöffnet. Dazu gab es weißes Toastbrot. In dem etwas engen Doppelbett mussten sie kuscheln, was ihnen entgegenkam. Selbst Salim war vom sanften Auf und Nieder der Yacht in der leichten Dünung in einen traumlosen Schlaf gefallen.

Jehuda wachte als erster auf. Seine innere Uhr, die während seiner Shin-Bet-Zeit in vielen Einsätzen geschult worden war, weckte ihn pünktlich um sechs Uhr, noch vor dem Morgengrauen. Er kletterte an Deck und sah die Lichter des Resort Hotels auf Little Palm Island. Das Positionslicht der Seahawk leuchtete einsam vor der weißen Bucht. Offensichtlich waren sie die Einzigen geblieben, die vor Anker lagen. Eine leichte östliche Brise vom Atlantik her ließ das ruhige Wasser kräuseln. Jehuda wurde wieder bewusst, dass die Florida Keys optisch wie eine Trennung zwischen Atlantischem Ozean und dem Golf von Mexiko wirkten.

Salim kam noch schlaftrunken aus der Kajüte. »Was machst du mitten in der Nacht hier draußen? Du wolltest doch nicht im Dunkeln fahren.«

»Das werden wir auch nicht. Tatsächlich ist es nach sechs Uhr morgens. In dreißig Minuten wird es hell, und du willst doch vor der Abfahrt bestimmt noch frühstücken.«

Um sieben Uhr hatten sie ihr Boot klargemacht, und mit dem ersten Morgenlicht startete Jehuda die Motoren. Eine Stunde später stieg die Sonne wie ein goldener Ball aus dem Meer. Jehuda musste immer wieder winzige Mangroveninseln umfahren. Er fuhr nach Kompass nördlichen Kurs und blickte regelmäßig zu den Brücken des Highways, zu dem er sich in sicherem Abstand hielt.

Vor Big Pine Key wechselte er in den Atlantischen Ozean, um das Umfahren der größeren Insel zu vermeiden. Noch vor Marathon fuhr er unter der Seven Mile Bridge zurück in den Golf von Mexiko und folgte dem Highway 1. Ab und an sah er Streifenwagen mit eingeschaltetem Blaulicht über die Brücke fahren und war froh über seine Entscheidung, den Landweg gemieden zu haben.

Bis jetzt verlief die Fahrt auf dem Wasser reibungslos. Die Außenborder röhrten gleichmäßig vor sich hin. Ab fünfzehn Knoten kam die kleine Yacht bereits in Gleitfahrt und lief ruhig und ohne auszuscheren auf Kurs. Jehuda hatte auf Autopilot umgestellt und musste erst wieder beim Auftauchen von vorausliegenden Inseln die Steuerung per Hand übernehmen.

Auch mit der eingeplanten Zeit lag er richtig. Sie würden noch vor Einbruch der Dunkelheit die Höhe von Plantation Key erreichen. Dort wollten sie wieder auf dem Wasser übernachten. In zwei Tagen hätten sie Flamingo auf dem Festland erreicht.

Jehuda schreckte aus seinen vorauseilenden Gedanken auf, als der erste heftige Wellenschlag auf die Backbordseite des Bugs prallte und die Seahawk nach Steuerbord ausscheren ließ. Auf den ersten Wellenschlag folgten weitere mit vielen Schaumkronen auf der Spitze. Alle wurden aus Osten vom Atlantik herangetrieben.

Die mächtigen, im Meer versenkten Brückenpfeiler des Highways verschwanden fast im Nebel der hochspritzenden Gischt der heranrollenden Wellen. Jehuda hatte längst das Steuer wieder übernommen und versuchte, die Seahawk durch vorsichtiges Anschneiden der Wellen auf Kurs zu halten.

Salim war kreidebleich geworden. Jehuda erkannte zum ersten Mal Angst und aufflammende Panik in seinen Augen. »In was für eine Scheiße sind wir hier reingeraten! Bring uns so schnell wie möglich da wieder raus!«, schrie er gegen den inzwischen brüllenden Sturm an.

»Vom Atlantik kommt ein plötzliches Sturmtief. Da müssen wir durch. Außerdem müssen wir bald bei Plantation Key sein. Da suchen wir uns ein sicheres Plätzchen. Besser, du gehst nach vorn in die Kabine. Leg dich hin und halt dich fest! Hier oben gehst du mir sonst noch über Bord.« Salim verschwand fluchend nach unten.

»Die Schwimmwesten«, dachte Jehuda, »wir müssen die Schwimmwesten anlegen.« Er griff in die rechte Backskiste und zerrte zwei Westen heraus. Eine warf er in die Kajüte zu Salim, die andere zog er sich über.

Inzwischen hatten die Wellen eine erschreckende Höhe angenommen. Jehuda schätzte sie auf vier bis fünf Meter. Die Seahawk konnte diese Brecher nicht mehr unterfahren. Es kam zuviel Wasser über Bug und Bordwände. Jehuda schaltete die automatische Bilgepumpe ein. Solange das Wasser in die Bilge ablief und die Pumpe arbeitete, konnte das Boot nicht volllaufen.

Außerdem sprach sich Jehuda selbst Mut zu, indem er

sich wiederholt mit der Unsinkbarkeit der Yacht tröstete. Trotzdem erkannte er mit der zunehmenden Wildheit des Sturmes, dass es zur Unsinkbarkeit des Schiffes noch jede Menge anderer Möglichkeiten des Ertrinkens gab. Inzwischen tanzte die Seahawk auf den Wellen, bis sie mit Schussfahrt in ein Wellental hinunterstürzte, als wolle sie ins Surfen kommen. Mit einem Druck auf die beiden Gashebel jagte Jehuda die kleine Yacht über die nächste Wellenkante, bis sie erneut ins Bodenlose stürzte.

Jehuda hatte keinen Wetterbericht gehört. So wusste er nicht, dass die Ausläufer eines Hurrikans über dem Atlantik mit einhundertfünfzig Stundenkilometern die Florida Keys streifen sollten. Er hatte sich während der Fahrt nach Norden nur gewundert, dass der anfangs noch lebhafte Bootsverkehr immer weniger wurde. Zum Schluss schien er als Einziger auf dem Wasser zu sein.

Die Sonne war inzwischen verschwunden und hatte schwarzen Wolkengebirgen Platz gemacht. Ganze Serien von Blitzen erhellten den fernen Horizont und würden die unausweichlichen Gewitterregen auslösen. Minuten später war es so weit. In Sekundenschnelle wusste Jehuda, was einen tropischen Gewitterregen ausmacht. Er fühlte sich wie unter einer Schwalldusche mit ständig auf- und absteigendem Boden.

Eines wusste Jehuda noch genau. Niemals durfte er die Seahawk quer zur Welle legen. Sonst würde das Boot bei diesen Wogen sofort kentern, und sie würden ohne seinen Schutz wie Korken auf den Wellen treiben und kurz über lang ertrinken. Vor diesem Ende hatte Jehuda panische Angst.

Diesen Sturm würde die kleine Yacht auf Dauer nicht

überstehen – jedenfalls nicht über Wasser. Deshalb hielt Jehuda verzweifelt Ausschau nach einem der vielen Eilande, die sie zuvor ständig begleitet hatten. Er wollte nur noch an Land, egal wo und wie.

Tatsächlich tauchten unter dem von Blitzen erhellten Himmel schemenhaft die Umrisse einer Insel auf, deren Größe er nicht ausmachen konnte. Vorsichtig steuerte er ablaufenden Kurs, indem er mit den Wellen versuchte, sich der Insel zu nähern. Nun surfte er sogar auf den Wellenkämmen ins Tal und schaute mit Schrecken auf die nachfolgenden Brecher, die das Heck der Yacht erreichten, sie anhoben und vor sich her auf die nächste Wellenkrone trieben.

So kamen sie der Insel tatsächlich näher, als Jehuda die gewaltige Brandung erkannte, die sich vor der Insel auftürmte. Die konnten sie niemals ohne zu kentern durchfahren. Er musste die Seahawk auf die andere, dem Sturm abgewandte Seite steuern. Dort müsste die Brandung erheblich geringer sein. Wenn sie es nur bis dahin noch schafften.

Die nächste Wasserwand kam auf die Seahawk zu, und die Yacht neigte sich mit der Reling tief ins Wasser, als wolle sie sich volllaufen lassen. Jehuda krampfte sich verzweifelt am Ruder fest und steuerte gegen. Langsam, fast unwillig, richtete sich die Seahawk wieder auf. Bis zu den Knien stand Jehuda im überkommenden Wasser. Die Yacht lag jetzt merklich tiefer.

Endlich tauchte das Ende der offensichtlich größeren Insel auf, und Jehuda begann vorsichtig mit ihrer Umrundung. Er kam langsam in den Wind- und Regenschutz der Insel und sah die deutlich schwächere Brandung gegen einen schmalen Sandstreifen anrennen. Auch die Wellenhöhe hatte sich in Lee der Insel verringert, und die Yacht wurde besser steuerbar.

Er rief mehrmals laut nach Salim, der erst nach einer Ewigkeit aus der Kajüte gekrochen kam. Auch er war vollkommen durchnässt. Das Bett, auf dem sich Salim festgekrallt hatte, stand ebenfalls unter Wasser. Das war ihm wohl nicht immer gelungen. Er blutete aus mehreren Wunden an der Stirn.

Sein Gesicht war grünlich verfärbt. Sein Frühstück hatte er in sich wiederholenden Brechkaskaden auf seiner Kleidung verteilt. »Ich will an Land, Jehuda. Ich halte das nicht länger auf dem Boot aus«, stammelte der große, kräftige Mann mit schwacher Stimme.

»Deshalb habe ich dich gerufen. Wir werden gleich an Land sein. Das kann aber etwas ungemütlich werden.« Er zeigte auf die Brandung vor ihnen.

»Das schaffen wir doch nie. Müssen wir wirklich da durch?«

»Eine andere Chance haben wir nicht. Außerdem bin ich sicher, dass die Seahawk das schafft. Wenn wir in die Brandung kommen, wird die Yacht mit großer Gewalt zum Ufer geschoben. Sie wird so schnell wie ein Surfer auf seinem Brett. Damit sie nicht von Querwellen gedreht werden kann, muss ich sie mit den Motoren noch schneller machen. Ich muss das Schiff unbedingt auf Kurs halten, damit es mit dem Bug zuerst aufsetzt. Wenn es in den Brandungswellen querschlägt, müssen wir von Bord springen und an Land schwimmen.

»Aber, Jehuda, hast du vergessen, dass ich nicht schwimmen kann?!«, wandte Salim mit kläglicher Stimme ein.

»Dafür hast du doch die Schwimmweste. Die trägt dich von alleine zum Strand. Du musst nur den Mund zulassen, damit du nicht zuviel Salzwasser schluckst. Wir werden aber nicht schwimmen müssen, wenn ich richtig auf dem Strand aufsetze. Dann springst du als erster an Land, und ich lasse über die elektrische Ankerwinsch den Anker runter. Den buddelst du sofort tief in den Sand, damit die Yacht nicht vom Sog der nächsten Welle wieder in die Brandung gezogen wird. Hast du alles verstanden?«

Sein Freund nickte nur. Dann war es soweit. Jehuda spürte die unbändige Kraft der Brandung, die plötzlich das Schiff gepackt hatte. Mit rasender Geschwindigkeit trieb sie die kleine Yacht auf den schäumenden Wellenkämmen in Richtung Strand.

Vielleicht habe ich diese Brandung unterschätzt, durchzuckte Jehuda ein ängstlicher Gedanke. Trotzdem hielt er das Steuer eisern auf Kurs und beschleunigte das Boot wenige Meter vor dem Strand.

Wie ein Pfeil schoss die Seahawk mit der letzten Welle auf den Strand und setzte sofort mit dem Bug auf, so dass sie mit dem Heck hochkam und zu einem Überschlag ansetzte. Die nächste Welle schob sich unter den Schiffskörper, hob erneut den Bug an, und das Heck senkte sich wieder. Die Seahawk hatte eine perfekte Landung hingelegt und ihre endgültige Position erreicht.

Salim war bereits auf den Sand gesprungen, während Jehuda rasselnd den Anker fallen ließ, den Salim tief in den Sand eingrub. Jetzt lag die Yacht sicher, und die Brandung hatte ihre Macht über sie verloren.

Jehuda hatte im letzten Moment die Motoren nach oben gestellt, damit die Schrauben keine Bodenberührung bekamen. Dann wären die Propeller beschädigt worden und hätten eine Weiterfahrt unmöglich gemacht. Ein Teil des übergekommenen Wassers war bei der Schräglandung über die Heckreling wieder herausgeschwappt. Er ließ die Bilgepumpe weiterhin laufen. Sie würde den Rest herauspumpen.

Als er an Land sprang, stellte er überrascht fest, dass der Regen aufgehört hatte. Von Westen klarte der Himmel auf. Die Abendsonne hatte sich durchgesetzt. Das Sturmtief wanderte am Horizont weiter in nördliche Richtung. Nur die Brandung brach sich noch mit wilder Kraft am schmalen Sandstrand der Insel.

Morgen wird sie sich beruhigt haben, und wir können unsere Flucht bis ans Festland fortsetzen, dachte Jehuda. Ab Mittag können wir schon im Leihwagen sitzen und über den Highway nach Norden Richtung Miami fahren. Dort würde man weitersehen.

»Wir werden ein wenig die Insel erkunden und uns einen Schlafplatz aussuchen. Auf den nassen Matratzen im Boot mit Schräglage werden wir schlecht die Nacht verbringen können. Und nimm mal zur Vorsicht deine Pistole mit, falls wir auf Überraschungen stoßen«, wandte er sich an Salim.

»Die Luger steckt schon in meinem Gürtel. Die habe ich keinen Moment aus den Augen gelassen«, grinste Salim. Er hatte erstaunlich schnell seine Fassung wiedererlangt.

Sie entledigten sich ihrer Oberkleidung und hängten sie zum Trocknen an die Bugreling der Seahawk. In ihren Boxershorts machten sie sich auf den Weg. Nach etwa zweihundert Metern hatten sie die Ostseite des Eilandes erreicht und erkannten am Ende der fast gleichen Strecke die nächste Rundung der Insel. Von einer menschlichen Ansiedlung war nichts zu sehen. Nur weitere grüne Eilande waren mit größeren Abständen zueinander zu erkennen. Sie befanden sich im Gebiet der Zehntausend Inseln.

Sie gingen zurück an der Seahawk vorbei bis zum Südende der Insel und sahen auch hier nur die bis an den Strand reichenden Mangrovenwälder. Nach dem sintflutartigen Regen dampften diese in der Abendsonne. Mit ihrem Geflecht der hohen Stehwurzeln bildeten sie echte Schlickfänger.

Sie hatten sich überzeugt, dass sie offensichtlich die einzigen Anwesenden auf der Insel waren. Jehuda schätzte ihre Größe auf maximal zwei Quadratkilometer.

In der Nähe der Yacht tat sich zwischen den Mangroven ein schmaler Einschnitt in Form eines natürlichen Pfades auf. Sie folgten ihm in den Mangrovenwald. Dann staunten sie über vor ihnen aufragende zwanzig Meter hohe Sumpfzypressen mit meterdicken Stämmen. »Die können über eintausend Jahre alt werden«, wusste Jehuda.

»Mich interessiert viel mehr, ob es hier Schlangen und Alligatoren gibt«, antwortete Salim.

»Das kann man nicht ausschließen, aber das halte ich für wenig wahrscheinlich. Hier gibt es jede Menge Watvögel und Waschbären, aber die sind ungefährlich.«

Nach etwa fünfzig Metern endete der Pfad an einem Wassertümpel. Daneben hatte sich eine kleine Fläche festes Land entwickelt, auf dem einige *southern slash pine*-Bäume der heimischen Kiefernart wuchsen. Sie betraten den kleinen Hügel und prüften seine Festigkeit.

»Hier verbringen wir die Nacht, nachdem wir ein ordentliches Lagerfeuer angezündet haben. Du sammelst so viel Holz wie möglich, während ich zum Boot gehe und einige Sachen für die Nacht hole.«

»Dann bring auch die Havannazigarren mit, die ich in Key West gekauft habe. Die spendiere ich heute Abend für unsere Lebensrettung aus der See!«

An der Seahawk angelangt, prüfte Jehuda die zum Trocknen aufgehängte Kleidung. Er konnte sie wieder anziehen. Er kletterte an Bord und fand in einem der oberen wasserdichten Shaps zwei trockene Wolldecken und Salims Zigarrendose. Dann packte er in eine Wolldecke mehrere Dosen Thunfisch, ein Toastbrot und zwei Dosen getrocknete Datteln – letztere als Dessert. Hinzu kamen einige Wasserflaschen. Das Ganze trug er wie einen Sack auf dem Rücken über den Waldpfad zurück, einschließlich der Kleidungsstücke Salims.

In der linken Hand hielt er den Zehn-Liter-Benzinkanister, den ihm der freundliche Mr. Silver für alle Fälle als Notfallreserve mitgegeben hatte. Jetzt hatten sie ja einen Notfall. Sie mussten das nasse Holz ans Brennen kriegen. Überrascht schaute er auf den aufgehäuften Riesenberg von dürren Ästen und Zweigen, die Salim bereits gesammelt und aufgeschichtet hatte.

»Ich habe den Eindruck, du hast den ganzen Wald geplündert.«

»Dies Zeug und noch viel mehr liegt hier überall lose rum. Und ein paar Waschbären und Reiher habe ich auch gesehen. So nass ist das Holz gar nicht. Die dicken Blätter an den Zweigen halten den Regen wohl auf.«

»Das werden wir gleich feststellen.« Jehuda schüttete den halben Kanister über den Holzstapel, zündete einen Kienspan an und warf ihn aufs Holz. Im Nu loderte eine hohe Flamme empor, und Salim warf einige dickere Äste ins Feuer. Es breitete sich eine angenehme Wärme aus. Die beiden Geretteten machten es sich am Feuer bequem. Auch Salim hatte Hose und Hemd wieder übergestreift. Beim Einnehmen der Abendmahlzeit konnten sie schon wieder scherzen, als hätten sie ihre Todesängste bereits verdrängt. Nachdem sie die süßen Datteln verzehrt hatten, lehnten sie sich gemütlich zurück und zündeten sich eine der dicken Havannazigarren an.

Inzwischen war die Dunkelheit hereingebrochen, was aber ihrer Gemütlichkeit am prasselnden Lagerfeuer keinen Abbruch tat. Nachdem ihre Zur-Ruhe-Setzung in Key West so ein klägliches Ende gefunden hatte, schmiedeten sie neue Pläne für die Zukunft.

»Vielleicht sollten wir doch noch ein paar Fischzüge unternehmen. Schließlich haben wir unser erstes gemeinsames Haus in Key West als Totalverlust zu verbuchen. Dafür sollte jemand bezahlen müssen«, fasste Jehuda zusammen.

»Da kann ich dir nur zustimmen. Du hast meine volle Unterstützung«, grinste Salim. »Trotzdem werde ich mal einen Stapel Reserveholz zurechtlegen, bevor uns das Feuer in der Nacht niederbrennt. Muss übrigens einer von uns Wache halten, so wie in den alten Wildwestfilmen?«

»Ich glaube, darauf können wir verzichten. Du musst nur das Feuer in Gang halten.«

Nachdem der Holzstoß vor Jehuda als Reserve wieder aufgefüllt war, kuschelten sich beide nahe am Feuer in die Decken und plauderten noch ein wenig, bis sie vom Schlaf und den Anstrengungen des Tages übermannt wurden.

Die Stille der tropischen Nacht senkte sich über die beiden, nur unterbrochen vom Knistern des Feuers.

Weit nach Mitternacht wachte Jehuda auf. Sein Instinkt hatte ihn im Schlaf vor einer Gefahr gewarnt. Das Feuer glühte noch, war jedoch ziemlich heruntergebrannt. Er warf neues Holz in die Glut, die wieder hohe Flammen entwickelte.

Er warf einen Blick auf Salim, der seltsam still dalag. Dafür rollte er mit den Augen. »Was ist mit dir, Salim?«, fragte er und beugte sich zu ihm herüber.

Dicke Schweißtropfen standen auf Salims Stirn. Er bewegte nahezu lautlos die Lippen, um etwas zu sagen. Jehuda hielt sein Ohr vor seinen Mund.

»Unter meiner Decke bewegt sich etwas. Es ist gerade an meinem rechten Unterschenkel. Ich glaube, es ist eine Schlange.«

»Bleib ganz ruhig, ich sehe vorsichtig nach.«

Jehuda nahm einen brennenden Ast vom Feuer und leuchtete auf das Fußende der Decke. Zu sehen war nichts. Sachte hob er den unteren Deckenzipfel an und leuchtete auf Salims Unterschenkel.

Zu Tode erschrocken zuckte er zurück und ließ die Decke fallen. Er hatte das letzte Drittel einer Korallenschlange erkannt, die reflexartig unter Salims Hosenbein verschwunden war. Die leuchtende Zeichnung auf dem roten Körper mit weißen und schwarzen Ringen hatte er genau erkannt. Nur einen Sekundenbruchteil dachte er an die harmlose Schwester der tödlichen Korallenschlange. Er selber hatte die ungiftige San-Diego-Bergkönigsnatter gekauft. Den Merkspruch zur Unterscheidung der beiden

Schlangenarten kriegte er nicht mehr zusammen. Sein Instinkt sagte ihm jedoch, dass es sich hier um die tödliche Art handelte. Und dann fiel es ihm doch noch ein: Folgt Weiß auf Rot, bist du tot. Weiß auf Schwarz – Glück gehabt!

Diese Korallenschlange hatte eindeutig weiße Ringe auf Rot. Jetzt hatte auch Jehuda dicke Schweißtropfen auf der Stirn. Wenn diese Schlange zubiss, würde Salim ohne ärztliche Hilfe in sechzig Minuten tot sein.

Gut neunzig Zentimeter wurde die Korallenschlange lang. Das letzte Drittel hatte er noch gesehen, bevor sie ganz in Salims rechtem Hosenbein verschwunden war. Wie sollte er sie da herausholen, ohne dass sein Freund oder er selber gebissen wurde?! Jehuda überfiel grenzenlose Verzweiflung. Bei all ihren Verbrechen hatte es immer riskante Situationen gegeben, die er mit seiner Erfahrung und seinem scharfen Verstand entschärfen konnte. Jetzt stand sein Verstand still.

Er sah, dass Salim etwas sagen wollte, und er beugte sich über seinen Mund.

»Sie liegt jetzt auf meinem Bauch und hat sich zusammengerollt. Hilf mir, Jehuda, ich halte das nicht mehr lange durch.«

»Du musst durchhalten, mein Freund. Du kannst ruhig etwas lauter sprechen. Schlangen haben kein Gehör. Aber bewege dich nicht – unter keinen Umständen! Denk an etwas Schönes und bewahre die Ruhe. Ich denke gerade nach.«

Und dann fiel es ihm ein. Er hatte vor sehr langer Zeit auf einem Einsatz für den Shin-Bet in Brasilien einen Spielfilm gesehen. Jetzt wusste er, was er tun musste. Flüsternd teilte er es Salim mit. »Du darfst dich auf keinen Fall bewegen. Du musst absolut die Nerven bewahren. Wenn du das schaffst, bleibst du am Leben. Ich weiß, dass du es schaffst. Und ich verspreche dir schon jetzt, dass wir nie wieder ein Dschungelgebiet betreten.«

Salim brachte ein klägliches Lächeln zustande. Jehuda griff in die Zigarrenkiste und steckte sich mit fliegenden Fingern zwei Havannas in den Mund und zündete diese an. Als sie genügend angeraucht waren, hob er vorsichtig die Decke über dem rechten Fuß seines Freundes. Dann nahm er zwei kräftige Züge und blies den Rauch unter Salims Hosenbein.

Nach dem dritten Rauchstoß sah er eine schlängelnde Bewegung nach oben. Eifrig blies er weiteren Rauch in das Hosenbein. Er schaute auf Salim und erahnte seine geflüsterten Worte.

»Sie ist jetzt auf meiner Brust. Gleich kommt sie am Hals raus.«

Wie ein Sturzbach rann Salim der Schweiß übers Gesicht. Jehuda sah die Verzweiflung in seinen Augen. Von der früheren Eiseskälte war nichts mehr geblieben. Was er sah, war nur noch unsägliche Todesangst.

»Halt durch, Salim, gleich hast du es geschafft!«

Jehuda hatte sich auch an das Ende des Films erinnert und blies jetzt eifrig Rauch unter Salims Oberhemd. Wieder bewegte sich das tödliche Reptil und kroch über Salims Brust aus dem Hemd. Dann schlängelte es sich über Salims Gesicht auf die andere Seite. Fast hatte er es geschafft. Seine Atmung hatte er nahezu eingestellt, als die Schlange plötzlich mit dem Kopf herumzuckte und ihre schwarzen seelenlosen Augen in Salims Augen versenkte.

Das war zuviel für ihn. Er stieß einen verzweifelten Urschrei aus und griff mit beiden Händen nach der Schlange.

Sie war schneller. Ihre Giftzähne schlugen blitzartig in seine Schläfe. Zweimal biss die Korallenschlange zu, bevor Salim sie wegschleudern konnte. Wie erlöst ließ er die Hände sinken.

»Ich hab's versucht, Jehuda. Es ging nicht mehr!«

Jehuda sank verzweifelt in die Knie und nahm die Hände seines Freundes. Tränen liefen über sein Gesicht. Er konnte nicht mehr helfen. Salim war dem Tod geweiht.

Salim lächelte ihn noch einmal an. »Nimm es nicht so schwer, Jehuda. Wir wussten doch immer, dass ein Abschied kommen würde. Jetzt ist er früher da als erwartet. Eigentlich ist es immer zu früh.«

Dann verzerrte sich sein Gesicht zu schmerzhaften Zügen. Die Gesichtsmuskulatur begann konvulvisch zu zucken. Das toxische Nervengift der Korallenschlange hatte über die Blutbahn die Nerven erreicht. Salims Atmung wurde schwerer, und die Augenlider sanken herab. Die Bissstellen schwollen unförmig an. Durch eine vermehrte Speichelbildung trat Schaum vor den Mund. Salims Aussehen hatte sich grausam verändert. Er wollte etwas sagen, konnte aber nur noch lallende Laute von sich geben. Nach einer Stunde war sein schwerer Todeskampf durch eine finale Atemlähmung beendet.

Die ganze Zeit hatte Jehuda die Hände seines Freundes und Lebensgefährten gehalten. Jetzt ließ er ihn los. Er hatte sich noch nie so verlassen gefühlt. Tiefe Traurigkeit und Einsamkeit überfielen ihn. Wie sollte es ohne Salim weitergehen? Er war die einzige Liebe seines Lebens gewesen.

29

Gunnar und Norbert hatten Plantation Key über den Highway 1 am späten Nachmittag erreicht. Zweimal waren sie von Straßensperren aufgehalten und kontrolliert worden. Sheriff Ben Johnson hatte seinen Kollegen zur Fahndung nach den Tätern veranlasst.

Plantation Key war eine der kleineren Keys mit etwa dreitausend Einwohnern. Im 19. Jahrhundert war sie eine einzige Ananas-Plantage gewesen.

Gunnar und Norbert kamen in einem Comfort Inn am Hafen unter. Sie machten sich nach dem Einchecken auf den Weg an die Piers und fanden problemlos einen Bootsverleiher, dem sie als Fahrtziel Flamingo nannten. Er empfahl ihnen eine Grady White, deren flacher Kiel die Untiefen der Inselwelt gut überfahren könne. Sie hatte einen halbgeschlossenen Steuerstand und konnte gut 35 Knoten laufen. Mit fast neun Metern Länge besaß sie eine kleine Vorderkabine für zwei Personen, ein Duschbad und eine Kochgelegenheit.

Mr. Sweeny, ein freundlicher älterer Mann mit Rauschebart, vermietete ihnen die Yacht mit der Auflage, sie erst morgen für die Fahrt zu benutzen. Heute Nacht würde der Ausläufer eines Hurrikans die Keys erreichen. Erst am nächsten Morgen würde es laut Wetterbericht wieder ruhiger. Die beiden versicherten ihm, dass sie ohnehin erst morgen früh aufbrechen wollten. Für die Nacht wären sie im Comfort Inn untergebracht. Auf Norberts Nachfrage lieh er ihnen ein älteres Marineglas, mit dem sie die tropischen Vögel beobachten könnten. Norbert wollte ihm nicht verraten, dass sie auf der Suche nach ganz anderen »Vögeln« waren.

Nach einer stürmischen Nacht mit heftigen Gewittern und Regenfällen klarte es am frühen Morgen wieder auf. Die Ausläufer des Hurrikans waren abgeschwächt nordwärts zum Festland weitergezogen.

Gegen sieben Uhr in der Frühe waren Gunnar und Norbert an Bord der Grady White und ließen die Motoren an. Die technischen Details hatte ihnen noch am Vorabend Mr. Sweeny erklärt. Vor dem Hafen machte Norbert am Ruder einige Probeläufe, um ein Gefühl für die Handhabung der Yacht zu bekommen. Dann stellte er das GPS auf Kurs Flamingo an der Südküste der Everglades. Sie hatten eine Distanz von etwa sechzig Kilometern zu überwinden, bevor sie ihr Ziel erreichen würden.

Anfangs wurden sie von spielenden Delphinen begleitet, bis die ersten Inselchen in Sicht kamen. Während Norbert steuerte, hatte Gunnar das Fernglas vor den Augen und suchte die See und Inselstrände nach der Yacht der geflohenen Verbrecher ab. Wenn sich die Gesuchten an Norberts angenommenen Fluchtplan hielten, mussten sie vor ihnen ihren Ankerplatz bei Plantation Key verlassen haben und sich auf Kurs Flamingo befinden.

»Können sie nicht in den Hurrikan geraten und irgendwo gestrandet sein?«, fragte Gunnar, nachdem er ständig vergeblich die See abgesucht hatte.

»Das müsste ihnen dann in der vergangenen Nacht passiert sein, als der Sturm wütete. Auszuschließen ist das nicht. Also solltest du verstärkt die Inseln absuchen.«

Dem folgte Gunnar, bis ihm die Augen tränten.

Souverän lief die Grady White ihren Kurs und schnitt elegant durch die noch leicht bewegte See. In etwa zwei Kilometern Entfernung war erneut ein offensichtlich unbewohntes Eiland aufgetaucht. Gunnar suchte den Uferstreifen ab und stutzte. Was er zunächst für einen Teil der weißen Brandung gehalten hatte, kristallisierte sich beim Näherkommen als die Silhouette einer kleinen Yacht heraus.

»Fahr auf die Insel vor uns zu«, wies er Norbert an.

»Hast du was entdeckt?«

»Weiß ich nicht genau. Erst wenn ich den Namen lesen kann.«

Jetzt konnte auch Norbert mit bloßem Auge eine auf dem Strand liegende Yacht entdecken.

Sie hatten sich der kleinen Mangroveninsel auf etwa zweihundert Meter genähert, als Gunnar das Fernglas an Norbert weiterreichte. »Ich glaube, wir haben sie. Auf dem Schiff steht der Name Seahawk. Sie scheint genau der Beschreibung Silvers zu entsprechen.«

Norbert reichte nach einer Weile das Marineglas an Gunnar zurück. »Du hast recht, das sind sie. Personen habe ich nicht an Bord gesehen. Vielleicht schlafen sie noch. Ich werde besser fünfzig Meter unterhalb an Land fahren. Dann können wir sie eventuell überraschen. Halt dich gut fest, wenn ich gleich am Strand aufsetze.«

Norbert steuerte die Grady White vorsichtig in die noch leichte Brandung und stellte auf schnelle Fahrt. Während Norbert die Motorenschäfte nach oben schwenkte und die Zündung ausstellte, schob sich die Yacht mit der letzten Welle auf den Sand. Sie lag fest.

Beide sprangen von Bord. Norbert hatte seine Pistole in der Hand. Er wollte nichts riskieren. Vorsichtig näherten sie sich der Seahawk, die recht verlassen hoch am Strand lag. Es würde nicht einfach sein, sie wieder ins Wasser zu bekommen. Sie erreichten das Schiff und horchten. Dann nickten sie sich zu und sprangen gleichzeitig an Bord. Die Yacht war leer. An Bord und in der Kajüte herrschte ein ziemliches Chaos.

»Die scheinen tatsächlich etwas vom Hurrikan mitbekommen zu haben. Wenn sie vor der Strandung der Seahawk über Bord gegangen sind, werden wir diese Gangster nie finden.«

»Und nie wissen, ob sie zu Fischfutter verarbeitet wurden«, ergänzte Gunnar.

Sie entdeckten den kleinen Pfad, auf dem noch frische Fußspuren in den Mangrovenwald führten. Vorsichtig folgten sie den Spuren.

Nach fünfzig Metern schauten sie auf ein unwirkliches Bild. Am Boden leuchteten die Reste eines Feuers und warfen Schatten auf einen still am Boden liegenden Mann. Ein zweiter saß mit zuckenden Schultern über ihn gebeugt und hielt seine Hände.

Norbert und Gunnar traten in den Kreis des heruntergebrannten Feuers. Norbert richtete seine Pistole auf Jehuda Finkenstein. Der schaute kaum auf, als habe er die Ankommenden nicht wahrgenommen.

Schaudernd erkannte Gunnar in dem Toten am Feuer mit dem schrecklich entstellten Gesicht den Killer, der ihm dreimal fast zum Verhängnis geworden war. Jetzt war Salim Arafat selber zum Opfer eines grausamen Endes geworden. Gunnar konnte kein Mitleid empfinden. Er blickte auf Jehuda Finkenstein, dessen tiefe Versunkenheit in seine Trauer um seinen Gefährten einer langsamen Rückkehr in die Gegenwart Platz machte. Das Erkennen der Realität trat in seine Augen.

»Sie kommen zu spät, meine Herren. Es ist alles vorbei.«

»Das glaube ich nicht, Herr Finkenstein, wenn das denn Ihr richtiger Name ist. Wir haben ja Sie als Beweis für Ihre Verbrechen«, antwortete Norbert.

»Das wiederum glaube ich nicht«, rief Finkenstein mit plötzlich neu erwachter Energie. Er riss dem toten Salim die Luger 08 aus dem Gürtel und richtete sie auf Norbert.

Gunnar reagierte schneller und kickte ihm die Waffe mit dem Fuß aus der Hand. Dann schnellte Finkenstein mit einem Satz hoch und lief in den Mangrovenwald. Ein Warnschuss Norberts hielt ihn nicht auf.

Erst am Rande eines größeren Teiches hielt er an und blickte sich um. Gunnar und Norbert eilten ihm nach. Finkenstein watete in das hüfthohe Gewässer und versuchte, es mit rudernden Armen schnellstmöglich zu durchqueren. Am anderen Ende war die Anhöhe eines Schwemmsandes zu erkennen, die mit grünen Floridakiefern bewachsen war.

Von dort ließ sich ein ausgewachsener gut vier Meter langer Alligator ins Wasser gleiten. Zielgerichtet schwamm er auf die wahrgenommene Beute zu.

Finkenstein sah die Gefahr und wollte zurück. Er schaffte es nicht. Nach wenigen Metern war das riesige Tier über ihm und verbiss sich in seine Schulter. Dann bäumte es sich mit dem ganzen Oberkörper auf, hob den mächtigen Schwanz aus dem Wasser und schüttelte mit einem kräftigen Peitschenschlag des gespannten Rumpfes sein Opfer hin und her. Die Bestie begann, ihr Opfer zu zerreißen.

Finkensteins grauenvolle Schreie drangen durch den Mangrovenwald. Wie gebannt schauten Gunnar und Norbert auf das archaische Schauspiel. Sie konnten nichts dagegen tun. Der Mörder war unrettbar verloren.

Sie hörten das trockene Brechen der Rippen, und aus dem Mund des Opfers stürzte ein Blutstrom. Dann hörten auch die Schreie auf. Das Opfer war tot. Der Alligator begann in ungezügelter Fressgier mit dem Zerkleinern und Verschlingen seiner Beute.

Die beiden Verfolger wandten sich ab.

Wie seltsam, dachte Gunnar, dieser Jehuda Finkenstein hatte sein Leben seiner Gier nach Geld und Reichtum verschrieben. Jetzt ist er der Fressgier eines Raubtieres erlegen. Ein Raubtier hatte das andere gefressen!

Besuchen Sie uns im Internet:
www.karin-fischer-verlag.de
www.deutscher-lyrik-verlag.de

Bibliografische Information der Deutschen Nationalbibliothek

Die Deutsche Nationalbibliothek verzeichnet diese Publikation in der Deutschen Nationalbibliografie; detaillierte bibliografische Daten sind im Internet über http://dnb.d-nb.de abrufbar.

Originalausgabe · 1. Auflage 2017

Gesamtgestaltung: yen-ka

Druck und Bindung: CPI Moravia Books

ISBN 978-3-8422-4518-1